现代文论与美学论丛

断裂地带的精神流亡

Duanlie Didai De Jingshen Liuwang

路遥的文学实践及其文化意义

石天强　著

北京大学出版社
PEKING UNIVERSITY PRESS

图书在版编目(CIP)数据

断裂地带的精神流亡:路遥的文学实践及其文化意义/石天强著.—北京:
北京大学出版社,2009.11
(现代义论与美学论丛)
ISBN 978-7-301-15949-1

Ⅰ.断…　Ⅱ.石…　Ⅲ.路遥(1949~1992)-文学研究　Ⅳ.1206.7

中国版本图书馆 CIP 数据核字(2009)第 177022 号

书　　　　名:断裂地带的精神流亡——路遥的文学实践及其文化意义
著作责任者:石天强　著
责 任 编 辑:谭　燕
封 面 设 计:奇文云海
标 准 书 号:ISBN 978-7-301-15949-1/I·2159
出 版 发 行:北京大学出版社
地　　　　址:北京市海淀区成府路 205 号　　100871
网　　　　址:http://www.pup.cn　电子邮箱:pkuwsz@yahoo.com.cn
电　　　　话:邮购部 62752015　发行部 62750672　出版部 62754962
　　　　　　编辑部 62752025
印　刷　者:三河市欣欣印刷有限公司
经　销　者:新华书店
　　　　　　650mm×980mm　16 开本　11.75 印张　186 千字
　　　　　　2009 年 11 月第 1 版　2009 年 11 月第 1 次印刷
定　　价:24.00 元

目　　录

《现代文论与美学论丛》总序

本丛书记录下我和一群年轻同仁的一次难忘的中国现代学之旅：在过去的几年里，我们协力对中国现代文学、文论与美学传统作了一次新的探究。说到传统，人们总会不假思索地以为那只是指类似于"腹有诗书气自华"的古代时光，而忽略"别求新声于异邦"的现代，仿佛唯有古代才配称为传统。对置身当代的我们来说，苏轼的"气自华"固然有其不容忽视的回瞥意味，但鲁迅的"求新声"却不能不说正是中国现代历史现场的真实写照。实际上，晚清以来国人在"欧风美雨"的浸润中变法自强、实施启蒙乃至燃烧革命烈火的历史，已经和正在成为中国传统，准确地说是中国现代性传统。在一次新的探究之旅中重新回望作为中国现代性传统之一方面的中国现代文学、文论与美学传统，恰是我们的初衷所在。

从中国现代学视野去重新审视中国现代文学、文论与美学传统，是我经多年摸索后找到的一个研究方向。在我看来，中国现代学是关于中国现代文化传统的学问，是中国人对中国现代性文化的研究。与有关中国古代文化的"国学"不同，也与外国学者从事的有关中国问题的"汉学"（Sinology）或"中国学"（Chinese Studies）不同，中国现代学主要研究百余年来中国文化现代性传统的发生、发展、演变及其对当代社会的意义。从中国现代学视野考察中国现代文学、文论和美学，可以更准确而深入地揭示中国文学现代性、文论现代性及审美现代性的面貌及其意义。本丛书旨在对中国现代文化传统与文论特色展开研究，即在中国现代学视野中重新考察中国现代文学、文论与美学，着重发掘中国现代文化传统与现代文学和文论之间的互动关系。

这里选取中国现代学这一特定视角，正是企望在理论上有所建树和创新。从中国现代学视野重新审视中国现代文学与文论，有可能更充分地认识中国现代传统的文化身份和积极意义。传统不是固定不变的,而是始终处于现实状况的选择与熔铸中。中国传统是基于现实需要并在现实中重新创造的由过去传承的符号表意系统。这种传统既有古典性传统,也有现代性传统,两者共同构成我们当今所身处其中的中国传统结构。应当在继续充分尊重和弘扬中国古典性传统的现代意义的前提下,纠正那种只强调古典性传统而忽视或轻视中国现代性传统的偏颇,跨越传统仅限于摒弃古典性传统的成见,充分认识到中国现代性传统是中国文化传统整体的一种新形态,是与古典性传统不同但却同样伟大的新传统,需要积极予以承认并加以认真研究。这种承认和研究,对于正在持续展开的中国现代性进程和全球化语境下的中国文化传统建设及中国文化的个性伸张,都应具理论意义和现实价值。

本丛书拟重点考察一些有代表性的现代作家、理论家、批评家及美学家或相关问题,着力探测中国现代文学和现代文论传统的积极价值,以便在当前新世纪语境中重新认识中国文学和文论的发展历史与现状,并对其未来的发展趋势作新的观照。同时,运用中国现代学视野去重新观照中国现代文学、文论与美学状况,可以揭示以往被忽略的新问题、新现象及其意义,从而为理论探索带来新的拓展空间。

本丛书的主要目的在于:在已从事的关于中国现代性体验和现代性诗学研究的基础上,努力实现新的开拓。这具体表现为在中国现代学视野中考察如下相关问题:中国现代性的特征、颜面、类型;中国文学现代性的发生、特征、类型等;中国现代文化传统新视野中的文论现代性研究,包括文论现代性的发生、演变、特征、类型等;中国现代学新视野中的现代重要作家、文论家、批评家、美学家研究。

纳入本丛书的六种著作各有其研究重心和特色:

胡继华的《中国文化精神的审美维度——宗白华美学思想简论》尝试从"文化精神"角度考察宗白华在 20 世纪 30 年代到 40 年代的美学研究,把宗白华的美学沉思与中国文化复兴事业结合起来加以观照,得出这种美学是对中国文化精神的审美维度的建构的新结论。该书进而发掘出这位美学家对于作为中国文化精神的"基本象征物"的"节奏"及其文化根源的探究,揭示了宗白华在中国现代美学史上的独特地位及其历史局限性。

周志强的《汉语形象中的现代文人自我——汪曾祺后期小说语言研究》把汪曾祺短篇小说同中国文学文体的现代性联系起来考察,为汪曾祺重新定位。这部书从分析汪曾祺小说语言入手,探讨"文"的文体意识在汪曾祺小说中的具体体现,以此分析短篇小说的文体功能及其不同意义,进而总结中国短篇小说文体的分化与变迁。书中有关"现代韵白"与现代汉语形象建构的分析,尤其体现了著者独到的艺术发现。

梁刚的《理想人格的追寻——论批评家李长之》引人注目地提出李长之是 20 世纪中国最富于独创性及最重要的批评家之一的新观点,足以令人对这位一度被遗忘和忽略的大批评家刮目相看。该书以理想人格为焦点,去透视李长之在美学批评、文化批评、文学批评和画论批评诸领域的骄人实绩,其分析的重点在文学批评这个李长之最擅长和成就最大的领域,他如何把时代文化精神的重构、作家审美人格的探究以及文学本文语言的诗意分析有机结合起来。对渴望成为文学批评家的年轻朋友,这显然是一部及时的书。

何浩的《价值的中间物——论鲁迅生存叙事的政治修辞》对鲁迅的"中间物"及其革命作了研究,从鲁迅的文学世界来反思中国文学现代性传统诸问题,可谓独出心裁、别开生面,在鲁迅研究上堪称一次大胆的创新。该书的重点不在文学史料的新发现,而在突破现有鲁迅研究范式及权威话语,在思想史层面上重新发掘出被遗忘的鲁迅对现代中国人生存意义新维度的独特建构。鉴于鲁迅对中国文学现代性传统的重要性,这里重新考察鲁迅和他的"中间物"意识,有助于把握中国文学现代性传统的内涵,具有一种先锋的开拓性作用。

石天强的《断裂地带的精神流亡——路遥的文学实践及其文化意义》把路遥置于断裂地带的精神流亡这一新坐标上,更清晰地凸显其在中国现代性传统中的独特价值。该书的主要切入点在空间、身份、形象三个不同视阈,具有突出的解析能力与文化意义,由此呈现出作家及其身份认同的焦虑与小说文本中个体命运的悲剧性,有助于反思中华民族现代性进程中农村和农民的焦虑和困境。

我的《中国现代学引论——现代文学的文化维度》是一部有关中国现代学问题的专论。从标举第三种现代思风入手,提出中国现代学这一独特学科构想,规定了它的反构型学思性质,由此出发对中国现代性的特征、颜面、景观和品格作了探索,得出中国现代性是一种后古典远缘杂种文化这一新结论。全书主要结合文学个案展开论述,回放出中国现代性的丰富景观,对相关的革命主义、审美主义、文化主义、先锋主义、拿来主义等种种思潮作了评析,还对近期有关文学个案如王朔和铁凝做了阐释。

这套丛书只是中国现代学旅程的一次处子航,因而欠缺经验、行色匆匆在所难免,期待方家指正。

在筹划与写作多年的这套丛书即将出版之际,我首先要向我的五位合作伙伴表示感谢,他们是胡继华教授(北京第二外国语学院)、周志强副教授(南开大学)、梁刚副教授(北京邮电大学)、何浩助理研究员(中国社会科学院文学研究所)和石天强副教授(北京航空航天大学)。胡疆锋博士协助我做了相关组织工作,同时向他致谢。

本丛书属于教育部哲学社会科学重大课题攻关项目"西方文论中国化与中国文论建设"(项目批准号为 05JZD00028)成果暨北京师范大学 985 工程第二期长江学者科研项目成果。在此谨向教育部社科司领导、北京师范大学校领导和文学院领导一并致谢。

北京大学出版社文史哲图书事业部张凤珠主任本着对这次学术探究之旅的热忱,给予我们大力支持和帮助,在此谨向她和相关社领导表示衷心的感谢。

2009 年 5 月 1 日序于北京林萃西里

第一章 关于路遥

一 走近路遥

路遥,原名王卫国,1949 年 12 月 3 日出生,祖籍陕西省清涧县石咀驿镇王家堡。王卫国出生于一个极为贫困的农民家庭,是真正的"三代贫农"。父亲叫王玉宽;母亲马氏 15 岁时就嫁到王家,王卫国在母亲 18 岁时出生,系家中长子。7 岁时因为家境困难被过继给家在延川县农村的伯父王玉德。王卫国在家境极为艰难的条件下完成了小学的学业,但在小学毕业后却面临着失学的危险。这个时期对王卫国具有决定命运的意义。在参加全县小学升中学的考试后他幸运地被录取,同时这也惊动了乡政府。王卫国的养父是在乡政府干部的劝说下同意他继续学业的。这一独特的经历给王卫国以深刻的影响,他在以后的一部小说《在困难的日子里——1961 年记事》中所描写的故事就是以自己的这段经历为背景,小说因此具有强烈的自传特点;而在小说《平凡的世界》中孙少安辍学的经历也是以此为蓝本。"文革"初期,贫农出身的王卫国可以说是春风得意过一段时间。1969 年 9 月,年仅 20 岁的王卫国就任延川县"革委会"副主任,他曾因此而有过一种出人头地的感觉,但很快发现自己是一个有职无权的角色。1969 年底被转回到了自己的出生地务农,这种经历使年轻的王卫国有一种被戏弄的感觉,并因此陷入了极大的痛苦中。在农村期间他做过许多临时性的工作,还在农村一所小学中教过一年书。1973 年幸运地进入延安大学中文系学习,并开始了文学创作,开始在《陕西文艺》(今为《延河》)上发表文学作品;也是在这个时期,他开始使用笔名"路遥"。随后,"路遥"这个名字成为王卫国生命的一部分,他用这个笔名为自己赢得了声誉;也是在这个名字上,他停止了呼吸。直到今天,许多人都知道王卫国的笔名,却不知道他的原名。大学毕业后,王卫国在多方面的努力下开始任《陕西文艺》编辑。

与其他一些作家不同的是,路遥的一生似乎都是在贫困与动荡中度过的,甚至在他获得了很高的声誉以后也是如此。路遥病逝后,还身负万元左右人民币的债务。根据一些人的回忆,路遥甚至向他的朋友提出,为一些经济名人写专稿挣取一些额外的稿费,以支撑自己的生活。[1]现有的回忆性文字都在证明,这个为新时期文学做出了相当贡献的作家似乎一直处于穷困潦倒之中。同时路遥的爱情与婚姻生活也十分不幸。他曾经有过一段痛苦的失恋经历,这段经历甚至使这个极富个性的人产生了自杀的念头。当路遥最终与林达结婚以后,两个人的情感生活似乎在很长时间内处于不稳定的状态中,甚至出现了严重的情感对峙等情况。他在去世前,已经着手办理与妻子林达的离婚手续了。这种直接的日常生活体验不会不给作家以影响。另外一个引起我们注意的地方是,路遥的生活极没有规律,甚至是吃饭这类事情也如此,这种生活习惯既与路遥的个性有关,同时也与其情感生活的不稳定有关。应该说,多种复杂的个人、情感因素等是导致路遥早逝的重要原因。

1992年11月17日,不幸染上肝癌的路遥病逝于陕西省西安市西京医院,年仅43岁。路遥对自己的病况似乎有一种直觉,所以在病发前坚决要求回到延安[2];在延安,路遥的肝病发作并不断加重。在病情无法控制的情况下,1992年9月5日被转送至西安西京医院接受治疗,此时的路遥已岌岌可危了;虽然在治疗期间出现过一些恢复的迹象,但两个月后还是撒手人寰。

路遥的去世在陕西文艺界产生了巨大的冲击,由此结集出版了大量回忆性、悼念性的文字。如航宇撰写的《路遥在最后的日子》(陕西师范大学出版社1993年出版),晓雷、李星主编的《星的陨落》(陕西人民出版社1993年出版)。此外,《延河》杂志还多次出版过纪念专号,刊登回忆、评论路遥的文字。

我们可以把1980年路遥在《当代》上发表的《惊心动魄的一幕》视为他文学创作历程中的一个标志性事件,因为这不仅是路遥第一次在全国性权威文艺刊物上发表作品,同时也是他第一次获得了国家级文学权威机构的认证。这意味着路遥的作家身份第一次获得首肯。虽然在此之前,路遥已经在《陕西文艺》(《延河》)、《甘肃文艺》、《鸭绿江》等刊物上发表了不少作品,但其阵地主要还是在他做编辑的《陕西文艺》上。而在《当代》上发表作品这一事件——特别是这篇作品还获得了当时的文艺理论权威秦兆阳的高度评价,并赢得了1979—1981年度《当代》文学荣誉奖、1981年5月"文艺报中篇小说奖"二等奖、第一届全国优秀中篇小说奖——则是路遥对自我作家身份的一次奠基性仪式。

路遥的文学创作主要集中在1978年到1990年之间,即从"文革"结束、拨乱反正到改革开放开始步入深化的历史时期;尽管在1978年以前,路遥也发表了不少作品[3],但一个事实是,路遥在生命后期为《路遥文集》选稿时,1977年以前的作品都没有被收入。这实际上是作家对自己这段创作经历的一种否定,同时也暗含着对当时自我身份无法确证的焦虑。从1978年到1980年,路遥的文艺创作实际上是积极参与了当时对"文革"进行清算和反思的创作潮流的,包括获奖作品《惊心动魄的一幕》。路遥彼时的作品数量并不多[4],但这几篇作品已经显示出了其后的文艺创作在选材、构思、叙述视角上的一些特点。

其一是路遥笔下的主人公都有些不合时宜的感觉。例如在小说《惊心动魄的一幕中》,主人公县委书记马延雄不是一个对时代有着清醒意识的人,而是一个派系斗争的牺牲品。当然,叙述人还是将马延雄塑造为一个一心为民的好干部,但从当时的时代潮流来看,这个人物无疑是被打了折扣的。同样,在小说《不会作诗的人》中,公社书记刘忠汉也是一个逆社会政治潮流而动的人,他不是积极地参与到社会政治斗争的潮流中去,而是在逃避它。这一叙述方式理所当然无法为文艺潮流的权力中心所容忍。

其二,此时路遥的作品中,受难的知青是被叙述的正面主角。《夏》中的苏莹是一个有理想、有抱负的女孩子,其眼光不同于一般的青年。同时在《青松与小白花》中,也有一个漂亮的女知青叫吴月琴。她们都是落难的才女,有着不同寻常的政治身份,父母都是"文革"中落难的高干。但同时她们在乡村又都得到了老百姓的善待。乡村青年杨启迪(听这个名字就够"意识形态"的)爱上了苏莹,而他的善良、正直、勇敢也得到了应有的情感回报。

其三,在叙述上,路遥的叙述视角与启蒙话语最初的运作有一定的差异。这非常鲜明地表现在小说《惊心动魄的一幕》的叙述上。小说的情节安排极具戏剧化的特点,马延雄被置于个人生命和群众生命孰轻孰重的旋涡中,被置于派系斗争的旋涡中。在这种情况下,马延雄选择了牺牲个体——而最富有意味的地方还在于,这个被牺牲的个体不是一个观念意识超前的启蒙主义者,他自己甚至就是一个有着很大精神局限性的人物。显然,在马延雄的人物形象塑造中已经出现了路遥以后的作品中经常出现的"边缘人"的形象特征,也正是这种"边缘"性特征使得这部小说的获奖颇富争议。

其四,我们还可以从早期作品中看到路遥对乡村价值的迷恋。在这几部小说中,乡村几乎都是以正面形象出现在我们视野中的;乡村人物形象中的大多数也具有正面价值。这一点可以说一直为路遥所固守,并与同时期其他一些作家将乡村描述为一个混沌的、无知的状态,期待着启蒙精神救赎的形象,形成了鲜明的对比。例如在叶蔚林的小说《没有航标的河流》中,叙述人"我"就是一个来自乡村而去城市接受教育的青年,借助这样一个处于懵懂中的青年的视角,叙述人描述了正直干部的落难,群众的盲目无知与被驱使的状态;而且由于叙述人的自我精神就是不健全的,我们可以感受到叙述中始终存在着一种疑虑——对时代、环境,还有发生的一切事件的疑虑,并由此进入到一个质疑时代存在合法性的高度上。在这种"疑虑"的语气中,我们可以看到叙述人与被叙述的"我"之间存在深刻的裂痕:被叙述的"我"的懵懂而混乱的精神世界与叙述人对事件的清晰整理之间的巨大裂痕,昭示了知识分子启蒙话语迫不及待寻求表达的姿态和力量,而且只有这种力量才可以填平叙述人和被叙述的"我"之间的这条裂缝。

一个无可否认的事实是,路遥的文本积极参与了知识分子启蒙话语对社会的最初建构,但是,他此时的文本似乎缺少一个强大的启蒙叙述主体。路遥似乎更关注文本叙述中个体的选择、追寻、命运等命题,因此叙述人缺乏一种坚定有力的批判精神,这自然与时代语境发生一定的错位。也是这种错位,使得路遥的小说产生了不合时宜的倾向。

1982 年,路遥的小说《人生》为他赢得了很高的文学声誉和社会声誉。特别是当小说被路遥本人改编成剧本并由吴天明导演、西安电影制片厂拍成电影后,在国内引起了持续的关注。我们把《人生》的发表视为路遥明确自己的作家身份并获得社会话语权力的一个象征性事件。因为《人生》不论是在同时期的文学作品中,还是在路遥自己的文学创作中都是十分出色的。[5]小说关注的主题实际上继承自其前期文艺创作,而且中心更为明确了。路遥对于现实生存中个体命运的关注——尤其是乡村中富有才华的农民命运的关注,在创作中被凸现了出来。但是《人生》只是提出了一个十分尖锐的问题:高加林何去何从? 却没有回答这个问题。对此,路遥自己也有着清醒的认识,并直接反映到了晚期的创作随笔《早晨从中午开始》中。[6]此后他继续创作了一些中短篇小说,但质量远没有达到《人生》的高度。这种创作状况持续了很长一段时间,甚至连路遥自己都对其创作能力产生了怀疑。[7]

从 1980 年到 1985 年之间,路遥的小说创作达到了 14 篇,而且小说被刊载的范围大大超过了前一个时期。尤其当《人生》在《当代》上刊载以后,更是如此。我们由此可以看到路遥的影响和知名度在被权威话语认可后迅速扩张。而这也正是他的作家身份从被公众和理论权威所质疑到被认可的过程。此间路遥文本中的主人公依旧是以农民为主,同时边缘人形象开始成为小说叙述中的主体——其代表就是《人生》中的高加林。一个有意思的现象是,以前在小说中扮演正面形象的知青开始具有了负面特征,这突出体现在小说《姐姐》中。这篇小说中的知青依旧是高干子女,名叫高立民;在他落难的时候,乡村里的"姐姐"接纳了他,并热切期待与他结合的幸福生活。但当高立民的父母官复原职后,高立民便抛弃了苦苦等待他的姐姐。姐姐在遭受了巨大的痛苦后毅然重新面对生活,并体现出一种特有的高贵品质。而对乡村的美好情感与想象在小说中成为重要的、同时也是最后的支撑。路遥更有意味的安排是小说中姐姐的身份:一个多次参加高考却落榜的乡村女性。这正是路遥笔下众多主人公的共同身份特征——具有学生特点的乡村青年;他们有知识、理想、抱负,但没有机遇。

显然,高加林的问题一直在刺激着路遥的思维。1982 年起,路遥便开始准备小说《平凡的世界》的创作。在经过了 3 年的历史资料、生活体验和知识的储备后,他于 1985 年起开始动笔,至 1988 年《平凡的世界》杀青。小说的第一部分曾经在《花城》上刊载。[8]《平凡的世界》是路遥小说的总结性作品,以前曾经出现过的众多人物形象在这部小说中以一种更成熟的姿态展示了出来。小说的结构庞大,人物关系复杂,的确是一部比较出色的作品。小说在读者群中引起了十分强烈的反响,而且这种影响至今仍然存在于大批读者中;尽管它在理论界以各种名义被贬低,但这丝毫不影响它的接受价值。[9]路遥自己对这部作品未来的命运有着极为清醒的认识,他明确表示,这是一部写给读者的书,而不是写给评论家的书。[10]这既是作家对自己创作个性和创作身份的一种坚持,也是一种与时代发展争夺话语权的姿态。我们将在本书后面重点探讨《平凡的世界》的命运和它的文化意义。

二 文学视野中的路遥

根据有关学者的归纳,对路遥及其作品的研究大致呈现出如下的状况:

> 从内容上看,路遥研究主要集中在两个方面:一是文本研究;二是作家研究。从时间上划分,路遥研究可分为三个阶段:第一阶段是由《惊心动魄的一幕》发表到《人生》产生"轰动"时期,主要集中在对作品的评论;第二阶段是长篇小说《平凡的世界》出版到1991年荣获第三届"茅盾文学奖"时期,评论家们一方面重点关注路遥对现实主义创作方法的丰富与贡献,另一方面研究其创作心理,形成了路遥研究的高潮,出现了一系列有深度的评论文章;第三阶段是路遥逝世至今,是路遥研究的系统化阶段,出现了一些学术专著。[11]

根据一些学者的观点,对路遥及其作品的研究,在第一阶段的成果主要体现在以下三个方面,一是公认高加林是一个典型人物形象,尽管这个典型形象具有很大的争议性;二是界定路遥作品的艺术和审美风格为"深沉"、"宏大"等特征;三是明确了路遥善于以"城乡交叉地带"为文化地理背景构建小说世界、表现审美理想的创作特点。

在第二阶段,关于路遥的研究的具体成就,一是表现在对《平凡的世界》的评论上。例如,不少研究者认为,《平凡的世界》是对国内现实主义文学创作的巨大贡献,路遥塑造的孙少平、孙少安兄弟丰富了现实主义艺术画廊中的人物谱系。《平凡的世界》具有史诗性的品格,作品通过对历史和现实的宏观把握,深刻地展示了我们社会生活的某些本质方面,是现实主义在国内发展的新成就。这一时期的另一个贡献是注意到了作家的创作心理对创作的影响,特别是肖云儒的论文《路遥的意识世界》,具有很重要的参考价值:

> 而肖云儒的《路遥的意识世界》长篇论文,应该是我们目前读到的关于路遥意识研究的最为系统与深刻的专论。虽说其发表在 1993 年,但是它的写作时间在 1991 年,故我们把它划入"第二阶段"中加以研究。此文的研究视阈开阔,通过路遥的"苦难意识"、"土地意识"、"历史意识"、"伦理意识"、"哲学意识"、"生命意识"、"悲剧意识"等多种意识的缜密分析,准确把握路遥所拥有的丰富而复杂的心灵世界,提出"路遥的代表性作品,可以说集中了自己在历史转型期两个阶段的人生经历和心灵感受。因而路遥本人和他笔下人物的精神世界,将是我们了解这个重要历史阶段的重要的心灵记录和重要的精神史页"。[12]

有论者认为《平凡的世界》发表的时间正是我国文坛新观念、新方法、新思潮风起云涌之时,路遥的写作显然面临着巨大的压力,因此路遥的文学创作就更具有现实针对性;而《平凡的世界》的发表无疑是现实主义小说在新的历史时期的重要收获。[13]

对路遥的研究的第三个阶段的特点是出现了系统研究的专业性著作。这些作品可以划分为两个部分,其一是对路遥的回忆性文字,例如晓雷、李星主编的《星的陨落——关于路遥的回忆》,航宇撰写的《路遥在最后的日子》等。这些文字对于我们进一步了解作家的思想、经历,特别是心理发展轨迹提供了大量的资料。另一方面是一些专门研究路遥的理论专著,例如宗元的《魂断人生——路遥论》,赵学勇的《早晨从中午消失——路遥的小说世界》,王西平、李星、李国平等合著的《路遥评传》等。这些作品都试图对路遥的创作、生平、心理、文化等特点做出系统性的总结,是对路遥及其作品研究的重要收获。

应该承认,关于路遥及其作品的研究已经取得了十分重要的成绩,而且这些研究为我们今天对路遥的理解打下了很好的学术理论基础。但是,在关于路遥的研究论文中,绝大多数论文还局限在"现实主义"、"史诗"、"宏大、深沉的审美风格"、作家心理的文化品格等方面的界定上,尽管这相对于以往是一种进步,但终究没有走出原有价值观念、理论基础所设定的范围。而文学经典之所以是经典,并不仅仅在于作品的接受范围、接受数量、接受层次;同时我们也不能简单地从道德判断的角度去指责某一价值立场的学者对作品的忽视。文学作品的经典性来自于文本本身所具有的丰富的时代兼容性,并在时代语境的发展变化中具有不断再阐释的弹性。而这就需要有新的理论基础和新的研究方法的介入,在对文本的再阐释和再接受中,文本所具有的新的意义才能不断被开掘出来。坦率地说,对路遥的研究之所以举步维艰,一个重要的原因就是研究者太固执于对路遥文本"现实主义"的判断。我们甚至可以从大量论述路遥及其文本的论文中,感受到前后研究在价值观点上的雷同;尽管这些论文对路遥的研究的范围、深度的确有一定的拓展,而且有不少研究者指出了路遥文本中隐含的诸如性别歧视等新的问题,但关键并不仅仅在于这些问题的存在,还在于这些问题是以什么样的方式存在着。而问题存在的方式恰恰是时代和文化语境所特有的。这正是本书切入研究对象的出发点。

在进行讨论之前,还是让我们再看一下近几年对路遥及其作品的研究情况。

我们首先要谈到的是宗元的《魂断人生——路遥论》[14],这是迄今为止国内少有的将个人传记和对路遥的评论结合起来的专著之一,在关于路遥的研究中无疑具有重要的位置。从这本著作的撰写上,可以看到,作者占有了尽可能翔实的材料,发掘整理路遥的生平,注意了路遥心理世界的形成过程,特别是童年经历对路遥以后文学创作的影响。童年的屈辱、贫穷等生存体验直接导致了路遥心理上强烈的自卑又自傲的复杂情结,这种精神创伤以各种方式体现在了小说的文本中,例如在主人公的形象设置上,在环境的选择安排上,等等。

该书的另一个特点是将路遥的创作经历划分为四个时期。其一是"文革"前,作者将此一时期视为路遥创作的起步阶段,在文体选择上以诗歌为主。其二是 1977 年到 1980 年之间,宗元将此视为路遥主动按照时代文化的变化调整自我创作思路的时期,并在这个过程中逐渐向成熟过渡。其三是 1981 年到 1985 年《平凡的世界》创作之前,这一时期是路遥作品的成熟期,其标志就是《人生》、《在困难的日子里》等作品的发表。其四是1986年以后至路遥去世,宗元认为这是路遥创作的一个"新"的时期。宗元对路遥创作阶段的划分无疑是一件十分有意义的工作,试图通过这种方式理清作家的创作脉络,我们从他的划分方式上可以看到其隐含的两种标准。其一是按照作家创作发展的时间进程,将作家的创作经历分为开始、发展、高潮、结局的线性过程。宗元在努力区分这些阶段之间的差异,并试图向我们描述出路遥在每个阶段所取得的成就,由此得出路遥的创作是在不断发展进步的一个理想性想象。其二是路遥在文体的选择上(这似乎比第一个标准更为确切些),宗元注意到了路遥在几个阶段的文体创作上的差异:起步阶段主要表现为诗歌;发展阶段以短篇小说为主;而高潮期是以中篇鸣世;最后是一部长篇创作。这的确是路遥创作经历的一个较为客观的描述,对于我们理解路遥的创作有着重要的启发性。

从作者的论述来看,《魂断人生——路遥论》试图从人物、艺术等几个方面把握路遥的创作,注意到了人物形象的意义、路遥小说的美学特点、艺术结构方式,以及外国文学对路遥的影响。坦率地说,尽管宗元十分努力,但由于观念和方法论上的先天性不足,导致很多结论显得十分空泛,且在表述过程中感悟性、直觉性判断太多。同时,由于作者在生活经历上与路遥的相似性,对路遥产生了强烈的心理认同,这使得这部专著的情感性投入显得十分暴露,也就易使读者对作者的结论产生怀疑。客观地讲,这本专著的确有刻意拔高路遥作品的价值和创作地位的倾向。但作为一本将个人传记和理论研究结合起来的作品,该书的价值仍然是十分明显的。

吴秀明主编的《中国当代文学史写真》是一本十分有特点的当代文学教材。[15]这本书对当代文学的主要作家都先按照题材、再按照作者开列了章目,同时提供了每个作者的简要身世和评述。它最大的特点之一是同时罗列了不同时期的评论家对该作家主要作品的评论原文摘引,具有一定的资料价值。

对于路遥的评论,该书提供了从1982年到1999年间的主要评论,而这些评论的一个重要特点是,大部分取自于文学史教材,尤其是1992年后的。这也从一个角度暗示了路遥作品在评论界的处境。从编者评论所开列的小标题"执著的现实主义者"、"立足于城乡的'交叉地带'",可以看到其价值趋向和评论在总体上基本没有超出前人的观点。但评论者注意到了路遥文化身份的双重性以及这种身份对其文化价值观念和创作手法产生的影响："路遥作为从陕西黄土高原走出来的文化人，其生活经历和现实状况决定了他始终认定自己是一个农民血统的儿子，是既带着农村味又带着城市味的人。他从现代文明的浸润中，从当代中国农民的劳动方式、生存状态中领悟到作家的创作与农民的耕耘都是创造。因此，有意义的人生存在于劳动进取和超越生命进程之中而不是其他，这便形成路遥始终怀着不解的故乡情结和生命的凝重感去苦苦探究和追求人生的真实价值，并选择现实主义作为自己的艺术旗帜。即使是在中西文化急剧碰撞、交融的条件下，尽管当代文艺思潮变化激烈而又迅速，他始终没有对现实主义发生动摇，现实主义的创作方法贯穿于其绝大多数作品中。这表现了路遥文化品格上的稳定性和开放性互益互补的特点。"[16]这意味着评论者已经接触到了这种双重文化身份的"边缘"特征，但遗憾的是评论者没有看到这种身份对作家的创作所带来的复杂的内心焦虑和断裂，而这些因素清晰地表达在文本中，并通过作家的叙述技巧而被掩盖住了。

这篇短论的另一个特点是注意到了文学评论界在路遥作品评论上面临的尴尬境地，并试图从创作和接受的角度发现其原因："但《平凡的世界》刚问世后，未能得到应有的、充分的评论，这反映了多方面的问题。就作者自身来讲，可能由于首卷过于平铺直叙、全书比较拖沓、浩繁而使性急的人失去阅读的耐心；就评论方面来说，可能因对写实性的长篇创作尤其是对现实主义倾向缺乏深刻的认识，而不管青红皂白对这一倾向的作家作品普遍失却热情。"[17]但是编者显然没有意识到，对一部作品的接受与否并不仅仅由于作品的优秀与否，还是一种文学体制使然。特定时期的文化体制会形成特定的接受倾向和评论倾向。路遥作品面临的尴尬境地是它在普通受众中被接受的广泛性与学院理论生产和传播体制在评论上的匮乏甚至是排斥所形成的断裂状态。恰恰是这种断裂才是最富有意味的。路遥作品具有一种生不逢时的特点。汉娜·阿伦特在评价瓦尔特·本雅明时讲，有一种人是走在我们时间的前面的，当我们注意到他时，他已经走出了我们的地平线。这使得他们只能有一种"死后的声誉"，而这既是对死者的回赠与补偿，同时也是命运对死者的嘲弄和讽刺。[18]从某种意义上看路遥，他不是走得太早,而是反过来,恰恰是太晚,他的创作步伐没有追上那个时代所希望和要求的节奏。当《人生》问世时,西方现代派创作手法的引进已经对现实主义的文学创作带来了压力;而当《平凡的世界》开始创作和发表时,现代派已经风靡中国,同时评论和关注的重心已经发生了转移。评论界在追逐现代派的浪潮中完全忘记了肖洛霍夫在获得诺贝尔文学奖时的讲话中对现实主义创作手法所予以的肯定。路遥作品所面临的境地对我们的文学评论和美学思考提出了一个十分尖锐的问题,而且这个问题到现在还普遍存在于各种关于当代文学的教材和评论中。也因此,对路遥作品的再解读就更富有一种意味和价值。

邵燕君在《倾斜的文学场》一书中对路遥的关注十分特别。[19]在"出版体制的转轨及畅销书生产模式的建立"一章中,作者以路遥的《平凡的世界》一书为例,从"现实主义长销书"模式和特点这个视角讨论了这部小说的价值和意义。

就连邵燕君本人都承认,她一直认为路遥的创作生命到 1982 年的《人生》时就已经结束了,而随着路遥在 1992 年英年早逝,他在文学史上的地位已经被圈定了。而《平凡的世界》虽然"是一部规模宏大的巨著,但当代文学早已前进了十万八千里,一部传统现实主义风格的长篇小说还值得进入研究视野吗"?[20]但是大量的统计学调查数据表明,《平凡的世界》在当今的现实语境中具有极强的生命力,为许多读者,尤其是来自农村的读者所接受,而且受众之广泛远远超出了为精英集团所称道的"先锋文学"。这个现象实在引人深思。邵燕君将《平凡的世界》归为"长销书"一类并认为这种著作的特点在于"它并不一定轰动一时,但是在读者中有着长久的影响力。这种影响不止表现在稳定的、'细水长流'的销量上,更表现在对读者认同机制长期、深度的契合上。从时间上看,读者对长销书的认同不会因时间的推移而弱化,相反,随着时世变迁,长销书原本的基础内涵会被赋予新的价值,焕发出新的生机;从认同方式上看,长销书的读者认同不是停留在浅层的愉悦、猎奇等层面上,而是在人生观、社会观等深层价值上"。而《平凡的世界》就具有这种"不平凡的力量"。[21]

1991 年,由于一种特殊的政治文化语境,《平凡的世界》荣膺第 3 届"茅盾文学奖"。这部为官方和民间所共同认可的作品在理论界却处于一种被漠视的状态中,邵燕君认为这种漠视恰恰显示出了学院派文化精英集团、创作集团在审美态度、审美趣味、审美标准上与官方意识形态之间的巨大差异。以西方现代派文艺理论为主要资源的文化精英集团,所进行的文学变革是以挑战现实主义文学原则为起点和出发点的,而"中国当代文学之所以能够较迅速地实现从'写什么'到'怎么写'的重心转移,较顺利地确立'文学回归自身'的自主原则,与'文学精英集团'多依据的西方现代文艺理论在当时中国的整体文艺环境中处于强势地位有直接关系"[22]。但这种强势地位同样在今天构成了一种新的话语霸权,并极力在排斥一些并不"新潮"的作品。这同样是一种暴力,而且这种暴力在今天一直为追逐西方的时尚学术沿袭着。

以上是我们对路遥研究状况的基本梳理。鉴于以往研究已经取得的成果和经验,本书对路遥的阐释将不再坚持所谓"现实主义"的文本界定,这样说并不是对路遥小说现实主义创作风格的否定——这几乎是不可能的。本书试图从新的视角,例如小说的空间结构、叙述人身份、人物形象、话语中隐藏的性别权利等方面,重新切入路遥及其文本,试图给予路遥及其文本以另一种阐释,以此发现路遥及其文本中一些被时代话语所遮蔽的东西。

三 路径与方法

本书将以《平凡的世界》为中心,展开对路遥文学创作的思考。在前面对路遥创作经历的介绍中,我们已经谈到,《平凡的世界》是路遥生命中最后一部作品,也是他创作思想与情感倾向的集大成者;路遥以前作品中的观念、认识、人物形象都以不同的方式再次进入到这部小说中。但也是在这部作品与其他作品的联系和差异中,我们可以看到路遥思想情感的发展变化,以及这种变化与时代语境之间的互动关系。而这也是为什么我们还要关注路遥其他文学作品、创作随笔的原因。我们将努力从某个特定的视角切入路遥小说的艺术世界,以期发现其文学创作的文化意义。这个视角就是路遥小说中的空间结构。

关于空间,迈克·克朗在《文化地理学》一书中总结雷尔夫(Relph, E., *Place and Placelessness*)的观点时指出,我们实际上有四种空间观念,一是依据身体所处的位置形成的实用空间,如上下左右等;二是根据我们的意图,我们的关注中心形成的观察空间,它是以观察者为中心的;三是由文化结构和我们的观念而形成的生存空间,这是一个意义的空间;四是认知空间,即我们构筑空间关系的模式。这些空间观念的建构必须有两个前提:一是必须以个体对身边事物的整体感知为基础,因为人总是通过物质对象进行思维和行动,而所谓的意识总是关于某种事物的意识。其二是"关心",这是典型的海德格尔意义上的"关心",我们在世界上的存在总是要对周围事物保持一定的态度,由事物与我们个体的切身利害的大小而使我们对之保持一定程度上的"关心"。这一切都说明,"我们总是通过身边的事物而不是抽象的图式来认识这个世界的。我们研究任何物体都不能不考虑它们存在的环境,因此经验是统一的,或者说是整体、全面的"[23]。

以这种空间观念为基础,所谓的"地区"不过是"为人们提供了一个系物桩,拴住的是这个地区的人与时间的连续体之间所共有的经历。随着时间的堆积,空间成了地区,它们有着过去和将来,把人们捆在它的周围"[24]。因此,个体一旦失去对原来疆域的控制,或者进入到一个新的地域中,就意味着个体必须面对被新的地区所同化并放弃自己原来的地域特征的生存焦虑;这种焦虑感会破坏掉人们原有的心理认同感。"如果说'我'代表了个人的同一性,那么'我们'就是靠共同的地区关系维持的集体的同一性,而'别人'的定义就是外人(他者)。如果说地区在这个过程中的中介作用终止了,人们的同一性(特征)也就失去了稳定性,归属感的丧失会令这个世界愈发朝着异化迈进,因为无所归依的感觉会使人更加孤独。"[25]而随着现代社会都市化进程的加速,整个社会的地域结构和建筑形态正为新的科学观念所控制,打破了人们对地域性特征的幻想,并使人产生一种归属感丧失后的个体存在焦虑。城市空间同时还激起了人们对于未来的一种新的想象,这种想象按照杰姆逊的观念,自然成为一种象征结构,通过各种文化文本展示出来。

雷尔夫对空间的叙述对我们来说十分具有启发意义,尤其是第三和第四种空间观念,即意义空间和认知空间的建构。所谓地域性,所谓个体的时空认同,必须与个体当下的生存境遇结合起来。空洞地谈论所谓的时空结构是没有意义的,意义来自于个体对自我生存空间的重复和回忆,并借助于这种方式,强化个体的地域认同(特征)。在这种空间地理景观的展示过程中,实际上融会了叙述人自我认同过程中的复杂心理情绪。而我们对路遥小说空间结构的理解也是以此为基础的。

我们可以看到,在路遥的小说中存在着三种空间结构:乡土空间、都市空间以及城乡结合部。在这三种空间结构中,乡土空间意味着一种过去、一种记忆。本雅明说过:"以历史的方式来宣告过去,并不意味着承认'过去的真实'……而是意味着当记忆(或存在)闪现于危险之际掌握住它。"[26]因此乡土空间在路遥小说中的重复具有一种个体记忆的功能,它暗示着个体对自我身份的坚持和对个体经历的怀旧,并试图以此抗拒历史对个体记忆的遗忘。可以说是在这种对抗历史遗忘的过程中,路遥产生了对乡土的复杂情绪。一个必须面对的事实是,路遥的乡土空间是始终处于都市空间的压力下的。"当历史要求我们拔腿走向新生活的彼岸时,我们对生活过的'老土地'是珍惜地告别还是无情地斩断?"路遥说这是俄罗斯作家拉斯普京的命题,而他"迄今为止的全部小说,也许都可以包含在这一大主题之中"。[27]我们可以从路遥的语言中看到那种简单的二元对立思维所带来的判断模式,而这也可以说是印证了城乡对立的空间关系。与乡土空间相对立的是路遥文本中塑造的都市空间,都市在路遥的文本中,既是叙述人欲望的对象,同时也是无法统治的他者形象。在欲望化的空间环境中,我们同样可以看到叙述人复杂而矛盾的情感流露:一方面,都市是叙述人的向往,暗含着叙述人对个体和乡村未来的发展远景的想象;另一方面,都市又总具有负面价值和色彩,是对乡土情感的暴力侵犯力量。第三个空间结构则是路遥最常讲到的"城乡结合部"。我们将在后面的分析中看到,城乡结合部既是路遥笔下的主人公人生历程开始的地方,同时也是主人公最后的归宿;作为空间结构,它是叙述人自我心理和身份认同的外化符号,叙述人原初对都市的渴望通过这个空间结构的反复出现最后被消解了,而那种原始的美好乡村理想也是在城乡结合部的结构塑造中被永久地放逐了。

以这种空间关系为基础,我们可以在路遥的文本中看到以下几种比较固定的人物形象:农民形象、边缘人形象(潜在的知识分子形象——不是完成了的知识分子)、女性形象、现代官员形象。

其一是农民形象。这是路遥小说中最重要的一类人物,在他们身上集中体现了路遥对中国农民的命运、中国农村未来发展前景的关注。路遥笔下的农民形象是多姿多彩的,他们是乡村苦难的直接承受者,同时也是历史发展的主要推动者。一个有趣的地方是,路遥笔下的农民很少具有绝对的负面价值,这种塑造方式十分鲜明地表达了作者的情感价值取向。但也是在路遥笔下的农民形象的塑造中,我们可以看到路遥对现实和历史的痛苦感知,对乡村价值的特殊情感。其二是具有边缘身份特点的知识分子形象。之所以说这类人物形象的主要特点是"边缘",是因为在这些人物身上体现着作者对自我身份的复杂感知。从根源上讲,这类人物形象的原始身份都是乡村中的"能人",他们有着不同寻常的才华,却出身贫贱;他们接受过现代科学文化的启蒙,接受了现代都市文明的熏陶,但由于历史的原因,他们无法摆脱自己的"农民"身份;同时历史的发展、个人身上特有的才华又使他们不安于现状,努力寻求着自己新的未来,并将摆脱"农民"身份作为自己努力的目标。在路遥看来,这类人物最好的方式就是接受现代教育,进入城市,但是城市又以各种方式接纳或者排斥着这些人。在精神气质上,他们是典型的知识分子,但他们又没有知识分子的合法性身份:他们往往没有经过现代高等教育的权威认证,从而使他们被排斥在知识分子话语权力之外。这类人物形象实际上是作家自我的精神写照;可以说,这类人物形象的塑造集中表现了一个乡村中的农民如何演变为一个知识分子的复杂经历。其三是女性形象。这里的女性既包括乡村女性,也包括都市女性。之所以把所有的女性形象归并在一处考虑是由于以下两个原因:其一,路遥笔下的女性形象从根本上说是没有独立自主的女性意识的。她们在小说中往往是男人的附属品,并体现着男性叙述人对女性的复杂认知,尤其是一个来自于乡村的作家对女性的认知。其二,路遥笔下的女性在小说中往往具有功能性的价值,而且尽管文本不同,但在小说中的表现差异不大。我们可以从路遥所塑造的女性形象身上,看到这个多重身份的作家在对女性的独特塑造中表达出来的男权意识和欲望。

　　在此还需要谈的一个问题是,路遥笔下还有一类人物形象,即主要活动于都市中的国家各级政府机关的官员形象。本书认为这类形象在小说文本中具有展开人物叙述历史背景的价值功用。他们构成了我们上面所说的三类人物活动的远景,是对历史发展的忠实记录。路遥试图表现国家上层人物在历史巨变过程中的个人遭遇、不同派系间的矛盾冲突。我们可以在路遥的小说中清楚地看到这些人物被简单地划分为两个阵营：改革派和保守派，而且历史的发展最终以前者的胜利而告终。因此在人物形象塑造的价值上，他们的性格特点、文化内涵、价值含义都十分单一。另外，上层政治人物的矛盾斗争又直接通过小说中农民形象的命运表现了出来。我们可以看到一个有趣的结构安排特点：在小说《平凡的世界》中，叙述人往往交代了上层人物间的政治较量之后，马上会转入乡村生活中人物行动和命运的介绍。应该说，这种结构安排进一步弱化了官员形象在小说中的独立价值。

与我们上述论述相联系的还有两个重要概念，一是身份，一是形象。我们首先来关注路遥的身份问题。

应该说，路遥一个十分特殊的地方就是其身份的多元性：从根源上讲，路遥来自于农民；但他又是从农民脱胎换骨的一名当代社会中的知识分子；此外，他还是文学生产体制中的文化官员。显然，这种身份的多元性直接影响到了路遥的文学写作。我们将试图从身份这个角度入手，关注路遥心理世界中因身份问题而带来的分裂的一面，并努力关注这种分裂是以什么样的形式进入路遥的艺术文本的，从而发现叙述人由于这种分裂产生的混乱而带来的巨大的精神痛苦。

关于身份，或者被翻译为"认同"（Identity），这个概念的主要提出者埃里克森有过这样两段解释：

> 这种同一感可以给个体自我心理一种连续且一致的经验，而且个体外在的行为与这种心理经验保持一种统一性。[28]

> 在心理学名词中，同一性形成应用了一种反思和观察同时进行的过程。一种在所有心理功能作用水平上都发生的过程。个人就是利用这一过程来判断他自己，而他所依据的方式是：他认为别人对他的判断乃是在与他们自己，以及在与他们说来有重要意义的类型进行比较的基础上进行的；而他断定他们用以判断自己的方式，则又是依据他如何与他们以及与已经变得跟自己有关的类型进行比较而认识自己的基础上获得的。[29]

显然，身份/认同是在一种比较的过程中逐渐为主体所确定的。埃里克森进而认为每个个体的身份都是一个不断变化的过程,每个个体在成长的不同阶段都面临着不同的精神危机以及解决这些危机的心理过程,而这些危机又与外在的社会文化环境有着复杂的关系。危机在埃里克森看来不是一个贬义词,相反,它是"有着发展的意义……它指的不过是一个转折点,一个不断增加易损性和不断增强潜能的决定性时期,因而也是生殖力量和适应不良的个体的发育的根源"[30]。

埃里克森将身份的同一性问题提高到了其是作为个体的人能够生存下去的一个基本问题的高度。而对于每一个个体身份的塑造,从幼年到青少年的发展经历无疑是有巨大的影响的。在此,埃里克森显然是接受了弗洛伊德关于"童年经验"的理论,但他同时也超越了弗洛伊德因对"性"力量的过分强调而带来的狭隘性。埃里克森不否认社会力量的巨大作用,而且相信个人生命中的同一性危机和历史发展的现代危机是不能分裂开的,"因为这两方面是相互制约的,而且是真正彼此联系的"[31]。

埃里克森对于身份/认同的理解对于我们理解路遥及其心理特点是十分重要的。从这个角度进入问题,我们就会发现,路遥的所谓心理世界二元对立的现象,他的自卑/自傲的心理矛盾实际上都与个体的身份认同有着内在的联系。路遥内心遥遥相对的两个世界所表达的是作为一个骄傲的知识分子的身份和作为一个卑微的农民的身份之间的分裂状态,并使作家产生了心理认同上的混乱。这种混乱以各种形式散播在路遥的文本中。

对于路遥文本的分析,我还将引入比较文学中形象学的研究方法,从"形象"的角度切入研究对象。当然,本书的目的不是对跨国家和文化间不同文学形象进行比较,而是运用比较文学中对形象学的界定和操作来分析文本,并将这一方法文艺学化。

就比较文学来说,所谓的形象学研究,就是"对异国形象或描述的研究"[32]。在比较文学的研究领域中,形象学研究被认为首先是跨学科的研究,其次才是文学研究。它是诸门学科,例如人种学、人类学、社会学、历史学等的交会,而"文学"在形象学研究中更近于一种历史文献资料。通过对这些资料的整理,研究者试图发现文本中(包括文学文本)某一个国家的叙述者对另一个国家、民族的集体想象的特点是什么。从比较文学的视角来看,"文学形象就是:在文学化,同时也是社会化的运作过程中对异国看法的总和"[33]。在研究过程中,文学作品的生产、传播、接受等条件受到重视,同时文学形象背后的文化素材成为文学形象得以生成的基础。而"形象把我们引向了许多或然问题的交叉处,它在这里犹如一个启示者,特别揭示出了一个社会在其意识形态(如种族主义、异国情调等)中,当然也在其文学体系中,以及在其社会总体想象物中的某些运作"[34]。

在巴柔看来,"一切形象都源于对'自我'与'他者','本土'与'异域'关系的自觉意识之中,即使这种意识是十分微弱的。因此形象即为对两种类型文化现实间的差距所作的文学的或非文学,且能说明符指关系的表述"[35]。比较文学中,形象学并不关注形象的真伪问题,因为从一定的视角来看,一切形象都具有一定的虚构性;形象学所注意的是形形色色的形象如何构成了某一个历史时期对"异国的特定描述",并关注"支配了一个社会及其文学体系、社会总体想象物的动力线"。[36]所以,比较文学的形象不是现实的复制品,"它是按照注视者文化中的模式、程序而重组、重写的,这些模式和程式均先于形象"[37]。"形象的描述,是对一个作家、一个集体思想中的在场成分的描述。这些在场成分置换了一个缺席的原形(异国),替代了它,也置换了一种情感和思想的混合物,对这种混合物,必须了解其在感情和意识形态层面上的反映,了解其内在逻辑,也就是说想象所产生的偏离。"[38]

言说者与被塑造的他者之间存在着复杂的关系,但在巴柔看来他者形象总是无法逃避被言说者否定的命运,"这个'我'想说他者(最常见的是出于诸多迫切、复杂的原因),但在言说他者的同时,这个'我'却趋向于否定他者,从而言说了自我"[39]。同时在一个特定的文化环境中,对他者的塑造不是任意的,而是遵循着某种规定;正是这种规定的存在使得他者形象存在着一定的"程序化"[40]的方面,例如在语言的使用上、色彩的运用上等等。这就会使形象演变为一个特定时期的文化象征,而弄清这个形象是如何成为一个社会总体想象物中的象征就成为了形象学研究的目的。

比较文学中形象学的研究方法对我们的启发性意义在于,关注形象的发展变化与时代语境的演变之间的特殊关系。通过这种形象的梳理,我们可以理解在中国当代文学"新时期"的文化语境中具有话语权的知识分子阶层是如何对丧失了话语力量的农民阶层进行一种集体性的想象的;同时权力阶层又是如何在想象的文本中行使自己的特权以对对象进行褒奖、劝勉、规训，甚至是惩戒的。形象的发展因此是一个动态的过程，并在这个动态的结构中表现出想象背后运作的话语权力关系。但是，我们并不想像比较文学中的形象学研究那样，将文学形象置于跨学科研究之下；而是相反，按照文艺学的要求，将文学形象视为研究的中心，而跨学科的交流语境则为研究提供了广泛而开阔的背景。这样，文学文本并不是在为文化研究、国家民族之间的想象性差异研究提供文本资料，而是反过来，是研究中的核心。我们将试图在对文本的解读中，运用现代叙事学的方法分析形象生成的文本语境，发现形象之间的联系、差异，并发现这种关联和断裂中隐含的各种权力话语，以及时代语境对形象的生产所产生的压力和动力。

　　需要补充的一点是，无论是对路遥的理解，还是对其文本的分析，我都将引入新的研究视野。具体在研究的操作层面上，我将关注文本中的分裂、不连续性、语言中的无意识裂缝、边缘性等因素，注意这些地方所显示出的对统一的、神圣的、连续性的历史的颠覆的一面，发掘在这些言语中所蕴涵的价值和意义。我再一次重申，这种理解并不意味着前人对路遥的分析判断是错误的，路遥及其作品作为一个文本应该而且可以在新的时代语境中呈现出新的意义空间，而我的理解只是众多关于路遥话语的一个分支，我希望这种分析文本的方式会对重新界定路遥产生一定的价值和意义。

注　释

〔1〕　张晓光：《挣稿费赚钱和卖血一样——"当代梵高"路遥之死》，文章来源于"斗牛士"网站：http://www.donews.com/index.html，刊载时间为 2003 年 05 月 22 日 19：23；马剑刚转载，见 http://www.donews.com/donews/article/4/46366.html。

〔2〕　可参见航宇：《路遥在最后的日子》，陕西，陕西师范大学出版社 1993 年版，第 54 页。

〔3〕　主要是在《陕西文艺》上，还有《山花》。这里面一个有趣的地方是，这两部刊物都是路遥参与编辑和发行的——路遥从延安大学毕业后就任《陕西文艺》的编辑；而《山花》则是一本由路遥亲自参与编写、发行的地区性刊物。它的寿命很短，仅限于"文革"最后几年。

〔4〕 此间发表出来的作品,就我目前查到的,总共有 5 篇,包括《不会作诗的人》,发表于《延河》1978 年第 1 期;《在新生活面前》,发表于《甘肃文艺》1979 年第 1 期;《夏》,发表于《延河》1979 年第 10 期;《青松与小白花》,发表于 1979 年 8 月号;《惊心动魄的一幕》,发表于《当代》1980 年第 3 期。

〔5〕 这种观点迄今为止仍然很有市场。例如在陈思和的《当代义学史教程》中,对路遥的论述只停止在对《人生》的评判上。北京大学毕业的博士邵燕君撰写博士论文前的观点似乎很具有代表性:"在我一贯的印象里,路遥对当代文学发展的主要贡献到《人生》就为止了,他在文学史上的位置更因其在 1992 年英年早逝而被圈定。"见邵燕君:《倾斜的文学场》,江苏,江苏人民出版社 2003 年版,第 160 页。

〔6〕 《早晨从中午开始》,创作于 1991 年初冬,至 1992 年初春终稿;曾连载于《女友》杂志上。

〔7〕 在创作随笔《早晨从中午开始》中,路遥曾经写道,为了超越《人生》的标尺,"在无数个焦虑而失眠的夜晚,我为此而痛苦不已"。见《路遥文集》卷二,陕西,陕西人民出版社 1993 年版,第 5 页。

〔8〕 《平凡的世界》第一部于 1986 年发表于《花城》第 6 期上。

〔9〕 其实这种贬低并不仅仅是针对路遥的,而是针对整个现实主义文学创作的。在本书第七章"书写的压力"中,我将谈到这个问题。

〔10〕 路遥:《早晨从中午开始》,参见《路遥文集》卷二,陕西,陕西人民出版社 1993 年版,第 11 页。

〔11〕 梁向阳:《路遥研究述评》,刊于《延安大学学报》(社会科学版)2003 年 2 月号,第 89 页。梁向阳系延安大学文学院副教授,《路遥研究述评》全面介绍、梳理、评价了国内目前对路遥的研究的状况,该文对本书这一部分的撰写有很大的帮助,在此表示谢意。当然,该文最大的问题就是"路遥研究"这一提法很难为国内学术界认可。为慎重起见,本书的提法是"对路遥的研究"或"关于路遥的研究"等。

〔12〕 梁向阳:《路遥研究述评》,刊于《延安大学学报》(社会科学版)2003 年 2 月号,第 92 页。肖云儒的论文《路遥的意识世界》刊载于《延安文学》1993 年第 1 期。

〔13〕 梁向阳:《路遥研究述评》,刊于《延安大学学报》(社会科学版)2003 年 2 月号,第 92 页。

〔14〕 宗元:《魂断人生——路遥论》,上海,上海人民出版社 2000 年版。

〔15〕 吴秀明主编:《中国当代文学史写真》(上、中、下三卷),浙江,浙江大学出版社 2002 年版。

〔16〕 吴秀明主编:《中国当代文学史写真》第二卷,浙江,浙江大学出版社 2002 年版,第 747 页。

〔17〕 同上书,第 748 页。

〔18〕 Hannah Arendt, "Introduction: Walter Benjamin: 1892 – 1940", *Illumination*, edited and with an introduction by Hannah Arendt, translated by Harry Zohn, Schocken Books, New York, 1983, pp. 1-2.

〔19〕 邵燕君:《倾斜的文学场》,江苏,江苏人民出版社 2003 年版。

〔20〕 同上书,第 160 页。

〔21〕 同上书,第 165—166 页。

〔22〕 同上书,第 168 页。

〔23〕 迈克·克朗:《文化地理学》,杨淑华、宋慧敏译,江苏,南京大学出版社 2003 年版,第 140 页。

〔24〕 同上书,第 131 页。

〔25〕 同上书,第 143 页。

〔26〕 Walter Benjamin: "These on the Philosophy of History", *Illumination*, edited and with an introduction by Hannah Arendt, translated by Harry Zohn, Schocken Books, New York, 1983, p. 255.

〔27〕 路遥:《早晨从中午开始》,见《路遥文集》卷二,陕西,陕西人民出版社 1993 年版,第 66 页。

〔28〕 Erik H. Erikson: *Childhood and Society*, W. W. Norton & Company Inc. , New York, 1963, p. 44.

〔29〕 〔美〕埃里克森:《同一性:青少年与危机》,孙名之译,浙江,浙江教育出版社 1998 年版,第 9 页。

〔30〕 同上书,第 84 页。

〔31〕 同上书,第 10 页。

〔32〕 〔法〕巴柔:《形象》,参见孟华主编:《比较文学形象学》,北京,北京大学出版社 2001 年版,第 152 页。

〔33〕 同上书,第 154 页。

〔34〕 同上书,第 155 页。

〔35〕 同上。

〔36〕 同上书,第 157 页。

〔37〕 同上。

〔38〕 同上书,第 156 页。

〔39〕 同上书,第 157 页。

〔40〕 同上书,第 158 页。

第二章　身份认同与心理焦虑

一　路遥小说空间结构生成的历史语境

从 20 世纪 70 年代末开始,中国进入了一个新的时代。在这里,所谓的"新"是指社会文化各个层面的一切都在发生着深刻的变化,新的事物、观念层出不穷,冲击着人们既有的观念认识。这个时代在文学史和文化史上被冠名为"新时期"。对于这个时期刚刚开始时的时代特征,洪子诚有这样一段描述:

> 70 年代末到 80 年代初广泛存在于社会各阶层的"新时期"意识,其核心是"科学、民主"为内容的对于"现代化"的热切渴望。这种意识表现为两个主要层面,一是在与过去年代("文革")的决裂和对比中,来确立未来道路,另一则主要是反观"历史"作出的发问和思考。[1]

这种"发问和思考"带来的就是所谓的思想解放"运动"[2]——"运动"这个词很奇妙,尤其是在中国特殊的政治文化历史中,这个词就更加意味深长了。从社会政治角度来看,思想解放清算的直接对象就是"文革",反思的目的无疑是为了通过彻底否定"文革",承继中共"八大"的正确历史判断,并使历史得以延续下去。[3]也是通过这种形式,"新时期"与新中国历史的统一性及其话语的合法性才可以延续下去。但同时,知识分子的反思又进入了对"文革"前的 17 年历史——尤其是文学史、文化史——的重新审视。也因此,我们可以从反思中看到知识分子反思和国家最高权力阶层反思之间的时间性差异。后者强调反思中对历史的承继性,尤其是对 1956 年中共"八大"指导原则的承继性。这些指导原则被写入了中共中央对"文革"和毛泽东的评价中,也在很长的时间内成为指导新时期政治经济工作的基本方针。而前者则强调反思中国知识分子独立思考的意识和观念价值,尤其是对失落多年的"五四"精神的承继性。而这也是为什么"民主"与"科学"能够成为那个时代中最响亮的口号的原因。我们可以在巴金的《随想录》中看到老人的忏悔,但这种忏悔直接追问的是个体的独立思考的精神意识的丧失,知识分子的独立人格观念的丧失。因此在巴金老人追求情感和观念"真实"的表层叙述中,在其对个体天良痛苦的自我拷问的表层下,隐藏着的是个体面临的巨大历史危机,以及对失去的"五四"精神的缅怀与呼唤。也是在这种追问中,国家政治话语和知识分子个体话语面临着分离的危险。而"思想解放"的过程就是一个历史宏大叙事不断面临困境的过程,在这个不断反思质疑的历史进程中,原有的一切价值观念都遭到了前所未有的合法性危机,如同康德的宣言:"我们这个时代可以称为批判的时代。没有什么东西能逃避这批判的……因为只有经得起理性的自由、公开检查的东西才博得理性的尊敬。"[4]

国家政治话语和知识分子个人话语的真正分离以 20 世纪 80 年代文学史和文化史中的以下几个事件为标志:其一是在文学史研究中提出了所谓的"重写文学史"的口号;其二是在审美本质的讨论中"体验美学"诞生;其三是在文学创作中路遥的《平凡的世界》、贾平凹的《浮躁》等小说出现。在时间上是 1986 年到 1988 年之间。

一般认为,"重写文学史"的提出与 1985 年北京大学三位学者黄子平、陈平原、钱理群在《文学评论》上发表的一篇论文《论"二十世纪中国文学"》[5]有着直接的联系。在这篇论文中,他们提出了将 20 世纪中国文学视为一个整体的观点,而这个观点的提出将打破以国家意识形态、社会制度为标志,为文学史研究做时间性划分的学科研究方式,其隐含的文化冲击力是十分明显的。"重写文学史"的口号提出于 20 世纪 80 年代后期。1988 年 4 月,上海的两位学者陈思和与王晓明在《上海文论》上开辟了"重写文学史"专栏,每期专栏包括对已经有过"定论"的中国现当代文学作家进行重评,同时加上两位学者"编者的话"。专栏一直开设到 1989 年第 6 期结束,统共有 9 期的内容。陈思和与王晓明的主张得到了国内多数学人的支持。事实上,对"重写文学史"的讨论并没有限制在《上海文论》上,在许多专业性的学术期刊上，我们都可以看到相关的讨论。

在专栏第 4 期中两位学者复制了近七十年前胡适提出的那个著名的口号："多分析问题，少空谈主义"，并将此作为遴选文章的重要标准之一。[6] 在这里，对"问题"的关注与对"主义"的疏远暗含着以一种新的价值判断标准去衡量研究者的学术活动及其价值观念，并对原来过于政治化的理论权威提出挑战，在与旧的话语权威的争论中塑造新的话语权威和衡量标准。我们都知道任何人是无法回避社会政治的，因此，所谓"问题"和"主义"之争，不过是当代知识分子表达话语权的一种方式和策略。而十分有趣的地方就在此：关注"问题"就是以"美学"原则作为衡量作家及其创作价值高低的标准，因而应该关注文本中艺术因素的表达。同时，评论中应该去讨论"具体"的问题，甚至是"小"的问题，而不是重大的思想价值，尤其是方针政策、政治方向的对错与真伪。我们在两位学者的衡量标准中已经看到了对过去学术研究中政治话语宏大叙述方式的反叛，对历史连续性的质疑。进入学人视野的不再是一个宏观的、庞大的历史过程，而是这个过程中一个个分散的点。每一个点都应该有自己在文学史中的价值，关键在于发掘这些"点"的价值和意义。进一步，我们可以看到，这种思维方式发展的逻辑必然就是，这些文学史中的"点"可以被连接起来吗？如果可以，是通过什么方式，什么观点，什么视角？又是怎样被连接起来的？在这个追问的过程中，"批评家的主体性"、"研究者精神世界的无限丰富性"[7] 成为决定性的因素被突出了出来。

"重写文学史"的话语意义在于，将 70 年代末知识分子启蒙意识对社会的话语权力诉求由一种口号演变为一种具体的行为。它是启蒙意识进一步自觉和成熟的表现。启蒙话语在 70 年代末、80 年代初与国家话语还有扯不清的各种关系，甚至存在一种"共谋"行为。知识分子对"民主"和"自由"的话语要求与国家最高权力机构提出的"解放思想"、"实事求是"的政治指导原则之间存在着精神气质上的一致性，也因此知识分子才会积极投入到国家话语的表达中去。[8] "重写文学史"的提出则意味着知识分子话语在努力廓清与国家话语之间的关联，寻求一种独立的表达方式。当代文学史一直是"官修史"，现在这种统一的"官修"行为被个体的要求所打破，开始变成一种个人行为，而学术研究也应该是"个体化"的。

但是,"重写文学史"的问题并不意味着对政治的彻底反叛;恰恰相反,它只意味着当代学术研究中对政治传达应该采取一种新的修辞方式。政治只是学术研究中的一个重要因素,但不是决定性的因素,尤其不是最后因。这样,学术研究中衡量标准的多元化、个体对历史和文本阐释的多元化就慢慢浮出地表。

如果说,"重写文学史"的提出暗示的是知识分子自我意识与国家话语在理论思维领域中的分裂的话,那么,体验美学诞生的意义则是这种分裂进入到了审美意识。

从发生上讲,体验美学观念的出现无疑是80年代初期再次出现的关于"美"的本质问题争论的一个延续;进一步来说,它是五六十年代那场著名的美学大讨论在80年代的最后回响。这决定了它在表述上必然采取宏大叙事的方式,将审美体系化;而且这种对"叙述"和"体系"的追求是一种极为自觉自愿的行为。但它在具体观念的传达上,又必然具有强烈的反叛色彩,从而在表述形式和表述内容之间发生断裂。而在这个断裂中,暗含着宏大的国家话语和个体审美诉求之间的冲突和分离。

从1986年到1988年,有关体验美学的几部主要著作相继诞生,如胡经之的《文艺美学》、刘小枫的《诗化哲学》、王一川的《意义的瞬间生成》、叶朗撰写的《中国美学史大纲》及其主编的《现代美学体系》等。他们的共同之处是在理论资源上都有德国古典哲学、浪漫派诗学、胡塞尔现象学、海德格尔和萨特存在主义哲学的影子;同时,他们都在自觉而努力地对中国古典美学中的"意境"、"感兴"等范畴进行再阐发,通过这种形式将这一概念融会到当代美学话语中。而对"意境"、"感兴"、"中和"等术语的再理解,对中国古代美学中以老庄思想为源头的美学思想的清理,甚至是对德国古典哲学、浪漫派诗学的再体认,无疑又都受惠于宗白华的那本《美学散步》——尽管这本书中的大部分文章早在20世纪40年代就已经面世了,但对它的再发现和再阐释却是在40年后。

体验美学观念的重要特征就在于对审美欣赏中个体存在的关注。这一点可以从体验美学著作中关键词的使用上看出来,如"体验"、"生命"、"瞬间"、"直觉"、"存在"、"诗性"、"意境"、"兴发"、"体悟""自由"……但是体验美学实际上面临着一个巨大的困境:如何协调个体和历史、现实和理想、平凡和神圣之间的关系？体验是一种具体的"此在"通过对自我肉体和欲望的超越与扬弃而实现的，而且也只有如此，体验才可以摆脱具体的束缚，"目击道存"，感受到苍茫的历史与个体的统一。[9]那么体验是不是一种个体的"迷狂"状态呢？在体验美学的所有专著中，我们都可以看到撰写者对个体审美高峰体验中精神状态的叙述，但是这个状态似乎又不是人人能够得到的，它似乎只是具有极高的胸襟和素养的人才可以达到的。这意味着参与体验的主体是一个被神圣化了的主体，而且也只有主体是神圣的，才可以感受到神圣的存在。马克思说得好，对音乐的欣赏要求的是那个能够欣赏音乐的耳朵；同样，体验的生成要求的也是被体验叙述"后"的个体。因此体验美学是知识分子启蒙话语对权力诉求的巅峰状态，它把主体推到了至高无上的地位，在这个主体身上寄寓着启蒙话语一统江山的理想和诉求；同时，也是在这个位置上，启蒙话语发现了自己背后所面临的深渊。

问题是体验的背后是什么？或者说这种类似于"迷狂"的状态的背后是什么？当我们领悟了巨大的历史苍茫感，感受到了历史和现实的统一之后会怎么样呢？从个体体验上看，应该是一种精神的失落。而这正是体验美学所面临的严重危机。体验美学中隐含的逻辑悖谬就是，通过理性方式获得的审美体验却是非理性的。甚至可以说，体验的过程——庄子的所谓离形去智、老子的所谓玄览、胡塞尔的所谓现象与本质在意向性心理结构中的统一——本身就蕴涵着非理性的因素。而这正是启蒙话语的巨大尴尬所在，也是启蒙话语必须解决的问题。在那个整齐、严密、精致、理性的宏大理论叙述和推理结构之后，显示出来的却是个体体验的非理性状态、对历史理性的背叛、瞬间的空间体悟与漫长的时间结构之间的分裂。

因此，体验美学试图建构审美的宏大叙述的背后，暗示着宏大叙述的破产；那种试图在瞬间体验中融合现实与历史、个体与集体、平凡与神圣的努力，却宣告了二者不可调和的分离。如果说在历史、集体、神圣中还寄寓着启蒙话语对国家、民族的美好想象的话，那么在现实、个体和平凡中，则暗示着对这种想象的放逐。作为知识分子的个体终究是无法融入国家话语中去的。历史也在说明，体验美学之后，对审美绝对性、中心性、体系化的宏大叙述开始崩溃了。

无论是"重写文学史"的提出还是体验美学的诞生，都暗示着知识分子话语和国家话语分离的状态以理论的形式提了出来;而这种分离的深入,则是进入艺术形式,以艺术文本的方式传达出来。在小说创作中,表现为1986年路遥的《平凡的世界》和贾平凹的《浮躁》的诞生。关于《平凡的世界》的意义,我们将在本书后面的相关章节中具体讨论,这里先简单说一下。

在路遥的小说《平凡的世界》中,主人公孙少平最后似乎有一个十分不错的结局,但实际上,这个结局暗示着作为"边缘人"的孙少平被放逐。孙少平被放逐的另一个重要标志就是田晓霞的死。田晓霞死后,孙少平的梦也就醒了,同时路遥精心结构的个体追寻历程也走到了尽头。田晓霞的死意味着,作为个体的孙少平将永远无法进入到国家权力结构的网络中——退一步想,假如田晓霞不死的话,有多少人会怀疑孙少平的似锦前程呢?从某种意义上讲,孙少平的出现是路遥对《人生》中关于高加林的问题——高加林的未来是什么样——的回答,但是作为高加林替身之一的孙少平不是像高加林那样进入大都市,而是在都市的边缘做了一名矿工,这就意味着高加林最后永远也进不了城,同时也就暗示着路遥对高加林未来的悲观意识。因此,作为个体理想符号的孙少平的结局超出了国家话语希望的边界,并在这一点上与国家话语分道扬镳了。

现在,让我们一起看一下贾平凹的小说《浮躁》。其实,《浮躁》的情节结构与《平凡的世界》具有某种相似性:都是富有才华的乡村才俊,都渴望做一番不平凡的事业,都对城市充满了幻想,带着征服者特有的野心走进了城市,又都在最后被城市拒绝。孙少平最后沦落到城市的边缘隐藏了起来,而金狗则在与城市和制度的对抗中殚精竭虑,最终回到了乡村,做起水上漂流的买卖。孙少平找到了贤惠的惠英以偿还高加林对刘巧珍犯下的罪孽,而金狗则迷途知返,身边有靓丽的小水陪伴终身。无论是孙少平还是金狗,都是作家心中的理想人物,但他们经过漫长的奋斗之后,一个被流放到都市的边缘,一个则回到了自己的起点。在这种几乎是宿命般的结局中恰恰暗示着叙述人对历史的失望。

如果我们再看一下贾平凹的创作历程,就可以感受到他对待历史态度的巨大反差。80年代初期,贾平凹先后创作了《小月前本》、《鸡窝洼的人家》、《腊月·正月》等小说。这些作品中,叙述人对历史充满了美好的憧憬。门门渴望着在将来和小月大干一场,如同他们共同挺立在排头时沿着湍急的河流向远方眺望那样。而烽烟也与禾禾结合到一起,在鸡窝洼接了电,买了电动抹面机。《腊月·正月》中韩玄子眼看着自己的孩子都跟着村里的能人王才跑了,也只能发出"我不服啊!"的无奈感叹。这几篇小说的结尾无疑都具有一种特殊的象征意味。历史乌托邦的美丽景象就在时间不断延伸的尽头,而个体只要努力就可以把握自己的命运,尽管个体会遇到各种困难。所以在三部小说中,贾平凹笔下的正面主人公形象在具备乡村能人的各种才华的同时,又有一种特殊的清晰感、单纯感。而这正是启蒙话语对自己开始美好想象的表征。

1985 年,当贾平凹创作出《黑氏》后,风格为之一变。黑氏是贾平凹小说中少有的女性主角,她同样具有乡村能人的才华与吃苦耐劳的精神。但是富裕起来的黑氏对于未来已经不再有美丽的希望了,有的反而是困惑和迷茫。黑氏不知道自己更爱谁,不清楚自己未来的归宿,命运不再是可以把握的,不再是确定的。黑氏的困惑实际上也是启蒙话语的困惑。富裕起来的农民究竟会有怎样的未来? 这个在 80 年代初期本来是十分清晰的问题现在开始模糊起来。其实,黑氏的痛苦在《小月前本》的小月身上已经表现了出来,选择了门门的小月却又在思念着割舍掉的才才。门门和才才表征着未来和过去,如同《鸡窝洼的人家》中的禾禾和山山。但是才才和山山都面临着被历史淘汰的命运。小月内心中渴望二者统一的焦虑不仅在历史中没有被实现,反而在黑氏身上变得越发模糊了。启蒙话语那种特有的清晰和自信在这个时候变得犹豫不决、茫然无措。

贾平凹在《黑氏》中没有找到问题的答案。这个问题在 1986 年的《浮躁》中再一次以悲观的方式提了出来,而回答也是悲观的。城市,是金狗所面对的外在于个体的、庞大的异己力量,它试图收编乡下来的穷小子;而面对城市,金狗要么与它同流合污,要么被它驱逐出境。金狗选择了后者,而金狗选择的勇气来自于叙述人对商业的梦想,那毕竟是个体的事业。而且金狗挟美女小水漂流于水上,很容易让我们想起范蠡挟西施放浪于江湖的传说,那的确是个不错的想法。但金狗真的会如此吗? 1992 年贾平凹给出了答案,金狗的结局就是那个彻底堕落的文人庄之蝶。

当金狗离开城市之时,也就意味着知识分子启蒙话语彻底地失落了,它不得不被国家话语放逐掉；也可以说，知识分子的理想与国家政治统治者的理想在此分道扬镳。如果说，"重写文学史"是知识分子在国家话语之外对自我重新定位的行为，体验美学是神圣主体看穿历史真相前的最后挣扎，那么《平凡的世界》和《浮躁》的诞生则是两种话语分离的艺术传达。它意味着，那个对未来有过美好憧憬的主体开始由中心走向边缘。

二　身份社会中的空间记忆

"农民"是什么？

这是本书必须面对的一个基本问题，同时对这个问题的解答也是本书得以展开的社会学基础；虽然我们承认这个问题的设置方式有本质化的倾向。为了更清楚地表明这个问题的历史性，我们将这个问题的时间限定为1949年到1992年。前者是中华人民共和国建国的时间，而后者则是邓小平南巡讲话的时间，同时也是我们问题的探讨对象路遥去世的时间。

"在农村建成人民公社制度以后的相当长时期里，农民首先不是被当做一种职业，而是被当做一种与生俱来、难以改变的身份，这是中国独特的社会阶层现象。"[10]对这种身份形成了强大约束力的还有两个制度，一个是社会政治制度中对每个公民政治身份的认定，还有一个是在这种政治身份认定基础上形成的户籍身份划分。这里所谓的"农民"不是一个经济学概念，它不是像西方发达国家那样，是个人可以自由选择的一种职业和生存方式，而是一个政治概念。尤其是1953年中国社会主义改造胜利完成以后，"农民"变成了这个国家中所谓的"统治阶级"之一，可这个"统治阶级"又没有充分的合理合法的公民权利——直到今天，这个国家中最庞大的阶层还大多处于现代市场经济的社会保障体制、医疗体制、工资制度以及其他社会福利制度之外，他们的身份还是一个十分敏感的问题。

这种特殊的身份制度，实际上将这个国家的全体公民硬性划分为两个截然不同的身份阶层：农民阶层和非农民阶层，它被国家户籍制度清晰地表述为农业户口和非农业户口。后者在国家经济、文化、医疗、就业等方面占有天然的优势地位，而这又与国家所宣扬的中国农民所具有的主体政治地位形成了鲜明的反差。在政治上被极力颂扬的主体，在就业、教育、医疗、保障等多个层面却受到了严格的限制;而且这种限制作为历史遗产,直到今天仍然在发挥作用。

正是在这种特殊的身份制度之下,中国社会形成了独特的社会地理景观:乡村景观和城市景观;与这两种景观相对应的是两种截然不同的生存方式、文化特征、价值观念、经济制度,并形成了中国社会最基本的一个差异:城乡差异。与此同时,国家还通过各种政治措施在客观上强化这种差异。比如在经济上,城市工作的工人、教师、职员每月有固定的工资收入,有相对完善的医疗制度、退休制度,同时还可以享受国家各种福利待遇。而在乡村,农民不仅要按时按量向国家交纳粮食,在很长的历史时期内只能有限度地支配自己的劳动产品;同时,他们还要完成国家规定的各种税费,参与无偿的劳役(例如大规模、强制性的农田水利建设)。而国家采取的各种政策又将农民强制性地限制在土地上。这些政策的实施直接导致了农民在整个社会发展中长时间处于相对贫困的状态中。[11]因此,可以说在这种基本的身份差异之下,城市和乡村作为两个基本对立的概念被凸显了出来。

我们可以在路遥的《平凡的世界》中感受到这种巨大差异之下,乡村底层的农民和乡镇国家干部之间在生存状态上的巨大反差。在小说第一部中,通过叙述人的视角我们可以看到,一方面是数九寒天中,大批农民被驱赶着、强制性地参加各种义务劳动。与此同时,家里却是无米下锅、忍饥挨饿,许多人住在破破烂烂的窑洞中,甚至连一件完整的衣服、一床完好的被褥都没有。另一方面,城镇中的基层干部,却一顿饭可以炒几个菜,可以有酒有肉,有温暖的窑洞,有绵软的被褥,可以迎来送往且车水马龙。这种差异虽然对叙述人来说,可能只是一种无意识的表达。例如路遥没有刻意将这种差异通过对比并置的方式,形成强烈的叙述反差;路遥甚至有可能在避免这样的修辞行为,并通过对国家干部的正面形象塑造压制这种差异。但这种描写中所具有的社会学和政治学上的含义还是暴露了出来。

显然,“这是一种通过身份等级形成的‘城乡分治,一国两策’现象,长期实行‘一国两策’的结果便是:形成了城镇居民的孩子永远是城镇居民,农民的子女永远是农民的世袭阶层体系”[12]。这个被社会强行推行的身份制度成为了一个先验结构,并先天性地传播了“贼的儿子永远是贼,法官的儿子永远是法官”的血统哲学观念。这种后天性的政治规定还演变为一种先天性的强大政治力量和社会力量,并由此产生了从乡村中出来的个体对自我身份的复杂认知,对自己乡村母体的复杂情感。

农民改变自己身份的途径只有以下两种:一是通过国家在农村招工获得合法的工人身份;一是通过高等教育,毕业后获得国家干部身份。在这两种途径中,前者往往与乡村社会中特殊的权力阶层——基层乡村干部——的利益紧密相连;而后者则更突出个体的才华和天赋,是对个人奋斗价值和意义的认可,虽然它可以打上为国家和人民服务的幌子。显然,对于绝大多数家境贫寒的乡村子弟来说,通过前一条途径改变自己身份的可能性是十分微弱的,因为它的主观选择性不大。而后者——通过考试改变自己的身份,进入到一个更高的社会阶层,从而拥有一种更高的社会身份——则与个体的努力、天赋等主观因素有密切的联系。因此,我们可以看到,在乡村中,努力学习的农村孩子几乎都有着不一般的抱负,这种抱负又与光宗耀祖的传统宗族观念紧密结合在了一起。《平凡的世界》第三卷中,孙少平在大牙湾向恋人田晓霞讲述自己的梦想时,清晰地传达出了一个农村孩子梦想中的一切。也是这种特殊的制度要求,使得大学生在中国一直是一个备受关注的群体,这个群体甚至是一个十分特殊的政治、经济、文化阶层。而产生这一现象的现实社会原因之一就是,一个大学生毕业后的国家干部身份,以及由此所带来的巨大的政治、经济、文化、教育上的优势地位。

1978 年,改革开始了。"中国改革开放在农村的一个重要的社会学意义,就是对改革前形成的以身份为划分标准的世袭性阶层体系的冲击和变动,但没有彻底改变这个体系。""一方面改革开放确实给农民自主选择职业的机会和权力,但是另一方面农民的身份制因素(特别是户籍身份)仍然在影响和制约着农民的社会流动。"[13]改革给乡村带来的重大变化体现在以下两个方面:

其一是农村经济改革给农民带来的巨大经济变化,"在 20 世纪 80 年代中期以前,农业劳动者阶层是改革发展的受益阶层"[14],他们率先突破了传统的政治经济束缚,勇敢地走向了自强之路,不仅在短时间内一举改变了困扰乡村多年的温饱问题,而且给全社会以巨大的震动。因此,改革初期,中国农民是改革开放政策坚定的支持者和执行者。[15]正是这种社会语境的存在,在《平凡的世界》中才会出现通过个人奋斗发家致富、光宗耀祖的美好想象。

　　其二是国家高考制度的恢复。[16]这实际上为每一个人提供了一个相对平等地接受高等教育的机会。虽然参加考试的考生身份是十分复杂的,但在统一的衡量标准面前,个体的才华、天赋、勤奋、吃苦耐劳等精神可以成为一个人把握自己命运的决定性因素。而从乡村出来的寒门子弟自然也可以通过这个制度完成自己身份上质的飞跃。尽管考试的过程本身还由于巨大的城乡差异而存在着天然的不平等,这种不平等又导致了从乡村中"考"出来的孩子必然是乡村文化中的精英分子,他们往往才华出众、勤奋刻苦,秉承了父辈特有的吃苦耐劳的精神品质;同时他们又有着与都市截然不同的乡村价值观念、文化观念、审美趣味,这使他们在都市文化的生存中形成了特殊的精神状态。

　　我们可以在路遥的小说文本中发现这种现象。路遥笔下众多主要人物的共同身份特征是参加高考的学生,但命运却各不相同。在《你怎么也想不到》中,小说的主人公郑小芳和薛峰是通过高考改变自己命运的乡村学生。我们既可以看到乡村价值观念和都市价值观念碰撞中所产生的各种矛盾,也可以看到由于对乡村价值特殊的坚持给男女主人公和叙述人带来的精神痛苦。但是路遥笔下更多的主人公却是参加高考而不幸落榜的乡村学生——这可能在国家历史的发展中是更普遍存在的一个群体。无论是路遥的成名作《人生》中的高加林,还是其史诗性作品《平凡的世界》中的孙少平、孙少安,无论是《痛苦》中的男主人公高大年,还是《姐姐》中的姐姐,他们都由于外在的原因,尤其是教育机会不均等的原因,而丧失了继续参与教育的机会;但他们并没有甘心自己的失败,而是试图通过个人的努力改变自己的命运。高考对于一个乡村孩子的价值和意义可能要远远大于城镇的孩子。《平凡的世界》中,李向前没有考上大学,但可以凭借父母的关系找个不错的工作,《人生》中的黄亚萍也可以有一份令人羡慕的职位;但是农村的孩子在高考失败后面临的却只能是回家务农。虽然改革开放给予了农民改变自己经济地位的新机遇,但这些机遇却无法改变"农民"身份这一铁的事实,并在社会的各个方面使他们感受到这个身份所带来的低贱、卑下、肮脏、落后、耻辱的印记;在感受这种身份痛苦的同时,沉淀着内心世界对这个身份复杂的情绪。一位来自乡村的学者这样回忆自己当年阅读《人生》时的记忆：

> 在一次班会上,我们说起《人生》,问到最难忘的是哪一部分时,几乎都认为高加林进城掏粪、遭受城里人的冷眼的那段,是印象最深刻的了。然而,无论城市如何拒绝,这群来自乡村的年轻学子都一厢情愿地痴迷着城市,同时,也因为遭到城市的某种程度的拒绝而产生仇怨。[17]

这种复杂的情感变成了一种征服城市的欲望,如同《高老头》中外省青年拉斯蒂涅在埋葬高老头的郊外山冈上,面对巴黎的灯火而说的:"巴黎,我们来拼一拼吧。"

从这个意义上讲,路遥的文学创作暗含着一种集体记忆,它清晰地标记出了那个身份社会中来自乡村的孩子的苦难经历,并记录着他们在身份社会中特有的梦想。他们相信自己的才华,相信自己的努力奋斗能给个体带来巨大的变化,相信在个体身上积聚的梦想一定能变成现实。路遥的文本无疑在刻录一批有着农民血统的现代知识分子痛苦的经历——他们的卑贱出身给他们带来的精神分裂和为了摆脱这个身份而苦苦寻求的心路历程。

三　城乡结合部:边缘身份的空间隐喻

在"文革"期间路遥也创作过一些颇具时代色彩的作品,但这些作品的生成语境决定了它们的价值和品位不高。而路遥作品的主要影响是从 70 年代末开始的。对于自己创作的时代变化,路遥有一个根本性的看法:

> 我国当代社会如同北京新建的立体交叉桥,层层叠叠,复杂万端。而在农村和城市"交叉地带"(这个词好象是我的"发明"——大约是在你和胡采同志主持的西安地区作家座谈农村题材的那个会上说的),可以说是立体交叉桥上的立体交叉桥。我在另一篇文章中已经说过,由于现代生产力的发展,又由于本世纪六十年代中期开始,在我国广阔的土地上发生了持续时间很长的、触及每一个角落和每一个个人的社会大动荡,使得城市之间,农村之间,尤其是城市与农村之间相互交往日渐广泛,加之全社会文化水平的提高,尤其是农村的初级教育的普及以及由于大量初、高中毕业生插队和返乡加入农民行列,城乡之间在各

个方面相互渗透的现象非常普遍。这样,随着城市和农村本身的变化与发展,城市生活对农村生活的冲击,农村生活对城市生活的影响,农村生活城市化的追求倾向;现代生活方式和古老生活方式的冲突,文明与落后,现代思想意识和传统道德观念的冲突等等,构成了当代生活的一些极其重要的方面。这一切矛盾在我们社会的政治、经济、文化、思想意识、精神道德方面都表现了出来,又是那么突出和复杂。

实际上,世界各国都存在着这么一个"交叉地带",而且并不是从现代开始。从古典作品开始,许多伟大的作家早已经看出了这一地带矛盾冲突所具有的突出的社会意义。许多人生的悲剧正是在这一地带演出的。许多经典作品和现代的优秀作品已经反映过这一地带的生活;它对作家的吸引力经久不衰,足以证明这一生活领域是多么丰富多彩,它们包含的社会意义又是多么重大。当然,在当代中国社会中,这一生活领域的矛盾冲突所表现的内容和性质完全带有新的特征。[18]

这两段话已经成为研究路遥及其创作最基本的材料之一,同时也是许多研究者为路遥的小说《人生》定位的一个重要依据。许多研究者都注意到了路遥十分关注往返于城乡之间的小人物的命运,这当然与作家自己的亲身经历有关。路遥自己就曾经长时间地往返于城市和乡村的"交叉地带"上,小说文本从这个意义上讲是叙述人自我经历的一种记忆形式。但很多学者同时忽视了这个"交叉地带"所蕴涵的特殊的文化心理内涵——叙述人对自我"边缘身份"的认同;而所谓的"交叉地带"不过是作家自我边缘身份的一种空间隐喻。

历史为路遥这样的精英农民提供了前所未有的机会:通过高考摆脱农民身份。但同时这个机遇中又包含了历史和时代的残酷性。路遥的经历告诉我们,他是"文革"特殊环境中的幸运儿;而他的革命委员会主任的"辉煌"经历又差点断送了他的前程。可以说,新的教育体制和教育环境使路遥获得了重新摆脱农民身份的机遇,并获得了渴慕已久的知识分子身份。但也由于这样一种经历,路遥并没有真正认可自己的身份,毋宁说路遥陷入了一种深刻的身份认同混乱中。

路遥对自我身份的认同混乱可以从一个细节上看出来。路遥唯一的女儿叫"王路远",任何人稍加辨别就可以看出这个名字中特有的意味,它是路遥本姓和笔名的结合。我们知道,姓名不仅是一个名字,还是标志着一个人的身份、血缘关系、社会地位的符号。"王路远"这个名字中暗含着作家对自己身世和现有社会身份的双重纪念。从姓氏上讲,"王"姓暗含着一个贫苦的出身,一个农民血统,一个特殊的历史记忆;而从名上讲,则是一定的声誉,较高的社会地位,同时也记录着作家对自我特殊身份的认可。在路遥女儿的名字上,我们可以看到路遥试图调和自己的出身和现有社会地位的努力。但是,这两者在路遥身上显然是以一种冲突的形式,而不是以一种有机统一的形式表现出来的。一个有趣的地方是,作家曾在不同的公开或非公开的场合强调自己的"农民"身份[19],并且在生活方式、饮食习惯、思维形式上保持着自己对乡村特有的价值和道德倾向,从而在事实上保持着对农民身份的认可和对乡村文化价值的认同。这种对自我原始身份的坚持,从某种意义上讲也是路遥爱情和婚姻悲剧的一个重要原因。[20]导致这种身份认同混乱的外部原因在于,现代社会中,每一个个体的身份本来就不可能是单一的,而是多元的。现代社会正在以新的结构方式重新界定每一个人的价值观念、身份地位,而个体只有积极适应并自我调节,才可以保持自我的身份认同并实现与外部环境的相互信任。对此,萨义德有过十分精彩的论述:

> 我是个巴勒斯坦的阿拉伯人,也是个美国人,这所赋予我的双重角度即使称不上诡异,但至少是古怪的。此外,我当然是个学院人士。这些身份中没有一个是隔绝的;每一个身份都影响、作用于其他身份……因此,我必须协调暗含于我自己生平中的各种张力和矛盾。[21]

萨义德对于自我身份的自觉直接导致了他对世界的态度:不是简单地排除异己,"而是为了更宽广的人道关怀"[22]主动协调自己身份之间的关系。应该说这些身份既相互冲突,又相互协调,它们为萨义德提供了更为宽广的学术视野,并赋予他看待问题的多重视角。世界本来就是多元化的,顽固地坚持某一视野恐怕难逃狭隘的弊端。

从路遥个人来看,他具有自觉的身份意识,即从根本上自认为是个农民,但在同时又面临着事实上的知识分子的身份困境。但路遥不是像萨义德那样处于一种自我协调的状态中,而是相反,处于一种简单的对抗过程中:在心理层面上,作为农民的身份总是试图通过各种方式消解作为知识分子的身份;而在现实层面中,知识分子身份又在不停地压抑农民的身份。这种矛盾的身份状态是具有乡村背景的作家思维中一个不可回避的事实。而且这既导致了他们在对待城乡文化和价值时思维的简单二元化,又导致了心理认同的错位和混乱,尤其是当他们还没有找到协调多种身份之间的关系的有效方法时更是如此。认同混乱的结果是作家时时感到自己处于整个文化世界的边缘,有一种被放逐的味道:

> 你知道,我是一个农民血统的儿子,一直是在农村长大的,又从那里出来,先到小城市,然后又到大城市参加了工作。农村可以说是基本熟悉的,城市我正在努力熟悉着。相比而言,我最熟悉的却是农村和城市的"交叉地带",因为我曾经长时间生活在这个天地里,现在也经常"往返"于其间。我曾经说过,我较熟悉身上既带着"农村味"又带着"城市味"的人,以及在有些方面和这样的人有联系的城里人和乡里人。这是我本身的生活经历和现实状况所决定的。我本人就属于这样的人。[23]

既有农村人的血统,又在根本上背叛着乡村的文化;既在追逐着城市的梦想,又在感受着被都市排斥的心理痛苦。正因如此,路遥对所谓"城乡交叉地带"的偏好,就具有了特殊的意味。它是作家边缘化身份的空间表达,是作家没有心理归属感的文化符号;它暗示着路遥心理世界中的边缘化心理空间,还有这个心理空间中特有的尴尬与焦虑。

相对于城市人来说,生存于都市中的农村人总是处于一种相对劣势的地位,作家也不例外。我们可以清楚地看到这种劣势在这些人身上激发出来的强烈的心理反应。问题并不仅仅如此,还在另一个层面。埃里克森在分析弗洛伊德的性格时曾经谈到弗洛伊德对于自己身份的尴尬处境,尤其是当弗洛伊德发现自己的犹太人身份与众多人的身份截然不同时。但这种发现导致的结果是:"一个人或一个集体的同一性可以和另一个人或另一个集体的同一性相联系;获得一种强有力的同一性的自豪感意味着从一种更占优势的集体同一性,如'紧密的大多数人'的同一性中解放出来。"这种对自我身份坚持的一个重要结果就是"使得孤立的少数人在智力问题上表现得更加坚毅"[24]。因此,我们可以在当代文学的很多文本中,看到叙述人的农民主人公在城市中陷入孤立的生存困境,而这一切只是在激发他们作为个体的反抗精神,并对自我才华有着偏执性的认同,而且这种认同甚至有某种病态的精神表征。在路遥的作品中,我们经常可以看到这种土人公,他们才华横溢而又出身贫贱,在城市的孤立生存状态中有着超乎常人的道德诉求,而对自我才华的欣赏甚至具有一种自恋倾向。从另一个角度来看,这种对自我身份的坚持恰恰蕴涵着一种主体对自我价值的肯定,对个体性格的褒奖,而这也是在80年代初期许多来自乡村的作家的文学文本中可以经常看到的。

萨义德的优势在于,他看到了自己身份的多元性特点并主动认同了这种多元性现实,他十分清醒地看到自己多元化身份带来的视角多元性,并积极地将这种多元化身份中的尴尬生存现实转化为一种更为广阔的批判视野。身份不是一个一直能保持自我同一的简单心理过程,毋宁说,它就是多元化的、复杂的,里面充满了相互协调和矛盾碰撞的各个层面。显然,萨义德这种多元并包的宽容视野和心态是当代中国许多从农村来的作家所没有的。对于自己农民身份的坚持是一种自觉的行为,但同时也包含了一种盲目,从他们简单地对城市的敌视态度上就可见一斑。

正如萨义德自己所说的,身份之间是相互渗透的。同样,对于具有农村背景的作家而言,知识分子和农民的身份本来就是可以相互影响的。对于作家路遥来说,他的身份可能还更为复杂。一个最明显的事实是,他还是陕西作家协会的副主席,这就同时为他找到了一个官方代言人的身份,而这个身份不可能不对他产生影响。问题在于路遥并不认同自己的多元化身份——这也是80年代许多作家所共有的特点——而是坚持守卫自己的根源性身份。正是这个特点使得他们的作品在张扬一种乡村价值的同时,以各种方式贬低其他的价值——与乡村价值不同的价值,并将它们置于一个对抗的层面上。

四　空间的内在化:路遥的二元心理世界

许多研究者都指出,路遥的文学世界是一个二元对立的世界:都市文明和乡村文明的对立,作为一个卑贱的农民和作为一个高贵的知识分子的对立,普通百姓和达官显贵的对立。我们几乎可以在路遥的全部小说创作中看到这种简单的二元对立的结构框架。而这种二元对立文本世界的建构,是有着深刻的社会学基础的——它是中国一个相当长的历史时间内空间划分的真实写照;同时也是作家二元对立心理世界的外化——这个世界恰恰是由那个城乡对立的时空形式所塑造的。

从根本上说,路遥是轻视农民身份的,否则,在小说《平凡的世界》中,他就不会让他的主人公一再为一个城市户口而殚精竭虑。而且孙少平几乎是以一种闹剧的方式得到了这张标志着人物身份的证明。这是一个历史性的事件,一个真正的人生转折,所有的意义都在那个获得户口的经历中昭示了出来。有了这张护身符,孙少平与田晓霞的情感发展就失去了最致命的一个障碍,同时也使孙少平的进一步发展顺理成章。在这个揭示主人公一切秘密的过程中,所有的高尚情感都在追求生存的证明面前化为乌有,尽管叙述人为孙少平的行为提供了种种依据。孙少平似乎时时处于不知情的状态中,这既可以理解为一种憨厚,当然也可以理解为一种狡黠。坦率地说,叙述人的这种情节安排几乎使小说丧失了现实主义所要求的具体的细节真实。我们要么可以认为,孙少平太幸运了(怎么幸运的总是他? 这几乎使"历史发展的必然规律"黯然失色);要么可以认为,这是叙述人的痴心妄想。而叙述人胆敢做出如此安排的全部隐秘就在那张非农业户口证明上——那个标志着人物身份的符号,这构成了孙少平人生追求精神层面的基本目的;而这个目的往往又容易以各种方式被忽略掉。

路遥的小说向我们清晰地传达着现实社会中个体存在的种种巨大的心理差异、社会地位差异,尤其是身份差异。我们可以从路遥的小说文本中感受到叙述人那种独特的身份焦虑:山里人/城里人、农民/非农民的感受焦虑,普通人/知识分子的话语权力焦虑,还有女人/男人的性别焦虑。女人在《平凡的世界》中几乎没有什么地位,她们是彻头彻尾地为男人服务的。这几乎是路遥小说的一贯原则,《人生》也是这样。她们是男人权力欲望的证明,是男人成长的阶梯。不同时间中男人对不同的女人发出召唤,而女人也会与时俱进地被叙述人生产出来。想一下那个为了孙少平的户口而出现但最终又没有真正出场的女人——这是不是一种残忍?因此,二元对立的心理世界是那个时空形式书写的结果,是被强制性地刻画在那个阶层的人物心理上的伤疤,这个制度带来的痛苦必然且历史地要让这个制度的背叛者去承担。路遥全部文学作品的社会学意义,就在于它们展示了那个试图挣脱强加在自己身上的不公正身份的个体所付出的惨重代价,所承受的心理痛苦和扭曲。

与这种二元对立的心理世界相联系的是,路遥有一个高度理想化的精神空间,活在梦想中。而梦想与现实之间又存在着巨大的差异;也可以说,路遥处于巨大的精神分裂状态中。同时,路遥对这种理想和现实之间的差异又有着清醒的认识,否则,《平凡的世界》中就不会有孙少平被放逐的结局了;同样地,在《人生》中,高加林或许早就步入都市了。从这样一种角度看路遥的作品,与其将其归为所谓的现实主义,不如将其描述为理想主义;与其说路遥是在写实,不如说是在写梦——按照内心世界中理想发展的要求去塑造人物。而路遥对个体悲剧性的心理认识又导致了人物命运总是表现得十分晦暗。这种看法可以从陈泽顺的回忆文字里得到印证。

在《路遥小说作品选》中,陈泽顺的《重读路遥》(代后记)至少证明了我的以下几点推测:

其一,路遥对历史和现实有一种悲剧感、绝望感。这可以从小说《平凡的世界》中孙少平的结局推测出来。《平凡的世界》似乎有一个"光明的尾巴"——这也许是许多具有"先锋"意识的作家、评论家所一直诟病的;可实际上这个尾巴又疑雾重重——本书将专门谈到这个问题。这个尾巴显然是叙述人精心策划出来的。叙述人并没有给予小说的主人公一个光明的未来,而是将其置于一个被放逐的位置,甚至是被毁灭的位置上。因为,在路遥看来,美好事物的结局注定是悲剧性的。看一下这段对话,我们似乎可以看到路遥内心深处的某种真实:

> 我(指陈泽顺)说:"所有的人,爱情不是死于形式,不是死于物质
> 力量的不可避免的渗入,而是死于内容。就像你说的,死于精神的萎

缩,精神的东西只能被精神的东西所摧毁,贫穷什么的摧毁不了真正的爱情。"

　　他(指路遥)的眼睛闪烁着激动的光亮:"就是这样。"

　　他把烟蒂捻熄在烟灰缸里说:"所以我又想,冰天雪地里的那对恋人,就其命运的本质来说仍然是悲哀的,他们也逃脱不了结局。"[25]

孙少平被放逐的命运是与路遥对人生和爱情命运的悲剧性观念紧密联系在一起的;另一个清晰的注脚是,小说《平凡的世界》卷三中,我们可以看到主人公孙少平对自己与田晓霞的情感有一种深刻的宿命感和悲剧感。而这种心理特征又与作家自我身份定位的模糊性是有密切关系的。我们在前面已经谈到,路遥实际是在某种程度上丧失了个体的归属感:乡村是回不去了,而都市又没有接纳他。这种归属感的丧失直接导致了个体的信任危机,而信任,从心理学上讲,又是个体存在的重要基础。[26]

　　其二,路遥的身份的确存在着分裂,"路遥骨子里是一个农民,一个志向高远的农民"。"他的精神渴求和对生活的向往,哪怕是衣食起居,始终没有同他的农民儿子的身份相剥离。"[27]陈泽顺的回忆中有路遥的一段神往,即在金秋时节去游陕北。路遥期望能"一个一个地去,就到那些最偏远的山沟沟去,和庄稼人一块儿睡一块儿吃……",路遥还希望在这个时间中放弃写作,"就是逛,美美地逛它一两个月"。[28]这段回忆文字包含着人物身份的巨大分裂,路遥强调"谁也不许写东西"。这就意味着放弃自己的身份,一个知识分子的身份;而强调与农民同吃同住,更意味着要努力取消作家和农民之间的身份界限。这是一种回归,向自我原始身份的回归,但这种回归又是以文人所特有的方式完成的。因此它只是在想象中完成一种身份的转换,而结果既是在坚定自己原始的身份认同,同时又是在坚持一种精神分裂的状态。这种状态会在周游故土的瞬间得到化解,但如同路遥自己前面所谈的关于爱情的对话一样,周游的结束也就是身份回归的结束。它并不能真正让作家体会到身份同一的真实,毋宁说是通过这种回归唤起自己的身份记忆,并使记忆得以延续下去的一种重要方式。

　　其三,从作家的创作经历来看,路遥最有影响的小说(如《人生》《平凡的世界》)都是在乡村,而不是在城市中完成的。这种巧合是不是有一种特殊的暗示?创作环境对个体的影响是十分显著的。但路遥选择的创作环境通常是比较闭塞、贫瘠的地方,而且往往是与故乡在地貌环境上相近似的地方。显然,这是唤醒个体记忆的方式,而且通过这种对往昔记忆的召唤,坚定了个体的自我认同,并将这种认同融化到文本人物形象中。对此,路遥自己也毫不回避,他曾经说过:"为了保持生活的逼真感,常选择和作品很相似的环境中去印证,需要的时候可以立即到生活中去补充。"[29] 但是记忆中的"王卫国"与现实中的"路遥"可能同一吗?

路遥有一部重要的小说《在困难的日子里》,小说副标题是"1961 年记事",许多研究者都指出,这部小说带有强烈的个体回忆的印记。但是,如果我们将小说文本中记录的"我"——马健强,与他人回忆中的路遥对比一下,就可以发现两者之间蕴涵着巨大的差异性。小说中有一个情节:

> 有一天,我们全班在校园后面山上劳动,他(指周文明——引者注)竟然当着周围几个女同学的面,把他啃了一口的一个混合面馒头硬往我手里塞,那神情就像一个阔佬耍弄一个叫花子。

> 这侮辱太放肆了,我感觉浑身的血都往头上涌来。我沉默地接过那块肮脏的施舍品,猛一下把它远远地甩在了一个臭水沟里。[30]

这是小说中班上一个比较富裕的家庭的孩子周文明羞辱从贫困山区来的马健强的一个情节。马健强的确十分穷,穷到天天都吃不饱饭。小说文本中的马健强自尊而自傲、聪明而勤奋。一些学者指出,马健强身上有少年路遥的影子,这恐怕不是没有根据的。而且,这部小说的确也是路遥根据自己的经历撰写的。但是在他人的回忆中,青少年时期的路遥是什么样呢?

> 庭长说,路遥通常总没有吃的,看见谁手里有个馍馍,于是一把夺过来,待那同学来抢时,路遥就给馍上吐两口唾沫,同学见状,放弃了,于是,路遥便就着自己的唾沫,将这半个黑白馒头吞下。

> 庭长说,班上有一个同学,家境好一点,口袋里时常有馍吃,于是就用这馍逗路遥。他说:"王卫国同学,你学两声狗叫,我将这馍给你吃!"路遥于是就学两声狗叫,这同学又说:"我将馍掰成蛋儿,往空里扔,你用嘴接!"路遥于是答应了。于是,延川县立中学的操场上,便演出了这一幕,一个人不停地往空中扔馍蛋儿,一个人用嘴去接,接一次,学两声狗叫。[31]

这是高健群在一篇回忆文章中谈到的路遥往事。他人记忆中的路遥和自己想象中的替身之间形成的反差,无疑表明路遥青少年时期遭受了巨大的心理创伤,且作家在努力改写自己的经历,并在想象中对这种痛苦进行治疗。在现实中无法完成的记忆,在文本中完成了。但文本和现实之间的裂缝并没有因为文本的存在而被填平,而是相反,二者之间的差异反而更清晰地凸显了出来。这个裂缝只会使作家的身份矛盾与混乱的问题更加突出,只会使作家自己的心理总是处于高度的分裂状态。

贫穷、落后的生存现实带给童年的作家高度的自卑感,这种自卑感以各种方式进入到路遥的小说文本中,记录着路遥灵魂的创痛。二元对立的心理世界导致的结果是主体自我心理无可皈依之感的深化,最后是主体在夹缝中发现了自己的存在空间;这个空间不是别的,正是作家自我对边缘性身份的认同,还有那个特殊的身份空间符号——城乡结合部。

五　二元空间中的语言焦虑

在小说《你怎么也想不到》中,男主角薛峰为了自己和恋人郑小芳能留在大都市中,到省委家属大院找同学岳志明——一位高干的儿子。其中有这样一段描写:

> 已经到省委家属大院的大门口了。我把自行车在对面马路上的存车处存好,就向那个已经进去过几回的非凡的大门口走去。
>
> 站岗的军人立刻用警惕的目光盯住了我。我虽然跟岳志明来过几回,但军人不会记住我。我的脚步有些慌乱,心怦怦直跳,几乎像一个作案的歹徒一样。[32]

一个有趣的细节是,在小说《平凡的世界》中,已经成为大牙湾矿工的孙少平第一次到省城去报社找田晓霞时,也是在报社门口,孙少平鼓足了勇气“走进了报社门房”。当听说田晓霞不在时,孙少平居然产生了一种“解脱似的轻松”。[33]

应该说,文本中的两个人物都是已经摆脱了农民身份的知识分子了,但是那个卑贱的农民身份留给他们一种特殊的印记,并转换为一种个体无意识——人物内心深处的高度自卑感。这种自卑恰恰是作家路遥内心无意识的流露,它们似乎是小说中的闲笔,却在不经意间表达着路遥内心世界中卑贱的真实。对于路遥自卑的心理世界,不少学者已经注意到了,我们不想在此进一步讨论这个问题,我们所关注的是,这种自卑是以一种什么样的方式被化解的呢? 在讨论之前,先让我们看一下作家蒋子龙在小说《赤橙黄绿青蓝紫》中对主人公刘思佳经历的一段描写,或许能获得一种启示。

从某种意义上来看,蒋子龙笔下的刘思佳的痛苦暗示着一种个体对自我身份认同的焦虑。个体既希望进入历史话语前进的轨道中,又有一种不自信;这突出地表现在刘思佳对女主人公解静的态度上。也恰恰是在刘思佳的身上,我们可以感受到来自农村的作家蒋子龙的自我生存焦虑和身份焦虑。蒋子龙在小说《赤橙黄绿青蓝紫》中写到,对从农村来的人,刘思佳有一种特殊的情感,因为他自己就是在农村长起来的孩子:

> 上小学四年级的时候才从沧县的乡下来到天津,他的功课在班里最好,却受同学的气,取笑他穿的衣服,模仿他侉声侉调的说话,向他起哄,叫他"老赶"、"小侉子"。老师看他学习好叫他当班长,每当上课的时候老师一走进教室,他就喊一声"起立",全班同学都站起来表示对老师的尊敬,这声带着浓重沧县味的"起立",就成了同学们取笑他的话把儿。根据他喊"起立"的谐音给他起了个外号叫"知了"。……

> 想不到乡村小学里的尖子,来到天津卫成了受气包。他的脾气变得孤僻了,小小的心灵里就产生了一种自卑感。谁知他越躲就越受气,城市的孩子欺软怕硬,见他害怕了,服软了,对他就欺侮得更厉害。

> 他变了,用一种儿童的仇视的眼光看待老师,看待同学。功课上要拔尖,不叫老师抓住一点小辫儿,在课下决不再吃一点亏,同学用天津话骂他是"小侉子",他就用沧县话又狠又凶地回骂对方,一出校门就用拳头解决。他有力气,身体灵巧,而且有一股强烈的复仇的情绪,打起架来不喊不叫不哭,蔫打,没完没了地打,而且一打上手眼睛发红,一副不要命的样子。天津卫的孩子大都是嘴上的功夫,被他打过几回就都怕了。那个营长的儿子简直被他打服了,他怎么捏就怎么转,而且不管吃多大亏不敢向家长和老师告状。刘思佳对欺侮过他的人一个一个打,一个一个收服,他在同学当中成了一个比老师说话还管用的"侉霸

王"。回到家拼命学普通话,他厌恶天津话,也觉得自己的沧县话不大顺耳,就想掌握一种更高级、更文明、像广播员说话一样好听的语言。等到他上中学的时候,已经是说一口好听的北京话,穿的衣服干净而漂亮,比天津卫的同学更"洋气",同学们叫他"小北京"。[34]

在这里,叙述人从全知的视角对刘思佳的成长经历予以介绍。我们可以看到一系列二元对立的因素存在于文本中,土/洋、乡村/城市、边缘/中心、好/坏等等,而这些对立通过一系列的形式因素展示了出来。其一是服装。最初刘思佳来到城市,同学们笑他的衣服,而到后来,同学们以羡慕的口吻称他为"小北京"。而"北京"的使用带有鲜明的中心话语权力色彩。其二是性格对立,最初是一个真正的"好孩子",处处受人欺负。而后来则是处处欺侮他人,成为学校内的"侉霸王";同时也由初来时的边缘人物变成了中心人物。其三是语言对立,而且这个层面既是最表层的,同时也是最深层的。早期的刘思佳因为自己的一口沧县话而处处受人嘲弄,而且一切事故的直接起因也是来自于语言。语言在早期的刘思佳身上成为个体身份的外在标志,同时也最内在地表明了个体的生存环境、生存方式、个体在社会中的弱势话语权力地位。但是沧县话在刘思佳的早期生存中同时又变为一种保护自己的利器,并且随着人物身份的转化,这种利器更具有原始的杀伤力,它展示了弱势语言的另一面——粗野的、狂暴的一面。而刘思佳为了彻底改变自己的身份,采用了一种更为高妙的战术,就是学习北京话——在文中被描述为"更高级、更文明、像广播员说话一样好听的语言",北京话成为改变个人命运的最有效的手段。语言的力量在此彻底得到彰显。在刘思佳的心中——或者说是在叙述人的眼中,不过是借刘思佳得以表达罢了——北京话是一种真正有效的力量,而一旦掌握了北京话,那么人物的身份就得到了彻底更改,人物也因此获得了绝对的身份合法性,并由边缘而进入中心。

蒋子龙,1941 年生于河北沧县农村,祖辈务农。1950 年上学,1955 年考入天津第四十中学。1962 年开始发表作品,1966 年因《机电局长的一天》而成名。很难说,在刘思佳的形象塑造中没有他个人对自己的想象,没有其个人经历的影子。而这一点是十分重要的。我们谈论的这个问题似乎与农民形象的塑造无关,而实际上,很多农民在进入城市时都面临语言问题,而且以出身为农民的知识分子为重。特别是一些关注农民命运的作家似乎更是如此。这也使"方言"对作家产生一种极为复杂的影响,因为方言是一个作家原始身份的标志。

如果从这样一种角度看路遥的话,我们就会在路遥的小说《在困难的日子里》中发现同样的焦虑,而且这种焦虑也进入到了主人公的语言中。主人公马健强对乡村俚语的使用不仅给他造成了生存上的弱势地位,同时还造成了他难以在众人面前表达自我的生存困境。语言成为控制个体的一种强大力量,阻止了马健强进入主流话语;而对语言的征服,则意味着马健强被中心话语收编。在小说的结尾,马健强克服了语言上的自卑感,也就意味着他获得了主流话语的认可。而叙述人的心理焦虑感也在主人公对语言障碍的克服中得到了治疗。

但是这种治疗真的可以从根本上化解叙述人的命运悲剧感吗?在小说《赤橙黄绿青蓝紫》中,蒋子龙通过刘思佳的情感悲剧传达着这种痛苦无法被根除的无意识欲望。

蒋子龙笔下的刘思佳虽然是一个城市青年,但是早期的农民身份给他以深刻的影响。可以说,正是弗洛伊德所谓的童年经历彻底塑造了一个人,并使他成为自卑与自傲的奇妙结合体,透过人物的语言层面昭示了出来。我们可以从弗洛伊德的无意识、潜意识、意识这三个层面对这个人物予以分析,并可以感受到由于童年的精神缺失,导致了刘思佳在面对两个女人——解静和叶芳时的自尊而又自卑的复杂情感态度。解静暗示的是刘思佳的意识层面,一种外在法则和理性精神,并且成为刘思佳无意识的欲望和追求。而后者则是刘思佳的无意识显现,表现的是因无意识的煎熬而带来的欲望的迷失和痛苦。小说的结尾以意识对无意识的彻底驯服而结束;而叶芳之所以被刘思佳接受也是因为她受到了解静的规范而转变为意识的载体。从这个意义上讲,对刘思佳而言,叶芳成为了一个语言能指,而其所指则是解静。同时,刘思佳不止一次地表现出对这个所指的期待、渴望,以及因意识到接触这个所指的不可能性而产生的焦虑。它似乎在暗示我们,能指的指向最后变成了一个虚无的存在,所指则在无意识追寻的焦虑中悄悄流失掉了。能指因此成为一个空洞的语言符号,它无法真正到达无意识的深层,从而解决无意识的欲求。因此,叶芳的存在只是在表层上缓解了刘思佳的无意识渴望,但并没有从根本上解决无意识焦虑。从这个意义上讲,小说结尾所设置的刘思佳进入社会规范层的想象是失败的,刘思佳在这个过程中实际是遭到了放逐。

这种相似的情感欲望,在路遥的小说《在困难的日子里》中则是通过马健强对县委干部的女儿吴亚玲的情感态度表现了出来。吴亚玲成为马健强的欲望所指,但这个所指在抹平了马健强身份差异的同时又制造了另一个差异。马健强曾经对吴亚玲怀有某种不切合实际的愿望,连他自己都不相信这种欲望是真的。而叙述人在小说中也试图用一系列的叙述方式掩盖马健强的这种欲望,但我们还是可以在文本中清楚地感受到它的存在。而小说的结果则是,马健强的情感被彻底地放逐了,他快乐地看着县委干部的孩子们门当户对地在一起,并为自己和吴亚玲的情感染上了纯洁的印记。

我们如果看一下《平凡的世界》的话,就会更清楚地看到,小说《在困难的日子里》的情节在《平凡的世界》中被颠倒了过来。孙少平与马健强相同的地方在于贫穷、聪明、好强、极端的自尊和自卑(而这也是刘思佳的特点);不同的地方则是孙少平具有强大的语言优势,他凭借这种优势获得了班上同学的认可,并取得了自己的主流地位。但在他的同龄人田晓霞面前,孙少平明显地感受到了自己的弱势地位,也正是这一点使得田晓霞成为孙少平的启蒙教师。而田晓霞的身份安排、个性特征、形象气质,几乎与吴亚玲如出一辙。她是吴亚玲的替代品,只是追求的人物更换成了孙少平。孙少平由一个被收编、被启蒙的对象逐渐转变为一种征服的力量。而赋予他这种力量的就是"知识",或者换一个说法,是一种理性精神。奇妙之处在于,这种理性精神并没有使孙少平进入历史理性发展的轨道,而是使他脱轨了。脱轨的一个表征就是田晓霞的死,《平凡的世界》中这一情节的安排是极富有象征意味的。

因此,对语言的推崇实际是叙述人内心世界中身份焦虑的外化形式,而且我们可以从孙少平、马健强以及刘思佳的命运上看到,语言虽然可以使主人公获得一种精神上的快慰,但它只是在主人公对语言应用的层面上化解了——或者更准确地说是掩盖了叙述人的焦虑。而这种身份焦虑带来的深层痛苦还是在人物关系的设置、人物命运的安排上被传达了出来。这种苦痛悄悄地消解掉了语言表层的快感,并昭示出叙述人无法摆脱的命运悲剧感。也因此,来自乡村的知识分子们对于自己的农民身份尽管可以通过各种方式掩盖、昭示、调笑、尊重,但由此带来的痛苦是无法被化解掉的,它是融化在血液和骨头中的,并表明了身份社会中那个卑贱的个体之为卑贱的一切。

注 释

〔1〕 洪子诚:《中国当代文学史》,北京,北京大学出版社 1999 年版,第 225 页。

〔2〕 同上书,第 226 页。

〔3〕 无论是在 1978 年的《中国共产党十一届中央委员会第三次全体会议公报》中,还是在 1981 年的《中国共产党中央委员会关于建国以来党的若干历史问题的决议》中,都可以看到对 1956 年中共"八大"的肯定性文字,而毛泽东的错误之一就是违背了"八大"做出的正确原则。参见中共中央文献研究室编:《十一届三中全会以来党的历次全国代表大会中央全会重要文件选编》,北京,中央文献出版社 1997 年版,第 21—22、171—172 页。

〔4〕 〔加拿大〕约翰·毕特生编选:《康德哲学原著选读》,韦卓民译,北京,商务印书馆 1963 年版,第 7 页。

〔5〕 《文学评论》1985 年第 5 期。

〔6〕 《上海文论》1989 年第 1 期,第 20 页。

〔7〕 《上海文论》1988 年第 4 期,第 4 页。

〔8〕 1978 年 12 月,邓小平在《解放思想,实事求是,团结一致向前看》中强调,解放思想是当前的一个重大的政治问题;而解放思想的一个重要条件就是民主,"当前这个时期,特别需要强调民主。因为在过去相当长的时间内,民主集中制没有真正实行,离开民主讲集中,民主太少"。见《邓小平文选》卷二,北京,人民出版社 1996 年版,第 144 页。

〔9〕 关于"体验"的讨论,可参见叶朗的《现代美学体系》中第 542、565—571 页的论述,北京,北京大学出版社 1988 年版;王一川:《意义的瞬间生成》,山东,山东文艺出版社 1997 年版,第 6 页;胡经之:《文艺美学》,北京,北京大学出版社 1992 年版,第 66—71 页。

〔10〕 陆学艺主编:《当代中国社会阶层研究报告》,北京,社会科学文献出版社 2002 年版,第 164 页。

〔11〕 从 1953 年到 1978 年间,农业生产总值年增长率为 3.2%,全国粮食产量在

1958 年为 2 亿吨,而在 1978 年只有 3 亿吨。1977 年,全国有至少 1.5 亿农民口粮不足。参见朱健华、郭彬蔚、李有清主编:《中华人民共和国大事纪事本末》,吉林,吉林教育出版社 1992 年版,第 1063 页。

〔12〕　陆学艺主编:《当代中国社会阶层研究报告》,北京,社会科学文献出版社 2002 年版,第 168 页。

〔13〕　同上书,第 169 页。

〔14〕　同上书,第 22—23 页。

〔15〕　1978 年,全国农民人均年纯收入为 134 元,到 1986 年达到了 424 元;而农村储蓄在 1978 年为 55.7 亿元,到 1983 年已经达到了 319.9 亿元。参见朱健华、郭彬蔚、李有清主编:《中华人民共和国大事纪事本末》,吉林,吉林教育出版社 1992 年版,第 1068 页。

〔16〕　1977 年 10 月 21 日,教育部在北京召开全国高等教育招生工作会议,提出关于当年高校招生工作的意见,决定废除“文革”期间“自愿报名,群众推荐,领导批准,学校复审”的不考试做法,开始在德智体全面发展的基础上统一考试,以地方初选,学校录取的方式招考大学生。1977 年高考恢复。见周鸣、朱汉国主编:《中国二十世纪纪事本末》卷四,山东,山东人民出版社 2000 年版,第 15 页。

〔17〕　尹昌龙:《1985:延伸与转折》,山东,山东教育出版社 1998 年版,第 8 页。

〔18〕　路遥:《关于〈人生〉和阎纲的通信》,《路遥文集》卷二,陕西,陕西人民出版社 1993 年版,第 400—401 页。

〔19〕　可参见《早晨从中午开始》,《路遥文集》卷二,第 66—67 页;《关于〈人生〉的对话》,《路遥文集》卷二,第 415 页,陕西,陕西人民出版社 1993 年版。

〔20〕　路遥的妻子林达是一个典型的城市女性。二者在文化、价值、行为习惯上必定有巨大的差异。另一个脚注是,同样曾经有一个城里人做妻子的贾平凹的婚姻也以失败告终。贾平凹的性格与路遥可能会有很大差异,但他们对自己乡村习俗的坚持却保持着惊人的一致性。而且他们都在不同的场合坚持自己对乡村的道德偏向,并对城市文化表现出一定的敌意。这也可以在贾平凹的小说《浮躁》和《废都》等作品中看出来。

〔21〕　转引自萨义德:《知识分子论》,单德兴译,北京,北京三联书店 2002 年版,译者序,第 2—3 页。

〔22〕　同上书,译者序,第 3 页。

〔23〕　路遥:《关于〈人生〉和阎纲的通信》,《路遥文集》,陕西,陕西人民出版社

1993 年版,第 400—401 页。

〔24〕 〔美〕埃里克森:《同一性:青少年与危机》,孙名之译,浙江,浙江教育出版社
1998 年版,第 8 页。

〔25〕 陈泽顺:《重读路遥·代后记》,参见《路遥小说作品选》,北京,华夏出版社
1995 年版,第 551 页。

〔26〕 〔美〕埃里克森:《同一性:青少年与危机》,孙名之译,浙江,浙江教育出版社
1998 年版,第 84 页。

〔27〕 陈泽顺:《重读路遥·代后记》,参见《路遥小说作品选》,北京,华夏出版社
1995 年版,第 555 页。

〔28〕 同上书,第 555—556 页。

〔29〕 《路遥文集》卷二,陕西,陕西人民出版社 1993 年版,第 395 页。

〔30〕 同上书,第 104 页。

〔31〕 转引自宗元:《魂断人生——路遥论》,上海,上海文艺出版社 2000 年版,第
53 页;原文参见高健群:《关于路遥的二三事》,载 1996 年 3 月 17 日《教师
报》。

〔32〕 《路遥文集》卷一,陕西,陕西人民出版社 1993 年版,第 337 页。

〔33〕 《平凡的世界》卷三,北京,中国文联出版公司 1989 年版,第 166 页。

〔34〕 蒋子龙的小说《赤橙黄绿青蓝紫》是 20 世纪 80 年代初期较少见的反映都市
普通人生活的小说。故事情节是,主动要求下放到汽车队工作的漂亮女干部
解静在汽车队遇到了车队司机刘思佳、叶芳这样一群吊儿郎当的青年;刘思佳
尤其引人注目,因为他一方面才华横溢,另一方面他的行为在反传统价值规范
的同时,又合理合法、合乎个体的生存和精神要求;小说表现了具有理性精神
的解静如何将刘思佳们纳入到启蒙理性规范、要求的过程——但这种精神并
不符合上层传统官僚祝同康的要求。《赤橙黄绿青蓝紫》最初发表于《当代》
1981 年第 4 期上。此处三段引文见张志英编选的《蒋子龙代表作》,河南,黄
河文艺出版社 1986 年版,第 276—278 页。

第三章　男人的世界

——农民形象的塑造

一　苦难的历程:乡村景观

对地理环境的关注是 20 世纪 80 年代初期许多作家共同的特点,路遥也不例外,我们可以在他的许多作品中看到丰富的环境描写,这些描写直接构成了小说中人物活动的空间景观。[1]迈克·克朗在《文化地理学》中谈道:"地理景观不是一种个体特征,它们反映了一种社会的——或者说是一种文化的——信仰、实践和技术。"[2]所以,地理景观可以被视为"一个价值观念的象征系统,而社会就是建构在这个价值观念之上的。从这个意义上讲,考察地理景观就是解读阐述人的价值观念的文本"[3]。因此,地理景观并不仅仅是简单的外部环境营造,里面还蕴涵着复杂的文化和心理内涵。

在路遥的文本中,对地理空间的营造往往会突出其历史性。例如《平凡的世界》第一部中,介绍了双水村这样一个山区村落。[4]叙述人详细地将这个地方的自然地理、人文地理交代得清清楚楚。我们可以按照叙述人的交代了解到孙少安、孙少平的居住地,山水河流的方位走向,了解到村落中各个家族窑洞的空间方位,还可以了解到这个村落漫长历史延续中的主要事件、神话传说,甚至是村落中某个具体建筑的变化。从创作的角度看,这当然是塑造所谓的典型环境,从而在阅读上带来所谓的现实主义的真实性幻觉。但是从另外一个角度来看,这个景观不是一个空间的简单排列,而是包含着时间的延续,而且空间的狭小与时间的漫长之间形成了强烈的反差。与时间的漫长相对应的并不是空间的扩大;当时间不断被延长时,空间实际上受到了时间的挤压而被浓缩为一个极其微小的点,正是在这个点上,人们以各种方式维系着民俗、乡俗、成文法、不成文法等价值观念。也是在这个被挤压后的空间中,我们可以感受到一种特殊的时空神圣性。漫长的历史使双水村这个地点产生了叙述的神圣性和被叙述的合法性,而空间的相对凝固使得时间似乎被牢牢地拴在这个点上,也几乎是凝固的。整个世界的意义就来自这个点——世界是从此开始的,也是在这里结束的。当叙述人描述这个时间点时,也就是在记录它的历史,而在这个点上活动的个体自然具有了进入历史的可能性。

在对双水村景观的介绍中,我们还可以看到传统乡村血缘宗族的网络顽强地存在着。双水村的一头叫田家圪崂,它以田姓为主,同时还有一些杂姓人家,他们都是村落中比较贫穷的人家。而与田家圪崂遥遥相对的则是金家湾。金家湾是双水村较富裕的地方。也因此,双水村在地理环境上呈现出鲜明的贫富差异。同时,这种描述还暗示着特殊的时代变迁,它以新中国建立为分界线,昭示了不同时代中田家和金家两个家族不同的社会政治地位,贫农和地主之间的身份差异。强大的社会政治力量虽然对传统宗族关系带来了巨大冲击,改变了人们在整个社会中的地位,但它并没有改变这个村落中按姓氏居住的自然地理分布;相反,由于政治身份的强制性分配,两姓人家在地理划分上的界限更加清晰,并在交往上形成了相对的封闭性。这反而使传统的宗族观念与现代身份更加紧密地结合在了一起。小说第二卷描述了孙玉亭和王彩娥通奸而被金家人抓住后引起的宗族间的械斗,清晰而残忍地展示了宗族观念的顽强存在。因此,通过对这个村落地理景观的介绍,我们可以看到传统宗族的血缘身份和现代社会被给定的政治身份是如何通过地理区域上的划分更紧密地结合在了一起,而这也是中国乡村社会家族网络关系在新中国成立后几十年来一直无法被真正改变的一个重要的社会学、政治学原因。

在这种将地理景观凝固化和神圣化的背后还蕴涵着作家对自我身份认同的潜意识,他在试图通过环境营造来回答“我从哪里来”这个古老的问题。我们有时候会厌倦作家在人物形象、艺术结构、环境营造等方面表现出来的雷同。但实际上,从地理景观的角度看,这种雷同感恰恰暗含着叙述人对个体生存环境及其历史的一种坚守和记忆;而重复无疑是完成记忆的最简洁而有效的方式。路遥小说的情节多发生在陕北贫瘠的山区,而且人物活动也主要是在城乡结合部,人物之间的关系总是处于一种简单的二元对立的基础上。对此,路遥自己也承认,他就是这样的人,就生存于这样的环境中。显然,通过对叙述结构和形式的重复,路遥实际是将个体身份观念无意识地传达在艺术形式上,并在叙述人的反复叙述与回忆中,塑造出叙述结构的所谓意义,从而强化个体的地域性特征。而所谓的地域恰恰是由特定的人群积极建构的一个群体空间,并通过划分自己人和外来人来加以界定,"我们发现世界各个民族都形成各种群体,这些群体既通过领土进行控制、定义,同时也被领土所定义"[5]。这种地域归属感对于我们每一个人都是十分重要的,"人们并不单纯地给自己划一个地方范围,人们总是通过一种地区的意识来定义自己,这是问题的关键"[6]。

在地理景观的塑造中,路遥描述了农村中普遍存在的乡族观念是如何面对现代启蒙精神的巨大压力的——这种传统观念不是被彻底解构了,而是以一种奇妙的方式与启蒙观念相结合,从而维系启蒙观念存在的合法性。我们可以看一下小说《人生》中的"漂白粉事件"。

《人生》中,"漂白粉事件"是高加林试图以现代都市文明挑战乡村文明的重要举动。在既有的乡村景观中,现代科学观念被处于边缘状态的知识青年们传播回了乡村,并试图改写乡村社会的观念体系。小说先是展示了乡村中一口水井肮脏的现实环境,正是这个环境激起了高加林决定要在村落中做一件事情的现代性冲动和欲望——以所谓的科学观念冲击乡村观念的同时,塑造自己在宗族和乡村中的话语权和地位。这一挑战虽然最终以高加林的胜利而结束,但它的过程却意味着高加林的失败。因为结论的权威性并不来自于现代都市文明中的科学观念——无论巧玲和其他几个接受过现代科学观念训练的高中生们怎样解释和实践,都被宗族中人奚落得无以复加,而高加林几乎是被他的父母藏了起来,以避开乡村同族人的攻击。路遥将此描述为"愚昧很快就打败了科学"[7]。而有着高家村"大能人"之称的高明楼的一句话、一个动作,就获得了全村人的集体性认可——我们在此可以看到传统乡村观念的强大力量显然是现代科学观念无法比肩的,在被乡村认可的权威和被启蒙话语训练后的权威之间,后者无疑处于劣势地位。而科学要想真正在乡村获得合法性地位恐怕还需要借助传统的乡村力量。这个情节实际上从一个角度昭示了叙述人对新时期启蒙主义者们对社会想象的理性精神的怀疑,被鼓吹了多年的科学与民主居然要与愚昧携手才可以在乡村观念中获得话语权,这无论如何都表明了启蒙话语存在的现实荒诞性。

判定路遥对于乡村态度的喜恶有些简单,事实是,路遥对于乡村的态度十分复杂,这可以从他的小说文本的景观记录中看出来。在《人生》中,我们可以看到叙述人对乡村环境的恬美给予了毫不吝啬的礼赞:

> 黄土高原八月的田野是极其迷人的。远方的千山万岭,只有在这个时候才用惹眼的绿色装扮起来。大川道里,玉米已经一人多高,每一株都怀上了一个到两个可爱的小绿棒;绿棒的顶端,都吐出了粉红的缨丝。山坡上,蔓豆、小豆、黄豆、土豆都在开花,红、白、黄、蓝,点缀在无边无涯的绿色之间。庄稼大部分都刚锄过二遍,又因为不久前下了饱晌雨,因此地里没有显出旱像,湿润润,水淋淋,绿蓁蓁,看了真叫人愉快和舒坦。[8]

与这种恬美的乡村景观相对立的,是路遥对乡村苦难的叙述。在小说《你怎么也想不到》中,主人公郑小芳回忆故乡的景象是这样的:

> 我的故乡的确荒凉而贫瘠。那里,严寒从头年十一月一直要蔓延到第二年清明节以前。那里的春天也极为短暂,而且塞外吹来的大风常常把毛乌素大漠的沙尘扬得铺天盖地,把刚开放的桃杏花打落在了地上。[9]

这种截然对立的故乡景观塑造,展示的是叙述人不同的,甚至是截然相反的乡村记忆,它构成了叙述人对乡村的矛盾心态,而不是简单的爱恨情感,我们甚至可以在后者中听到一种骄傲的声音。从这种声音中,我们可以感受到,对饥饿、苦难、荒凉、贫瘠的描述不仅是对叙述人生存记忆和历史体验的再现与想象,同时也赋予叙述人一种特殊的叙述身份和叙述权力,并成为叙述人话语神圣性的构成因素。我们可以看一下路遥对陕西黄土高原地理景观的描述:穷山恶水,黄土满坡,这是路遥在《平凡的世界》、《你怎么也想不到》、《在困难的日子里》等文本中一再向我们呈现的自然人文景观。它与贾平凹对商州地区丰饶的景观介绍形成鲜明的反差,也不同于知青作家将乡村简单美化,甚至是阴性化的叙述——看一下史铁生《在那遥远的清平湾》的起笔就可以明了。路遥的这种描写与叙述人所要表达的对苦难的特殊感受有密切的联系。

路遥的许多关于农村的小说都可以视为描述苦难和与苦难抗争的历史文本。苦难不是一种外在于作家身体的力量,而是内在化的生命体验,具有本体上的意义。路遥笔下的许多人物都对苦难有着自觉的承担意识。苦难可以造成个体精神的麻木,也可以塑造他们生命的韧性。在叙述苦难的过程中,路遥进一步将苦难历史化——个体寻求发展的历史就是寻找苦难、征服苦难的历史,苦难因此是不断延续的,甚至就是历史本身。这表现在景观的塑造上就是个体面对困苦的自然环境和社会环境而产生的一种豪迈精神:

> 眼前是一片麦芒似的黄色。毛翻翻的浪头象无数拥挤在一起奔跑的野兽吼叫着从远方的峡谷中涌来,一直涌向他的胸前。两岸峭壁如同刀削般直立。岩石黑青似铁。两边铁似的河岸后面,又是漫无边际的黄土山。这阵儿,西坠的落日又红又大又圆,把黄土上黄河水都涂上一片桔红。远处翻滚的浪头间,突然一隐一现出现了一个跳跃的黑点,并朦胧地听见了一片撕心裂胆的喊叫声。渐渐看清了,那是一只吃水很深的船。船飞箭一般从水线上放下来,眨眼功夫就到了桥洞前。这是一只装石炭的小木船,好象随时都会倒扣进这沸腾的黄汤之中。船工们都光着身子,拼命地扳着,拼命地喊着,穿过了桥洞……[10]

这是《平凡的世界》中孙少安决定为他人打工而去山西买牲口,回来路过黄河大桥时的一段文字,记录了黄河和在黄河中挣命的船工,并赋予文字以一种象征意义:既是个体苦难历程的象征,同时也是民族国家苦难历程的象征。在此,我们看到的是一个多年处于贫穷中的农民即将改写自己命运的一刻,同时在这个即将摆脱土地束缚的农民身上,我们也可以看到这个国家和民族走向自新的一刻。它是时间和历史的转折点,象征着这个民族在苦难中奋斗的决心和意志,并给予这个民族以一个极为光明而神圣的未来。在这时空转换的瞬间,启蒙话语的神圣性与国家民族话语的神圣性获得了统一。

但是苦难对于路遥的意义不仅是一种叙述,它还具有对人性从根本上进行救赎的价值,这一点在路遥对孙少安的历史性塑造中表现出来。

二 历史召唤下的新主体

在《平凡的世界》中,孙氏兄弟从任何一个角度看都是高加林的翻版,他们共同承担着叙述人在《人生》中无法实现的梦想;也因此,我们可以清晰地感觉到孙氏兄弟在精神气质上与高加林的接近。孙少安之所以选择了乡村,并不是他的个人能力不够,叙述人特别清楚地在小说中加上了一句:孙少安以出色的成绩考上了城镇的中学,但现实的生存境况毁灭了他的前途,尽管他通过考试证明了自己——而这一行为极具悲剧色彩。才华出众的孙少安成为乡村中一位极具才干的农民,他的勤奋、吃苦耐劳,还有他的献身精神、领导才华无不透露着其张扬的个性和传统农村美德的统一。这使孙少安自然而然成为一个安于农民身份的高加林。他是高加林的一部分,是高加林的农民形态,并且无怨无悔地承担起路遥的农村梦想。[11]

孙少安的诞生来自于历史的召唤,在 80 年代农民形象序列中,孙少安具有承上启下的作用。

在 70 年代末、80 年代初期,当中国农民初登新时期的艺术舞台之时,其形象并不怎么"美"。我们可以从高晓声的"陈奂生"系列小说中那个愚昧而麻木的形象看到些影子。同样地,在古华的小说中,无论是王木通,还是黎桂桂,不仅是配角,而且是被改造、牺牲的对象。在叶蔚林的小说《没有航标的河流上》中,那个幸运地进城学习的"我"在叙述中始终处于一种茫然无知的状态,他只是在尽力记录所发生的一切,也因此事件的发展过程有一种让人束手无策的感觉。张贤亮的《刑老汉和"狗"的故事》更是在描述一个农民悲苦的经历。显然,改革开放之初,出于对历史进行清算和批判的需要,许多作家将农民塑造成一个几乎是盲目无知的群体,一个期待拯救的群体,而完全忽视了一个根本性的事实,即中国农村的改革恰恰是从农村开始的,而且是一群农民冒着砍头下大狱的危险开始的。[12]对农民的这种塑造方式,正是典型的知识分子一相情愿地自我想象,并将自我意识强加给一个丧失了话语权的阶层的结果。在这个过程中,知识分子往往将自我塑造为正直、善良、理性的化身。他们几乎是在承受着全部的苦难和折磨,而其受难又几乎变成了整个中华民族受难的一种隐喻。农民在这个受难的历程中只扮演一种陪衬的角色,而绝对不会有独立的意识去改变自我。

　　改革开放初期,启蒙话语的确需要这样一个弱势群体,这个对象以"农民"的形式走向了历史的前台。高晓声的《陈奂生上城》刻画了一个时代的农民典型,"他的形象是一幅处于软弱地位的没有自主权的小生产者的画像"[13],这个新时期的阿Q似的人物之所以能引起轰动,正因为他揭示出了"他们的弱点确实是很可怕的,他们的弱点不改变,中国还会出皇帝的"这样一个可怕的真实[14]。无论是在叙述手法上,还是在人物塑造上,《陈奂生上城》都不过是对鲁迅的《阿Q正传》的粗略复制;同时在艺术上和形象上都远没有达到鲁迅的高度和深度。而这个复制暗含的文化涵义是:新时期的文学精神是已经断裂了几十年的"五四"文学精神的合法继承者,恰恰是《陈奂生上城》使得这种继承关系找到了恰当的文本表述形式,从而使这种相差七十年的历史得以延续。历史从《陈奂生上城》开始了新的篇章,知识分子也为自己找到了演说的根据。

　　这个时期的知识分子启蒙话语和国家话语在对现代性的追求上有着惊人的一致性。而现代性话语的发展需要一个具有主体性的农民形象出现,这不仅是现代化社会改革进一步深化的需要,同时也是文学发展深入的需要。可以说是在国家政治话语和知识分子启蒙话语的共谋中,具有主体意识的农民终于诞生了。而这就是路遥、贾平凹、张炜等人笔下的农民形象。他们不仅一扫以前卑微、委琐、贫困的负面形象,而且具有了独特的个性、开拓进取的时代精神。贾平凹笔下的门门、禾禾、王才们主动走出了大山,追寻新生活;他们以惊人的勇气反叛着乡村的传统,并在平静的乡村中引起新时代的震荡。在路遥的笔下,孙少安、金俊武、田润生这一系列普通的农民都在新的环境中追寻着自己的梦想,试图找到一条摆脱贫穷的道路。而张炜的《古船》中的隋抱朴、隋见素兄弟面对着一个残破的世界时所有的信心——那是一种重整河山的强烈历史欲望和冲动,而来自乡村的主体似乎从来没有过如此自信和意识。但是,也是在这种形象的塑造过程中,叙述人都在有意或无意地掩盖资本在原始积累过程中的血腥本性,想尽一切办法将自己笔下赞美的主人公塑造得才德兼备。

　　这个形象塑造的过程对于大多数叙述人来说是十分痛苦的,如何让追求经济发展的农民在获得巨大的物质财富的过程中保持住传统的乡村情感,是作家们面临的一个严峻问题。在贾平凹的小说《鸡窝洼的人家》中,叙述人几乎是怀着无限的赞美与痛苦看着山山一家衰落的;同时与禾禾的兴盛相伴随的是古老乡村礼仪的延续。在路遥的小说《平凡的世界》中,孙少安几经磨难,摆脱了贫穷的困扰,却一再面临精神失落的痛苦;而乡村中先富起来的农民的百态也引起了作家深刻的忧郁。张炜的《古船》则毫不留情地披露了资本原始积累时的血腥和残暴,赵多多的衰落带给了人们一线希望,而有着传统美德和极高声誉的隋抱朴真的可以成为现代乡村的救世主吗? 现代社会的进程几乎毫不留情地碾碎了传统的乡村梦想。而这个时期的农村改革者们几乎毫无例外地被塑造得勤勉清白且乐善好施。在小说《腊月·正月》中,叙述人故意选择了乡村中的传统力量韩玄子为主要叙述线索,而将另一个十分重要的人物王才置于叙述远景的位置上。这样,王才在叙述的表层上似乎是叙述中的配角,而且这个配角几乎永远处于事件发生的外围,处于一个纯洁的、受迫害的位置上;尽管如此,我们还是看到这个人物的性格中除了忍耐、勤勉、善良,还有张扬和对金钱的追逐。而且在这个叙述中,资本原始积累过程中的剥削和压迫等残暴的一面被传统的乡族情感所掩盖,现代大机器生产的组织严密性和纪律性与原始的乡村时间观念发生着剧烈的冲突;商品经济的生产与消费的要求、商品对市场扩张的要求以及商品对货币的贪婪追逐,与乡村礼仪中乐善好施的血缘情感发生着尖锐的对立。而叙述人都在有意或无意地隐藏这一点,努力调和二者间的巨大差异,缝合历史断裂中的裂缝,从而使最早的乡村企业家们变得善良、勤劳、质朴而真挚,而这正是叙述人所希望的效果。比较而言,张炜《古船》中赵多多的形象就更具有深刻性和敏锐性了。

一个积极且具有冒险精神的农民主体被塑造出来,而这个主体的出现又有着深刻的经济背景。显然,在改革开放初期,农村经济改革的成效是十分显著的,的确使大多数农民在短时间内摆脱了贫困。这是一个不争的事实。而且现代化的进程所展现的前景也是无比美好的,改革中的问题还没有暴露出来,富裕是通过个体努力就能够实现的事情,而这都在鼓励个性,支持个性的张扬。也可以说在这种事实的激励下,才出现了这些具有开创进取精神的农民形象。在时代的召唤下,摆脱土地的束缚,成为自己行动的主人,不仅是诱人的而且是可行的。这与 70 年代末期那个困苦无助的农民形象形成了鲜明的对比。

历史发展到 1986 年时发生了巨大的变化,一个标志是贾平凹的《浮躁》的诞生。对时代的敏感使得贾平凹在这两年先后写出了《黑氏》、《浮躁》这两部探讨农民命运的小说。在《黑氏》中,女主人公几乎无法把握自己的命运,而在《浮躁》中,雷大空的下场几乎就是黑氏的翻版。像隋抱朴那样无所畏惧地承担起历史重担的开拓精神开始出现了衰败的征兆。但无论是《古船》还是《浮躁》,我们都可以看到商品经济在乡村发展过程中给人性带来的最初的扭曲,对乡村文化风俗的冲击,以及由此带来的巨大社会动荡。也是在这个时期,那个积极进取的农民企业家形象开始出现了负面的价值。对官商勾结,对普通农民进行欺诈的叙述也是在这个时候出现的。与物质主体的张扬相伴随的是精神主体的衰落,过去的那个无辜者开始变得复杂起来,他们也因此不再是历史理性礼赞的对象,而他们性格的扭曲不仅是商品经济浪潮的结果,同时也是部分官员腐败的最初显现。

90 年代初期,陈忠实的《白鹿原》诞生了,那个拥有强烈理性精神的农民主体身上所具有的开拓进取的时代精神已经荡然无存。在《白鹿原》中,我们已经找不到一个具有积极进取、乐观向上精神气质的农民了。白嘉轩的一切价值和作用就是保护一种即将衰败的、远古的文化精神,并且试图把自己也变成那种精神的化身。他不是在努力塑造一种新的精神力量,而是对千年以前已经朽烂的精神招魂,并用一个带有阴森恐怖气氛的光环去维护一个民族中最庞大阶层的发展。这不仅具有荒诞的味道,同时也是一种理想、理性彻底失落后的表征。启蒙话语的衰落似乎是不可避免的,尤其是当商品经济的大潮风起云涌的时刻,它也在商品拜物教的感召下匆匆下海了。《白鹿原》是文学史中具有里程碑意义的一件文化产品,处于历史文化的交叉点上,如同卡尔·马克思对《神曲》的评价——不过是在相反的意义上;它昭示着一个乐观而理性的时代的终结,替代它的是卡夫卡的匍匐在角落里的变形虫。

我们看到,路遥笔下的孙少安正是理性精神极为乐观时的人物形象,启蒙话语自信地表达出了自己对于历史的全部欲望。在孙少安疲惫、忙碌,同时又自豪、向上的精神脉动中,理性走向了自己辉煌的舞台;而在这个舞台最绚烂的时刻,理性是否意识到,这已经是它最后的辉煌呢?

三　当代鲁滨逊

在《小说的兴起》中,伊恩·P. 瓦特在论述笛福的《鲁滨逊漂流记》时谈到了鲁滨逊对女人的挑选。他说,鲁滨逊在五个女人中为自己挑了一个"这批货中最好的妻子",这个妻子之所以是最好的,原因在于这个女人不仅朴实而年长(成熟),而且更重要的是"她是适用而有利于生意的"。瓦特说,在资本主义发展的开始阶段,"女人所扮演的唯一重要的角色,还是经济意义上的"[15]。那个被称为资本主义萌发时期的象征符号的鲁滨逊自己就是"一件异常枯燥而又讨厌的商品"。鲁滨逊因此被描述为"经济人"。[16]

让我们回到路遥的《平凡的世界》,从小说中一个既重要又似乎是轻描淡写的情节入手,看一下小说的主人公孙少安的发展变化。

小说第一部谈到了孙少安的婚姻问题。孙少安面临着与他的弟弟孙少平同样的选择困境,一个农村男人与一个拥有城市户口的女人陷入了情感纠葛中,而且那个女人似乎从小就对他有一种好感。但是乡下人与城里人之间的巨大身份差异几乎变成了一条无法跨越的鸿沟,并且最后成为毁灭这段浪漫爱情故事的重要因素。孙少安清醒地意识到了这个婚姻的不可能性,所以当情感还在萌芽时,就毫不犹豫地扼杀了它,将爱情的另一方田润叶置于情感等待的绝境中。田润叶对一个无望婚姻的守候因此而具有了一种独特的文化含义。关于这一点,我们将在后面专门论述。现在还是让我们回到孙少安身上来。小说很快进入到了对孙少安婚姻的叙述。孙少安对女人的选择不仅是幸运的,而且简直就是"天上掉下个贺妹妹"。贺秀莲对孙少安的爱几乎是不可思议的,问题的关键并不是这种情感的产生,而是孙少安和众人眼中贺秀莲的形象:

> 孙少安自己也决没有想到,他一见秀莲的面,就看上了这姑娘。这正是他过去想象过的那种媳妇。她身体好,人样不错,看来也懂事;因为从小没娘,磨炼得门里门外的活都能干。[17]

(贺秀莲)劳动和他(孙少安)一样,很快博得了全村人的赞赏。她能吃苦,干什么活都不耍滑头。一般来说,新媳妇在一年之中都是全村人关注的对象。[18]

孙少安对妻子的选择在无意识层面与鲁滨逊的选择有着惊人的相似。鲁滨逊对于妻子的选择就像在挑一件商品,问题的关键在于这件商品几乎是所有的人都十分看好的——对金钱与利益的追逐使得在妻子的选择上具有了经济决定论的优先性。而对"性"的排斥恰恰是因为"性"是浪费时间和金钱的,选择妻子的前提是她能否给选择人带来巨大的经济利益。我们在鲁滨逊的选择中看到了孙少安选择的影子,但二者选择的原因也存在差异。孙少安的选择无疑首先来自那个贫困家庭需要的是一个能里能外的好劳力,能适应那个贫困家庭环境所要求的一切,并能给这个家庭带来巨大的经济收益。这对于一个贫困的家庭来说几乎是天生的要求。孙少安的价值观念也博得了全村老少的一致赞同。说句不好听的,孙少安简直是白捡了一个剩余价值生产者。

因此,身份上的差异只是孙少安放弃田润叶的表层因素,而深层原因则是经济上的。一个在城里工作的女人怎么能适应苦重的乡村劳动呢?但是,这里面还有一个问题。对于农民孙少安来说,如果娶了田润叶就意味着家里多了一份可观的工资收入,而这对于一个没有直接货币收入的家庭来说不是更大的诱惑吗?因此在孙少安的婚姻中经济之外的原因突出了出来,这就是小说中隐含的启蒙话语力量的要求了。我们发现在小说叙述的表层文本之外,还隐含着一个深层文本。我们必须强调这个事实:在孙少安身上,体现着路遥对未来中国农民命运的思考。中国农民何去何从不仅是关乎一个人的事情,而且是关乎整个中华民族的事情。在路遥的叙述中,农民的命运与民族国家的命运基本上是一体的。这体现在小说文本中,就是对农民的叙述与对国家现代性话语的叙述的统一。从对孙少安的情节安排上,我们也可以看到他的发展变化与国家话语的发展变化基本上是一致的。路遥通过孙少安这个形象去传达个体与国家的一致性,并由此,通过对个体发展的叙述而进入对历史进程的叙述,从而构建所谓的"史诗"。而这就意味着孙少安必然要走一条类似于鲁滨逊式的自我创业之路。在这条路上,孙少安的个人主体特点不断被塑造出来,同时也是对个体的崇拜,使得孙少安变成了一个鲁滨逊式的人物:这个人物的典型特征之一就是对经济的崇拜,通过他去塑造所谓新时期的经济动物;同时也是通过他,历史发展的合理性得到了根本的诠释。

因此,孙少安对自己妻子的选择固然带有乡村审美观念的独特视角,乡村的生存现实对人物的特定历史要求——而这只是情节上的,但从叙述的角度讲,一个精明能干、吃苦耐劳、手脚麻利且具有强烈献身精神的农村经济型女人的社会学意义要远远大于一个小布尔乔亚知识分子女人的痛苦和感伤。小说在后面的情节中充分展示了这一点。贺秀莲机敏能干、忍辱负重的乡村妇女形象,相对于田润叶的温文儒雅几乎有着天然的优势——这种优势既是乡村的现实境况,也是叙述中的一种想象。正是在贺秀莲的鼓动下,乡土中的孙少安一次次走出自己的世界,走向商品世界的大潮,走向发家致富的梦想,并将路遥精神世界中的想象转化为文本中的现实生活。在这个过程中,孙少安不断拓展自己向外的活动空间,而且与这种空间不断扩大相一致的是,孙少安的个人资产也在不断扩大。

但是如同我们在前面已经谈到过的,路遥不得不面临一个残酷的现实:如何在发展经济、追逐财富的过程中保持住乡村文化中特有的淳朴和情感?在向外追逐庞大的物质财富的同时,追风逐浪的经济个体如何才能同时拥有充盈的精神世界? 一个重要的意识形态原因是,只有主体的精神世界是充实有力的,这个新的时代主体的合法性才可以找到自我确证的依据,启蒙话语的感召力量才可能充分彰显。所以马克斯·韦伯一再强调资产阶级的发展并不仅仅是社会生产外部因素作用的结果,同时也是新教伦理的精神性要求,因为"合理的现代资本主义不仅需要技术生产手段,而且需要一种可靠的法律体系和按章行事的行政管理制度"[19]。而后者恰恰是一种精神的力量,这种力量的根源就在于新教伦理中对上帝的天职观念所产生的强烈使命感。资产阶级不仅需要在物质生产的层面上获得行动的合法性,而且要在精神层面上获得叙述的合法性。而路遥面对的正是这样一个问题:如果主体的精神世界衰落了,那么这个主体的行动通过什么才能找到对世人言说的合法性呢?

在小说中路遥拯救这种精神的唯一办法就是:苦难。对苦难独特的认同几乎使路遥具有一种无法摆脱的宿命观念;而在叙述的层面,正是苦难使得小说中几乎崩溃的孙家血缘联系的纽带得到了最后的救赎。小说中一个十分具有象征性意味的情节是,刚刚富裕起来的孙少安面临着分家的困境。贺秀莲渴望拥有一个独立天地,以便让手中的钞票鼓得满满的。孙少安则意识到这种划分将给家庭带来巨大的经济压力和生活压力。小说情节到此几乎是进行不下去了。而此时拯救孙少安的是他的父亲孙玉厚,正是老汉的一句话将孙少安从自我谴责的困境中解脱了出来。小说情节随即描绘了两个将要彻底独立的家庭之间微妙的断裂关系,而那个小孙子虎子则成为维系传统宗族血缘关系最后的救命稻草。在这种微弱的联系中,经济利益决定了一切。一个明显的叙述是,孙少安突然间发现了贺秀莲控制金钱的强大力量,一个细节处理不好就会带来复杂的家庭纠纷。当孙兰香死活不要哥哥给她的钱时,富裕起来的孙少安头一次受到强大的精神震撼,他在家族中的主导地位也因此而受到了前所未有的挑战,他的灵魂面临着前所未有的危机。显然,"经济动机的本质,按照逻辑需要其他思想、感觉、行为的模式贬值:各种传统形式的群体关系、家庭、行会、村庄、民族感,这一切都要被削弱,包括从精神拯救到消遣娱乐等方面的非经济因素的个人成就和享乐的竞争性要求,也需如此"[20]。可以这样说,这种痛苦几乎始终伴随着逐渐发达起来的孙少安。但是叙述人绝对不会容忍这种情况的继续,而这就是为什么叙述人非要让孙少安在经济上摔一次大跟头,并让孙少安忍受了长达一年多的沉寂的原因。可以说在经济上的这次失利彻底挽救了孙家的全部血缘关系,传统的宗族情感也是在这个地方找到了自己对世界继续言说的权力。当乡村情感获得了继续存在的地位后,再也没有任何力量可以阻挡个人对经济利益的追逐了。

经济因而成为那个时代新的宗教,而"受托为自己的精神趋向负责的正是本人"[21]。在孙少安那里,对财富的追求成为个体行动的终极动力,是财富,而不是什么其他的因素构成了主体价值的根本意义,成为世界新的聚集地。小说的结尾有一个独特的象征意味的情节,这显然是叙述人有意设置的。双水村村委会最后的改选结果是,党支部书记由原来的政治中心主义者田福堂变成了乡村中先富起来的新贵金俊武,而村民委员会主任则由原来的党员金俊山变成了新的乡镇企业老板孙少安。经济力量不再外在于个体,它变成了一种强大的统治力量,影响并操纵着人们的价值观念以及衡量评判世界的标准。"按照巴克斯特的观点,对于外在物的关心应当'像一件轻轻披在圣者肩上的薄外衣,可以随时扔到一边'。可是命运的裁决却使那件轻裘变成了铁笼。"[22]在生意人孙少安身上,我们可以看到其精明强干、处心积虑、无所不用其极的理性一面,他把自己的才智能力已发挥到了极点;尽管在叙述人的笔下,孙少安还顶着乡村情感的光环,但那已经是理性穷途末路的表征了。路遥并没有找到解救孙少安精神危机的新途径,而是相反,他求助于那个被历史化了的"苦难",而当苦难成为过去,谁还能拯救这一切呢?

四 启蒙话语的规训

当孙少安自我奋斗的历程逐渐获得历史认可的时候,也就意味着另一批人的失势——他们是历史中不合时宜的人,尽管他们曾经在历史进程中扮演过"举足轻重"的角色。巨大的历史变迁除去了这些人头顶上的光环,使他们成为启蒙话语嘲弄的对象,并通过历史的发展历程传达出个人命运变迁的悲喜剧。这种人物,在路遥的笔下可以以孙少安的叔叔孙玉亭为代表。

孙玉亭是路遥笔下被规范的人物之一,是历史理性试图纳入到自己的话语范围中的一个落伍者。他是路遥文本中少有的几个被漫画化的人物,在路遥的全部文学创作中,这样的人物是极少的。但孙玉亭的形象恰恰是《平凡的世界》中最有味道的一个——他很难说是个好人,但又绝对不是个坏人;他的一本正经中分明蕴涵着荒谬的一面,而在个体行为的荒谬中又透露出作为人的本能的真实一面。可以说恰恰是在他的形象塑造中,理性中的荒谬,神圣中的怪异,浅薄中的深邃和失落中的神圣以一种扭曲的形式被叙述人传达了出来。

一个有意味的情节是,孙玉亭似乎永远是一个不合时宜的家伙,在他的哥哥孙玉厚拼命要把他培养为一个在城里工作的工人的时候,本来就好吃懒做的孙玉亭突然跑回了乡村,非要做一个农民,还要娶一房媳妇,做一个老老实实的庄稼人。这个经历实际是我们理解孙玉亭的一个重要依据,特别是当历史发展到新时期以后,孙玉亭的这个特点就更为鲜明地表现了出来——他似乎从根上就是一个反历史主义者,而他的一切行为都印证了一个乡村中的流氓无产者从辉煌走向衰败的惨痛经历。叙述人也似乎是在不经意间表述着一个个体在积极投入历史话语的历程时所亲历的疯狂与荒谬：

> 当孙玉亭收拾停当会场，最后一个离开学校的院子，走到土坡下面的时候，突然发现田二父子俩还立在哭咽河畔；老小憨汉面对面站着，一个对着一个傻笑。他们身上的破烂衣服抵挡不住夜间的寒冷，两个人都索索地抖着。孙玉亭自己也冷得索索发抖——他那身棉衣几乎和田二父子的棉衣一样破烂！
>
> 一种对别人或者也许是对自己的怜悯，使得孙玉亭心中泛起了一股苦涩的味道。他迟疑了一下，走过去对这父子俩说："快走吧！"
>
> 三个穿破烂棉衣的人一块相跟着，回田家圪崂去了……[23]

这是《平凡的世界》第一部分中孙玉亭按照上级的要求组织公社农田基建大会战批斗大会结束时的一段描写，会战副总指挥孙玉亭同志心筹志满地实现着自己的政治夙愿。然而当一切人去楼空之时，孙玉亭获得的不是一种满足感、成就感，而是一种失落和苦涩。孤零零的孙玉亭最后居然与村里两个"傻子"似的人物田二父子混在一起，这种情节安排有一种特殊的象征意味。田二父子的"傻"在一个混乱的世界中暗含着一种身体和精神上的超脱，尽管从叙述人的角度看，其身体无疑是在无意识中承受着人间的苦难，但这个苦难却由于被叙述的人的无知无觉而被化解了，它构成了那个混乱世界之外的一个特殊的自由天地。当世界陷入疯狂时，处于疯狂世界中的个体似乎只能通过这种疯狂的形式才能获得解脱。也是在个体这种特殊的生存形式中，疯狂世界所建构的疯狂的意义被彻底解构掉了。路遥显然不是想在田二父子身上发现这种价值和意义，但当他将孙玉亭与两个傻子并置一处时，意义自己被凸现了出来。现在还是让我们回头先看一下孙玉亭吧。

从任何一个角度来看，孙玉亭都代表了另一种疯狂——一个盲目的个体，为了眼前既得的政治和经济利益而发疯一样投入到世界疯狂的过程中；更可怕的地方还在于，他不仅是这个疯狂世界的制造者，同时还是这个疯狂世界的守夜人。当启蒙话语获得统治世界的力量之后，他还在念念不忘那个已经失去的"美丽"世界——在那个世界中,个体的权力、利益、野心似乎得到了前所未有的张扬,而个体也似乎只有通过这种形式才能够获得自我价值的确证。遗憾的是,这个希望实现自我价值的个体的一切行为的意义都只在那个获得利益的瞬间,失去那个瞬间,个体就会发现革命的价值和意义原来是如此脆弱。孙玉亭在决定批斗田二之前,曾经来到双水村支部书记金俊山家,看到世故而圆滑的金俊山富足的家境,与贫穷的"革命家"的生活形成了鲜明的对比,叙述人写道:

> 这时,他内心突然涌起了一丝莫名的惆怅。他想自己跑断腿闹革命,竟然穷得连一双新鞋都穿不起。当然,这种情绪绝对不会动摇他的革命信念,而只能引起他对金俊山的鄙视。[24]

孙玉亭的痛苦只能通过阿Q似的自我调节才能化解掉,但替代痛苦的却依旧是那个疯狂的精神世界,而他似乎就是疯狂世界的符号和化身。也因此,力图恢复理性秩序的启蒙话语几乎是毫不客气地把嘲弄的文字投向了这个有些不识时务的傻瓜:

> 马来花走后不久,得到口讯的孙玉亭就一路小跑着来了。他好长时间都没有得到福堂的召唤,因此情绪异常地激动,直跑到人还未到,一只烂鞋就飞到了田福堂的面前。[25]

这是小说快到结尾时的一段文字,叙述的是村里暴富的金光亮因为种泡桐树侵害了别人家的枣树而被他的弟媳马来花告到了大队支书田福堂那里,于是田福堂召见了久已闲置一边的孙玉亭通知大队的各负责人开会。此段文字就是孙玉亭赶到田福堂面前时的情景。我们看到了一个被彻底漫画化的人物,而启蒙话语对这种人物的嘲弄几乎是不留情面的,它不仅让孙玉亭在经济地位上彻底丧失掉一切威严,更要让这个人物在精神上变成一个笑柄。我们可以回忆一下福柯在《疯癫与文明》中的叙述,放逐一个人的最好办法就是从精神上将其贬低为一个疯子。

孙玉亭的一个重要特征是,内心世界的神圣感和现实的行为之间存在着巨大的落差。一方面,个体通过行为确证自我理想的不容置疑性;另一方面,残酷的现实又在各个方面拆解精神世界的合理性,而维持这个世界的唯一因素就是主体处于一种高度的自我想象中——整个外在的世界似乎是按照主体的自我意识运行着,而且主体也通过这种想象塑造着自我。可一旦主体发现这个世界离开了曾经期望的轨道,他只能束手无策——要么做一只鸵鸟,把头埋进沙子里;要么做一个堂吉诃德,拿着长矛向风车冲过去。

小说叙述人对孙玉亭的改造方式是将其提升为新的村委会副支书。这与他的政治"教父"田福堂有着根本的不同。历史话语对田福堂的塑造是让他主动投身于经济建设的大潮中,并获得了巨大的成就。被改造后的田福堂真的有一种重新做人的精神气质,他不仅接受了自己唯一的儿子田润生娶了一个寡妇的事实,而且还平静地面对被剥夺一切政治权利的结局。田福堂在历史话语的操纵下获得了一种彻底的解脱,是历史话语成功运作的体现。而孙玉亭不同,他虽然重新获得了一种政治上的优势,但在经济上,他依然贫穷。小说的结尾描述道:"时代变了,玉亭对公共事物的热情没变。他依然拖拉着两只烂鞋,在东拉河两岸不停地奔跑。"[26]因此在孙玉亭身上,对政治的崇拜和狂热几乎是让人窒息的和不可思议的。不过也不难理解,这个人物是在政治风云中"混"大的,曾从混乱的政治年代中获得了巨大的好处。当别的农民在历史的困境中挣扎于生死边缘时,他却可以从他人苦痛的间隙获得"一老碗肥肉片子",而这一碗肥肉就足以鼓动起他的政治激情。也因此,我们可以看到这个人身上恐怖的一面;而在叙述人的嘲弄中,我们又可以看到一种忧郁:历史话语对孙玉亭的改造出现了苍白而无力的一面。

因此,在路遥全部作品的人物序列中,孙玉亭占有一个特殊的位置——正是在孙玉亭这个人物形象的塑造中,蕴涵着路遥对历史神圣性价值产生的巨大荒诞感和幻灭感;也是在孙玉亭的形象上,路遥参与历史叙述的神圣主体受到了前所未有的嘲弄。历史叙述的宏大统一在孙玉亭浑浑噩噩般的"清醒"中露出了残破的一面;同时,启蒙话语在言说自我的同时,从孙玉亭身上看到了神圣背后的精神深渊。而孙玉亭也以自己盲目无知般的怪诞解构了叙述人的神圣价值观。他是孙少安的反面,是精神失落后的孙少平——孙少平的沉沦和衰败将为90年代的另一部重要小说《废都》所印证,而那个流氓般的作家庄之蝶不就是一个读过书的孙玉亭吗?因此,孙玉亭属于历史,但他的意义却指向了未来。

孙玉亭还不是启蒙话语中最倒霉的一个,启蒙话语的强大力量不仅要以摧枯拉朽的力量重新书写人们的精神世界,而且还要以更为残暴的手段对付那些历史中真正的落伍者:从肉体上取消其存在的合法性。它以一种极为微妙的方式体现在现代小说的人物形象设置中,通过小说中男女之间的性和婚姻的组合关系传达着启蒙叙述人的暴力无意识。尽管我相信路遥对农民的深厚情感,但他还是没有逃脱掉理性话语暴力的指挥,而启蒙话语暴力打击的对象就是小说中最无辜的田二父子。

五 被淘汰的弱者

《平凡的世界》中有两个不起眼的角色,两个十分荒诞的角色——田二父子。坦率地讲,这两个形象在路遥所有的文本中都是独一无二的。田二是一个傻子,他的儿子还是个傻子。傻父亲在田福堂对个人利益凯歌般的追逐中成为了牺牲品,而傻儿子田五则在双水村新贵孙少安的魔下变成了一个只会用力干活的好劳力。叙述人几乎是以一种反讽的语言叙述了田二一家人的经历。这是真正的傻子一族,如果说田二有幸能娶上一个傻媳妇的话,那么他的儿子田五就绝对不会再有这样的好事了。所以从人物形象的设置到情节叙述,我们都可以看到叙述人在宣判田二父子的死刑——不仅是精神上的,而且是肉体上的。尽管田五老实得只知道干活,只知道喂饱自己的肚皮,但他终究不过是一个被历史抛弃的小人物。

如果我们看一下当代文学在 80 年代的演进,就会在作家对人物命运的安排和书写上惊奇地看到一个十分有趣的现象:在许多 80 年代作家的作品中都至少有一个农民将经历田二父子的不幸,尽管他们的表现形式千差万别。他们出现在古华、贾平凹、刘恒、莫言等一大批作家的作品中,并在不同的时代呈现出不同的色彩。

我们首先可以注意古华的小说《芙蓉镇》中那个老实巴交的黎桂桂,小说女主人公胡玉音的男人。田二表现为一种傻,黎桂桂则表现为一种懦弱——这实际是傻的代名词。胡玉音的最大期望是能有一个儿子;然而天不遂人愿,他的男人居然丧失了生育能力。而在"文革"初期社会动荡的狂潮中,这个懦弱的男人经不起沉重的政治压力而被迫自杀。历史宣判了黎桂桂命中注定要断子绝孙。因为黎桂桂,胡玉音背上了不会生娃娃的黑锅,这也成为这个女人生命中最大的耻辱。可以说,如果没有秦书田,胡玉音的黑锅要背一辈子。

　　与田二相比,贾平凹笔下的山山的憨厚老实则是另一种傻的表现。在贾平凹的小说《鸡窝洼的人家》中,男主人公山山丧失了生育能力是一个颇富象征性的事件,它暗示着一种传统力量的失势并将被驱逐出历史舞台;一种类型的农民在生理能力上的缺失,表现在文本指涉的现实上,即为一种类型的农民正在面临前所未有的生存和繁衍上的困境。同样的情节以不同的描述进入到了贾平凹的其他文学作品中,在《小月前传》中,老实而传统的才才在与另一个人物门门的婚姻竞争中以失败而告终。这样的叙述也出现在贾平凹的小说《黑氏》中,同样勤恳的黑氏的丈夫木椟对性几乎毫无兴趣,这与另一个人物来顺形成了鲜明的对比。如果我们再把视野放宽一些的话,我们会在许多文本中看到一种相似的描写,作家在对行为举止以及观念比较“传统”的农民形象进行塑造时,一个重要的叙述方式就是这些人物在性或与性有关的人类行为,如爱情、婚姻等方面,处于劣势地位,几乎没有任何竞争能力。这里面暗含着一种达尔文进化论的“适者生存”逻辑。在性上的无能或在婚姻上的差强人意不过是一种形式,这既是作家的一种焦虑性叙述,同时也是一种客观写实。

　　这种对婚姻与性的相似描写随着时间的发展也发生了一些变化。例如在莫言的《红高粱》中,叙述人不无自豪地宣称“我”爸爸实际是“我”奶奶与“我”爷爷“野合”的产物。对“野”的崇拜表现在婚姻与性上就是超越常规的行为,并由于“我”的叙述而进入合法的视阈中。“野”在这里表现为一种对生命力、活力、强势力量的推崇,它暗示着对常规的反叛;而“我”奶奶的正式丈夫,一个蹩脚的先天就有生理缺陷的男人,在婚后不久就一命呜呼了——他早在性上被宣判了死刑。这一切实际暗示了作者对所谓正统力量的怀疑,对明媒正娶的调侃和不屑。历史可以以另一种方式去表述,同时历史的延续也是以一种超越正统的力量维系着。但无论如何,历史都是神圣的,也因此,历史可以宣判一个反历史的家伙断子绝孙,并使“我”的叙述产生神圣感。

　　与路遥笔下的田二相比,刘恒笔下的杨金山几乎呈现为一种疯狂:清醒中的疯狂。80年代末期,《伏羲伏羲》的问世暗示着作家关注这类问题的高潮。在一部类似于古希腊著名悲剧《俄狄浦斯》故事的作品中,在人物关系安排方面,弑父娶母的杨天青既是生命力的代表,也是毁灭力量的代言人。作者尤其注重对杨天青性生殖器的描写,在小说中至少出现了两次。一次是借助于已经失势的杨金山的眼睛,并借此将杨金山在生理上的缺陷扩大到他的心理,从而给这一人物以毁灭性的打击。另一次是死去的杨天青的外生殖器无力地耷拉在水缸外,通过村落里小孩的描述,将那个东西比画得硕大无比;但此时,那个给人带来快感和灾难的源头已经失势了。尽管如此,它还是为这个世界带来了一个新的生命,而这就显示了它的可怕力量。老头杨金山失去性能力既是一种隐喻,也是一种历史叙述。历史的延续是以荒谬的方式进行的,杨天青的儿子/兄弟杨天白是他的直接杀手。这种混乱的关系昭示了历史的混乱。在莫言那里本来是一种生命活力表达的野合行为,一种昭示了历史真正力量所在的行为,在刘恒的手中变得难以理喻和混乱不堪。借助于这种方式,作家对历史的认识和感受发生了巨大的变化。历史已经失势了,痛苦和快乐是如此难以理喻地纠结在了一起,对性的崇拜和恐惧如同死去的杨金山一样,盘旋在人物的心里。而在性的方面失势的杨金山似乎在一种超然中嘲弄着两个生命力旺盛的人物,他冷漠地看着他们的越轨行为,同时在冷漠中宣判着这一行为的死刑,并似乎是以天罚的方式让他的儿子/孙子以同样的方式对待两个越轨的人物。而在刘恒的另一部小说《力气》中,主人公杨天臣的第二位妻室却是大户兼汉奸王九庆的老婆,其中一句闲话又一次点破了天机:

> 天臣越发炫精耀气,将女人肚子喂出一口巨锅,在众人的眼里来回扭搭。大户十年下种不开怀,天臣一动便点化了。[27]

如果说在田二父子的傻中,暗示着一种精神上的超脱,是一种对世界的茫然无知,那么,无论是古华笔下的黎桂桂,还是莫言笔下那个被去势的短命鬼,都在精神上呈现出另一种"傻"的状态,他们不清楚到底发生了什么,同时,他们还在努力抗争冥冥中命运所安排的一切,但这种抗争似乎只是在证明命运的无可抗争性。安于世事的田二们在无知无觉中走向自己生命的终点,启蒙话语似乎在同情他们,却又几乎毫无办法——更何况对有些人,连同情都没有,如那个倒霉的"我"奶奶的前夫。

从上述介绍中,我们似乎看到了一种近乎荒诞的现象,作家们在对不合时宜的人物的命运进行描述时,总是把他们置于一种在"种"上近于灭绝的状态中。在路遥、古华、贾平凹那里,这种灭绝的方式是以现实的方式进行的,正是这种力量的存在推动了现实的发展。但在刘恒和莫言那里,"种"的存在与延续进入了历史,成为历史前进的内在动力。但无论是哪种方式,进化论的思想,在"种"上延续或淘汰的无意识选择,这种近乎残暴的观念意识披上了合法性的外衣粉墨登场。它传达着作者们的高度自信和崇高意志,叙述人以摧枯拉朽的强大叙述力量推动着世界前进并塑造着所谓史诗般的真实。

无性男人的出现并不是一个孤立的时代现象,而有着一定的历史渊源。他的前身来自于"五四"以来的现代文学中那个沾染了疾病又最终被疾病吞没的身体。鲁迅小说《狂人日记》中需要救治的"孩子"、《药》中的华小栓,巴金《家》中的觉新、《寒夜》中的树生……沾染疾病的身体成为现代文学发展历程中一个十分奇特的现象。[28]似乎没有哪个国家的作家如同"五四"以来的中国现当代作家那样痴迷于有病的身体。但是"五四"时期作家对身体的迷恋有着强烈的悲剧意识和救赎观念,如同鲁迅在《坟·自序》中所说的,通过自己文本中人物悲剧性的结局期望激起社会的关注,并引起疗救者的注意。有病的身体成为民族的象征和隐喻,同时也是激发后来者登上反抗祭坛的"牺牲"。而这一象征更深层的含义则来自于叙述主体自我对现代科学和理性精神的迷恋,启蒙话语在死去的身体上发现的是对"凤凰涅槃"的悲壮信心。显然,这种精神部分地为新时期的作家们所承继。鲁迅在《呐喊·自序》中对"种"的疗救的希望依旧在起作用。

但是,在新时期作家的手中,有病的身体要么是彻底无用的,要么是反历史的。在对民族现代性的迷恋中,在历史线性前进的乌托邦远景的激励下,叙述人已经失去了治疗身体的耐心和欲望,简单地将肉体从世界上清除掉是对这个身体最有效的治疗方式。他们是这个世界发展进程中的肿瘤——对疾病进行医治的最好结果就是摘除掉它。因此,这个"身体"依旧是一种隐喻,虽然已不具备治疗的价值,但并不象征着民族的整体,而是民族病体上的病菌。尽管医治疾病需要个体付出精神上的痛苦,但却意味着一个民族的希望和未来!

因此,我们可以看到,尽管路遥、贾平凹们对田二、山山们充满了同情,尽管古华对黎桂桂的死充满了痛苦,尽管刘恒对杨金山近乎超脱的精神状态的素描中充满了杀机,但对历史他们有着几乎是不可动摇的坚定信念。这种坚定的理性信念终于以一种微妙的方式展示出了它即将衰落的一面,但它并不体现在对农民形象的塑造中,而是体现在对知识分子自我发展的叙述中。在这种对知识分子自我的叙述中,我们看到了知识分子对理性未来的精神焦虑。这个知识分子就是边缘人孙少平——他的继任者有贾平凹笔下的金狗和庄之蝶。而这个问题,我们将在下章中探讨。

六 想象世界中的空白

杰姆逊说:"历史不是文本,不是叙事,无论是宏大叙事与否,而作为缺场的原因,它只能以文本形式接近我们,我们对历史和现实本身的接触必然要通过它的事先文本化,即它在政治无意识中的叙事化。"[29]从任何一个角度来看,还原历史都是不可能的。因为历史无法以活生生的鲜明形象进入我们的视野,而只能以杰姆逊所说的"文本形式",但是历史不是文本。文本不过是我们接近历史的中介,塑造我们自己和我们对历史的认识,使历史在我们的视野中被改写。从这个角度来说,文学文本不过是一种社会意识的形式化。我们接触的文本不是历史本身,而是某种观念借助历史的形式完成的对历史的塑造。而历史也因此成为一种折射,真正的历史在这种折射过程中与其说是被发现了,不如说是流失了。这个流失的历史以永远缺场的形式存在着,但它同时又是不可接近的,它成为想象的对象,被叙述的对象,并且只有通过想象和叙述,它才有可能成为我们的对象。从这个意义上讲,我们所说的"农民形象",也是以这样一种形式存在着。在文学文本中,真正的农民是永远缺场的,而进入文本的农民则成为知识者想象的"他者"、叙述的对象。没有一个所谓"绝对真实"的农民形象,尽管这个"绝对真实"的形象总是成为我们衡量文学文本中形象生成的绝对视野,成为我们衡量形象价值旨归的绝对坐标;也正是这个被想象的"绝对"存在与现实生活中的文本存在构成了历史表现过程中内在张力的两个维度。我们所能做的只是发现这个张力的表现形式,并试图揭示出这种表现背后的意识形态谱系。我们永远不可能还原这个形象,农民形象只是我们借以想象过去一段时间的一个重要中介,他的存在就是一个悖论——如同王晓波所谓的"沉默的大多数":真正"沉默"的就是被遗忘的,而进入文本的则已经不再"沉默"。因此,路遥文本中的"农民形象"不过是一种对农民的想象,这种想象因为其生成的文化语境而具有自己的历史特征。

在"十七年"的文学中,知识分子在塑造农民时,有一个十分重要的观念意识,就是叙述人总是有意识地塑造"社会主义时代新人"形象,他们公而忘私,质朴沉稳,对"先进"的社会价值观念似乎有一种本能上的追求和信仰。也是在这种塑造中,他们在被赋予某些人格和意识的同时,被剥夺了主体的资格。其作为个体的价值观念被泯灭了,剩下的只是对集体的美好想象和无尽赞美。我们可以在柳青笔下的梁生宝身上看到这种精神品质。

我们同时还可以看到,这种新社会先进农民形象的塑造曾承受着巨大的意识形态压力。许多作家在塑造农民形象时,面临着一个必须解决的理论问题:社会主义新社会的农民与旧社会的农民之间的本质差异是什么?同时,也只有清晰地表现出这种差异性,才可以有效地为新社会存在的合法性辩护。可以说,正是在这种意识形态的压力之下,"十七年"文学中的农民形象才会不断被拔高,他们身体的个人欲望被彻底抽干,剩下的只是干巴巴的骨头。在这个塑造形象的过程中,知识分子不是发现了农民的价值,而是遗忘了他们的存在——这个形象只是那个时代的符号表征,他不是个体性的,而是传达着国家意识形态的"总体性"要求。

与这种意识形态压力相呼应的是作为知识分子的塑造者面临着一个创作困境:在叙述人和被叙述人之间存在着一种奇妙的张力,即叙述人总是想方设法消解掉自己的创造者身份,并不断趋向于被叙述人;而个体身份被努力消解的过程实际上使这个身份更清晰地表达了出来,并使知识分子产生了一种特殊的身份焦虑。这个焦虑产生的后果有两个:其一是一些作家有意识地放弃自己的知识分子身份,生活在农村,直接从事农业生产劳动,从而使自己在"事实"上变成一个农民,这可以以柳青和高晓声为代表。但这样做的结果真的可以达到目的吗?高晓声在《陈奂生上城》后发表的《且说陈奂生》可以视为这种多年努力的失败。其二是在文学文本中,出现了知识分子主动自我贬低的塑造方式,甚至是将知识分子嚎谑化的创作倾向。

例如,在电影《锦上添花》[30]中,有一个颇富意味的镜头。下乡支边的年轻人段志高(韩非饰)在火车上让为他作画的画家把他描绘成一个农民,以使自己知识青年的身份尽快被剔除掉。但这一做法产生的效果不是对个体身份特征的取消,而是使被塑造者的身份进一步突出了出来。电影中另一个有意味的地方是,下乡的青年面临着感情上的困境。影片几乎是十分含蓄地在这个问题上表现出了知识分子的自恋情节。在乡村女性铁英面前,段志高的小心谨慎、男女授受不亲的样子,与铁英的大胆泼辣、直截了当,形成了鲜明的对比。在这种对比中,我们可以看到一个滑稽的知识分子形象和一个"健朗"的农民形象。显然,在塑造农民形象——或者可以进一步说,在文学为工农兵服务的进程中——知识分子身份的尴尬和困境被传达了出来。

然而进入20世纪80年代,这种情况被知识分子完全颠倒了过来。知识分子开始有意识地按照自我的想象去塑造农民形象,我们在前面已经对这个过程进行了一定的梳理,可以看到知识分子的主体意识在历史发展中不断高扬,并直接体现在文本中形象的塑造上。从70年代末期大量负面农民形象的塑造到80年代初期正面农民形象的出现,再到80年代中后期《平凡的世界》中孙少安形象的诞生,我们可以看到知识分子是如何按照自己的理解改写这一形象的。说白了,农民形象到底是什么样并不重要,重要的是"我"心中的农民形象是什么样的,他能不能更好地传达出作为知识分子的"我"的价值观念。如果说70年代末期对农民形象的批判中蕴涵着知识分子对历史的批判,它还是一种集体想象,传达着一个阶层的共同声音,那么路遥的小说,无论是《人生》,还是《平凡的世界》,所传达的都是一种个体记忆。

路遥的小说从根本上是崇尚一种个人奋斗的价值的,他设定的主要人物大多通过各种合理的,或不合理的手段达到自己的目的——改变身份、摆脱贫困等等。在这种塑造个体的过程中,作家积极主动地进入到对历史的叙述中,并期望以此种方式建构起历史发展的轨迹。我认为,在对农民命运的思考上,路遥的叙述中存在着尖锐的矛盾。一方面从根本上轻视这一身份,渴望摆脱这一身份。另一方面又在积极固守这一身份,渴望这一阶层摆脱生存困境,走向富裕之路。对农民身份的否定使路遥的叙述超越了贾平凹们最初对农民生存状态的幻想。路遥小说中真正的主角实际都不是农民,他们是往返于城乡之间的边缘知识人。路遥相信只有通过个人奋斗以努力改变自己的生存身份,才可以找到真正的希望所在,他也在努力塑造这个个体的追寻历程。这使路遥笔下的人物必然要超越身份之间的严格界限,并面临这一身份所带来的困境。这在贾平凹80年代前期的主要作品中是看不到的。贾平凹真正开始注意到这种身份上的困境是在1986年创作的《浮躁》中——金狗的命运与孙少平表现出了惊人的相似性。而对农民身份的坚持则使路遥绝对达不到贾平凹对农民前途思考的高度。贾平凹看到了富裕后的农民所面临的精神困境,这直接体现在了他在1985年创作的小说《黑氏》中,而路遥在1988年还憧憬着孙少安乡村企业家的梦想,尽管孙少安的结局并非十全十美,但这只能归因于叙述人特有的苦难与悲剧意识,而并不是对历史思考的结果。

知识分子对农民的关注,一个重要的原因就是很多知识分子都是农民出身,或者与农民有着千丝万缕的联系——这也是中国这个农业国家特有的社会身份现象。他们通过考学、参军、招工等方式摆脱了土地的束缚,是跳过龙门的小鲤鱼。传统民间传说中的小鲤鱼在跳过龙门之后想到的第一件事是让燕子告诉家里的亲戚朋友自己过着幸福的生活;家中的一切依然让他们思念,而如何让家里的人过上与自己一样幸福的生活就成为他们最关切的事情。同时,他们自己的经历又极有力地说明了改变命运的最佳途径是什么。也因此,来自农村的作家对农村和城市有一种十分复杂的情感——对乡土天然的道义责任感,自我负疚感——这些情感隐藏在叙述中,同时城市在他们的笔下也是一个复杂的形象,并且他们还往往把乡村和城市并置于一种二元对立的思维模式中。

但是,我们在所有书写农民的作品中都没有看到这个问题:农民是怎样形成的?"我"为什么是一个农民?是什么力量让"我"变成了一个农民?又是什么力量制约着"我",并把"我"固定在土地上?我们在路遥的小说中,甚至在其他许多作家的作品中看到的都是一个先验存在的农民形象。这种先验的身份几乎窒息住了这个生存于社会底层的阶层的发展权利。我们看到的是一个个农民怎样想方设法地摆脱这种身份的控制,但是没有一部作品告诉我们,是什么样的话语力量塑造了这个中国最庞大阶层的身份特征。而这才是中国作家必须面对的真正问题,也是知识分子面临的想象的空白之处。

注 释

〔1〕 一个有趣的现象是,进入 20 世纪 90 年代后,文学中丰富的风景画面正在逐渐消失,而这被认为是在现代性发展进程中,文学"向内转"所带来的必然后果。相关论述可参见许志英、丁帆主编:《中国新时期小说主潮》(上卷),北京,人民文学出版社 2002 年版,第 16 页。

〔2〕 〔英〕迈克·克朗:《文化地理学》,杨淑华、宋慧敏译,江苏,南京大学出版社 2003 年版,第 19 页。

〔3〕 同上书,第 35 页。

〔4〕 《平凡的世界》卷一,北京,中国文联出版公司 1986 年版,第 47—50 页。

〔5〕 〔英〕迈克·克朗:《文化地理学》,杨淑华、宋慧敏译,江苏,南京大学出版社 2003 年,第 142 页。

〔6〕 同上书,第 131 页。

〔7〕 《路遥文集》卷一,陕西,陕西人民出版社 1993 年版,第 84 页。

〔8〕 同上书,第 16 页。

〔9〕 同上书,第 315 页。

〔10〕 《平凡的世界》卷二,北京,中国文联出版公司 1988 年版,第 71 页。

〔11〕 路遥对于孙少安这类乡村中的"能人"的态度是十分复杂的,对这类人物身上特有的才华是十分赞赏的,但对这类人物的命运却持一种嘲讽的态度,这从田晓霞的嘴里可以看出来。田晓霞比较担心孙少平变成一个地道的、世俗的农民,"满嘴说的都是吃,肩膀上搭着个褡裢,在石圪节街上瞅着买个便宜猪娃……"这可以说是路遥最真实的心态的反映。参见《平凡的世界》卷二,北京,中国文联出版公司 1988 年版,第 195 页。

〔12〕 1978 年,安徽省旱情严重。凤阳县小庄生产队的 18 户农民要求将土地进行划分,包干到户。21 位农民在拟订的"合同"上签字画押,按下手印。合同书上有以下内容:如果成功,保证完成上缴的公粮,以后不再向国家要钱要粮;如果失败,村干部坐牢砍头,大队里其他社员将他们的子女养活到 18 岁成人。这一具有悲壮性的行为,成为中国农村改革的先声,拉开了农村改革的序幕。参见朱健华、郭彬蔚、李有清主编:《中华人民共和国大事纪事本

末》,吉林,吉林教育出版社 1992 年版,第 1064—1065 页;周鸣、朱汉国主编:《中国二十世纪纪事本末》卷四,山东,山东人民出版社 2000 年版,第 51 页。

〔13〕 陈思和:《中国当代文学史教程》,上海:复旦大学出版社 1999 年版,第 238 页。

〔14〕 高晓声:《且说陈奂生》,《人民文学》1980 年 6 期。

〔15〕 〔英〕瓦特:《小说的兴起》,高原、董红钧译,北京,北京三联书店 1992 年版,第 71 页。

〔16〕 同上书,第 65 页。

〔17〕 《平凡的世界》卷一,北京,中国文联出版公司 1986 年版,第 247 页。

〔18〕 同上书,第 346 页。

〔19〕 〔德〕韦伯:《新教伦理与资本主义精神》,彭强、黄晓京译,陕西,陕西师范大学出版社 2002 年版,第 24 页。

〔20〕 〔英〕瓦特:《小说的兴起》,高原、董红钧译,北京,北京三联书店 1992 年版,第 66 页。

〔21〕 同上书,第 77 页。

〔22〕 〔德〕韦伯:《新教伦理与资本主义精神》,彭强、黄晓京译,陕西,陕西师范大学出版社 2002 年版,第 175 页。

〔23〕 《平凡的世界》卷一,北京,中国文联出版公司 1986 年版,第 74—75 页。

〔24〕 同上书,第 63—64 页。

〔25〕 同上书,第 362 页。

〔26〕 《平凡的世界》卷三,北京,中国文联出版公司 1989 年版,第 461 页。

〔27〕 刘恒:《力气》,见《狗日的粮食》,北京,作家出版社 1993 年版,第 125 页。

〔28〕 在《日本现代文学的起源》中,译者赵京华在《译者后记》中提出,有病的、得"肺痨"的身体形象普遍存在于中国现代文学中,译者似乎认为,这个有病的身体正是中国现代文学作为一种体制发展的过程中的一个重要组成部分。参见〔日〕柄谷行人:《日本现代文学的起源》,赵京华译,北京,北京三联书店 2003 年版,《译者后记》,第 269—270 页。

〔29〕 〔美〕杰姆逊:《政治无意识》,王逢振、陈永国译,北京,中国社会科学出版社 1999 年版,第 26 页。

〔30〕 电影《锦上添花》,谢添导演,北京电影制片厂 1962 年出品。

第四章　城市梦想中的边缘人

一　孤独的边缘人

我拿到的《平凡的世界》是三卷本,由中国文联出版公司分别于 1986年、1988年、1989年出版发行。在每一卷结尾作者所加的时间标识显示,全书酝酿准备于 1982年到 1985年,第一卷完成于 1985年,依次类推,最后一卷完成于 1987年。全书定稿于 1988年。

这里有一个比较有趣的地方,那就是,全书孕育阶段的开始正好是路遥的著名短篇小说《人生》发表后不久[1]。《人生》引起的争议是当代文学史上十分著名的事件,而其最主要的争论就是高加林的归宿问题。在小说中似乎已解决的人物命运实际上提出了一个更为尖刻的问题,高加林真的可以以这样一种方式结束自己的追求里程吗? 似乎是,但很多人并不满意高加林的这样一种归宿;同时,面对主流理论刊物上的引导性观点,高加林又必须接受这样一种安排。[2]坦率地讲,路遥在《人生》结尾部分对高加林近乎布道似的教诲,给我的感觉并不是一种积极进取的声音,而是一种在所谓的"命运"面前不得不接受事实的悲剧性情感。结尾有一种忏悔的声音,但这声音不是面对自己的行为选择发出的,而更近于面对失去并伤害刘巧珍这样一个极善良的姑娘时而产生的自我负疚感。有一点是比较重要的,即路遥从小说发表后引起的争论中受到了启发,并进一步思考:如何解决高加林的问题? 这个思考的结果应该就是《平凡的世界》的面世。

在路遥的创作随笔《早晨从中午开始》中,路遥的笔记印证了我的观点,面对当时一些批评家的指责,路遥坚持认为,并不是他让高加林返回土地的,而是历史和现实。路遥进一步说:"高加林虽然回了故乡的土地(当时是被迫的），但我并没有说他就应该永远在这土地上一辈子当农民。小说到此是结束了，但高加林的人生道路并没有在小说结束时结束；而且我为此专门在最后一章标了'并非结局'几个字。"[3]的确，"并非结局"暗示了作家的有所不甘。那么如何看待作家笔下的这类人物呢？

路遥对高加林这类人物的生存境况的选择是十分有趣的，也像许多评论家指出的，人物总是活动于城乡结合部。这种观点既为作家所认可，同时也一直为理论界所接受。[4]但很多人并没有意识到这种空间选择所暗含的人物的"边缘"身份特点。城乡结合部的空间价值就在于它既不属于乡村，也绝对不是城市；它的边缘形态，三不管的界定，使它处于一种十分尴尬的位置上。它积聚着外来人的梦想，是来自底层的小人物步入大都市的台阶，一个"过渡"的地理位置，一个"中介"平台，一个似乎可进可退的优越地点，却同样也意味着只可进不可退的人物内心的焦虑和痛苦。历史似乎也在证明这一点，许多来自农村的孩子走进城市的第一步，就是在城乡结合部的中学中学习生活，它既可以成为人物完成自我身份质变的踏板，也可以成为人物由天堂步入地狱的落水石。它培育着所有孩子最初的梦想，同时又无情地击碎它，并以所谓的历史理性和社会需要为武器，给予这种打击以合法性。在《平凡的世界》第一卷中，高中毕业的孙少平即将离开城镇时的那段痛楚叙述，既是主人公的真心流露，也是叙述人自我的感同身受：

> 他在这里生活了两年，渐渐地对这座城市有了感情——可是，他现在就要向这一切告别了。再见吧，原西。记得我初来之时，对你充满了怎样的畏惧和恐惧。现在当我要离开你的时候，不知为什么，又对你充满了如此的不舍之情！是的，你曾打开窗户，让我向外面的世界张望。你还用生硬的手拍打掉我从乡里带来的一身黄土，把你充满炭烟味的标志烙在我的身上。老实说，你也没有能拍打净我身上的黄土；但我身上也的确烙下了你的印记。可以这样说，我还没有可能变成一个纯粹的城里人，但也不完全是一个乡巴佬了。再见吧，亲爱的原西。[5]

在这段引文中，一个微妙的细节是，叙述人将叙述人称由第三人称改换为第一和第二人称，这意味着叙述视角由外向内、由客观描述向主观抒发的转换。正是在这种转换中，叙述人的情感和身份被清楚地揭示了出来。而在既不是"城里人"也不是"乡巴佬"的笔墨中,主人公和叙述人身份归属的困境被揭示了出来。

所以,这一独特的地理空间选择中暗含的是作者对自我边缘地位、边缘价值的痛苦认可,具有边缘身份认同的空间隐喻的意义。作者的出身是农民,但现在又是一个"作家",一名"知识分子",一名国家文化生产体制中的文化官员。权利、地位、社会的认同等问题似乎都已经解决了,但个体的身份归属问题却突出了。属于一个地方、一个阶层,又在各种感受中排斥着这个地方、这个阶层;梦想着一种文明,期望彻底改变另一种文明,然而事情的发展真的这样清晰吗? 儿童时期的"镜像"世界真的可以这样轻易地被改变吗? 显然,问题没有这么简单。

无论是在《人生》中,还是在后来的《平凡的世界》中,城市的形象都是一个"潜在"的形象,一个不在场的在场,一个不可触及的"他者"。进入城市成为高加林一生奋斗的诉求,而这个城市也几乎对他露出了自己的微笑。当高加林打起背包准备成为其中的一员时,城市却不失时机地关上了它的大门,它几乎是在嘲弄高加林的天真,捉弄高加林的理想。《人生》就是在城市的阴影中展开的,乡村的一切都在这个阴影的投射中展开,似乎一切都处于城市的控制下,甚至乡下人天生就应该在城里人面前低人一等。这种强烈的等级观念、城乡差异在路遥们的小说中以各种方式被强化了。遗憾的是,这种强化城乡差别的游戏在今天还在进行,通过各种所谓的小品、喜剧等艺术形式传达出来;尤其恶劣的是,文艺还在通过在叙述中让乡下人模仿城里人所产生的噱头制造所谓的笑料,成为当代娱乐生产中的重要方式,手法不仅拙劣,而且相当无聊。

一个有趣的事实是,路遥最后并没有让他的男主人公进入城市,甚至是在《平凡的世界》中,孙少平也只是寄居于位于城市边缘的矿厂,他并没有在城市完成自己的家的建立,这与浩浩荡荡开进都市的孙家和金家的漂亮女孩儿们恰好形成了鲜明的对比。

《人生》中有一个十分质朴、淳厚的老人德顺老汉,被视为那片乡土的形象代表与象征,这个人物实际是悲剧性地完成了自己的一生,而我们恰恰忽视了他的前半生经历中暗示出的高加林的前半生。在老人凄凉无奈的痛苦回忆中,乡下人卑微的情感不是在现实社会中被改变了,而是以另一种形式被重复了。《人生》因此在时间和空间的安排上存在着一种可怕的循环与封闭结构，无论你怎样努力，最终会回到你出发的那个点上。因此"重复"是在老人的语言层面完成的，但这语言是一种述行语言，它将在一个具体的人物身上体现出来，并由他去完成。这个人物就是高加林。而老人的回忆也就具有了一种可怕的预言色彩，他似乎是希腊神话中那个洞察一切的盲人预言家瑞西阿斯，借助自己的语言完成了历史发展的一切。他最后对高加林的宣讲更近乎"命运"不可改变的宿命意味。这一时间性重复的空间表达，就是"出去—回来"的行为模式被高加林重复了几次，而乡村与那个边缘存在的小城之间的距离几乎成为一种不可改变的力量，规范着人们的观念和意识，并成为人物命运的象征。因此，老人的回忆是一种时间记忆结构，在小说中具有颠覆表层神圣价值和意义的作用；它所传达出来的时空上的"乡村—城市"的循环结构如同永恒的古希腊命运悲剧一样不可改变。而这正是小说《人生》不同于同时期其他作品的重要地方。例如贾平凹的《腊月·正月》、《小月前传》、《鸡窝洼的人家》，叶蔚林的《没有航标的河流》等。后者在时间结构上追求一种不断向前的线性表达，时间无限前进的最远点就是理性的乌托邦之所在。路遥的文本中没有这个结构，在他最重要的小说《平凡的世界》中也没有。而贾平凹的小说《浮躁》的结构与路遥的《人生》、《平凡的世界》几乎是一致的，但创作时间已经是 1986 年。

《人生》中存在着一系列二元对立因子，我们简单地梳理一下就可以看到这些尖锐对立的结构：城市—乡村、文明—愚昧、先进—落后、浪漫—淳朴、复杂—纯洁、高贵—卑微、自信—自卑，等等。这些因子被作者有意识地排列起来，并通过一个个鲜明生动的事件清晰地并置在一起，构成矛盾的、不可调和的两极。这显然是一种被精心结构的序列，它成为人物摆脱自己命运的动力与原由，并因此书写着人物行为的合法性与合理性，甚至成为人物的罪恶的生成力量。历史真的在同我们开这种玩笑。当一个人成功地完成了自己的身份蜕变，由乡下人堂而皇之地变为城里人时，他属于这一系列二元因素中的前者，具有了历史发展的合理性与合法性；反过来，一个人一旦处于命运的另一个极端，二元因素中的后者作为一种道德因素，其批判价值和道德审判的力量就会表现出来。我们之所以在思考《平凡的世界》之前必须面对《人生》，就是因为这两部小说正好处于这一二元对立的两极上,体现着不同的价值批判趋向。路遥在后一部小说中实际上完全颠覆了前一部小说中的表层价值,虽然他试图以各种方式与《人生》中的道德价值相妥协,但并不能从根本上解决这个问题,其结果表现在小说上,就是《平凡的世界》中人物形象的彻底断裂。它不是完成了作者的理想,而是相反,使作者自我的内在焦虑和痛苦更清晰地表达了出来。

二 分裂的精神世界

《人生》中的高加林在《平凡的世界》中经历了两次分裂,第一次是由一个人变成了孙氏兄弟两个人,第二次是孙少平的自我分裂。而这两次分裂无疑都是为了完成一个人物真正成功的理想,并回答在《人生》中并没有解决的问题:高加林何去何从?

路遥在他的笔下尽可能地表现出自己对农民的尊重,我对此没有任何怀疑。但是,这尊重的表层难以掩盖他内心世界中对这一身份的痛苦感知,这也是他为什么又在根本上轻视这一身份的原因。从路遥对孙少平和孙少安的外貌描写中,我们就可以看到这一点。富裕起来的孙少安为了自己的发展而穿上时髦的、像样的衣服,而在叙述人的眼中,却是滑稽得一塌糊涂。那身衣服像是挂在他身上似的,怎么看也不属于他。而孙少平则不同,一件简单的学生装就足以昭示出他的气宇轩昂,他的精神内涵。他与他的同胞哥哥几乎是一个天上一个地下。尤其有意思的是,发生了巨大变化的两兄弟在城市中见面时,拥有雄厚经济基础的哥哥无论如何也难以在弟弟面前抬起头来,而弟弟的宽容大度又强化了哥哥的这种自卑感。显然,兄弟之间的心理差异根源于二者对各自身份的认同——乡下人与城里人的差距、农民和知识分子的差距。它在细微之处悄悄地暗示着这一切。它是事实,是历史上具体发生过的一切,它书写着一个时代中最庞大的阶层在中国的悲惨经历和心理认知;而文本叙述又在想尽一切办法掩盖这一切,从而使叙述发生了奇特的变形。

在孙少平身上寄托着高加林的梦想。路遥的痛苦也表现在这个地方,如何让一个从农村出来的青年既拥有都市知识分子的才智,同时又不失乡村人的质朴和天良呢?唯一的解决办法就是让这个人拥有多重人格——让他变脸。事实也是这样。孙少平自从来到那个叫做黄原的城市后就一直玩着变脸的游戏，甚至变脸成为孙少平生命中的一部分。白天是个苦力，一个下等人，一个又脏又臭的民工——更主要的是满身的伤疤；而一旦脱去那身标志性的农村人衣服，换上干净整齐的服装，立刻变成了一个典型的有教养的城里人——更准确地说是"知识分子"。表面的统一后面暗含的是人物身份的彻底分裂，而这种分裂几乎是不可弥补的。变成了矿工的孙少平在工人眼里与他们几乎没有什么区别，脏兮兮的衣服，满口脏话，跟人打架。然而就是这样一个矿工却又充满了对生活和世界的极为深刻的理解，有着与矿工形象极不协调的优雅与谈吐，这些成为了征服金秀的重要因素。

　　既是什么，同时又不是什么；既属于谁，同时又的确不属于谁——这就是孙少平的真实境况，这种真实境况精确地书写着孙少平的身份。他不是文化的主流，不是乡村的积极入世主义者，不同于那个追求个人幸福但又无法摆脱身份低贱而带来的心灵痛苦的哥哥，那么，他是谁？他是读书人吗？他的生存境遇和表层身份使他远离了读书人的圈子。显然，孙少平的真实身份就是"边缘人"，一个彻头彻尾的边缘存在。正因为这种边缘性使他不得不经历与高加林一样的痛苦。同时也由于"边缘"，高加林的背叛带有时代的荒诞色彩，而孙少平的归隐则具有历史悲剧的影子。路遥的确发现了这种边缘存在中蕴涵的深刻文化意蕴，或许他自己就对边缘性生存具有深刻的体验，从他一直选取的人物形象来看，无论是高加林还是孙少平，无论是薛峰、郑小芳（《你怎么也想不到》）还是马健强（《在困难的日子里》），这些人物的边缘地位始终没有改变。同时也是由于这种认识，路遥在最后毫不犹豫地放逐了孙少平，并让他永远带着那张工人的面具。

　　因此，孙少平的身份裂变具有重要的文化意义，并成为一种无法言说的隐喻。这是一个知识分子加农民的双重人格的分裂状态：一个是高加林的失败形象，孙少安的再现；一个是将要完成却最终无法完成的高加林。他快乐地活跃在自己的分裂中，甚至没有看到其中的危机。这真的有些滑稽和不可思议，而这就是高加林二度分裂后的结果。

　　变脸与边缘，既是一种生存境况，也是一种心理的写照，它们成为孙少平的无意识深层，尽管作为知识分子的意识规则在规范着作为工人/农民的潜意识的生活表层，但它却不得不面对无意识带来的痛苦。这种痛苦将意识与潜意识的完美统一撕得粉碎,同时也使无意识中的城市他者带来的痛苦清晰地展现在了我们的眼前。

反观 80 年代的当代文学,路遥笔下的知识分子的自我分裂形象并不是一个孤立的形象;相反,在路遥以前,这种分裂就已经开始了。我们在其他作家的小说中同样可以看到孙少平式的分裂状态。我们可以看一下张贤亮的那两部有名的记录知识分子心路历程的小说《绿化树》(1984)和《男人的一半是女人》(1985)。在这两部被描述为"唯物论者的启示录"的小说中,张贤亮像苏联作家阿·托尔斯泰那样,记录了知识分子的"苦难历程"。我们也终于看到了褪去神圣光环的知识分子近乎原始的状态。我们可以看到那个分裂的主体在讲述自己的历史的同时,又在有意进行自我建构。生活在饥饿状态中的章永璘和生活在温饱状态中的章永璘处于如此强烈的分裂中,他们很难统一在一个个体身上——一个是猥琐、卑鄙、丑陋、穷困的,像牲口一样,在他的血管中流动的只有一个"吃"字;而另一个则是高尚、纯洁的,具有反省意识,同时充盈着理性的光辉。一本马克思的《资本论》足以拯救困苦的灵魂于水火之中;而且也似乎是这种理性精神——对历史的和世界的——成为一个所谓的"知识分子"与贫民大众的最大不同之处。

在另一部有名的现实主义小说——古华的《芙蓉镇》中,主要人物秦书田也是一个自我分裂的形象。面对外来世界的政治迫害和精神压迫,秦书田几乎像狗一样存在于这个世界上,小说中的一段文字清晰地表现出了这个人物所具有的巨大忍耐力。红卫兵小将们在整治李国香等人的过程中,侮辱性地要秦书田示范"黑鬼舞",小说写道:

> 秦书田这铁帽右派得到小将们的命令,立即站到了工棚门口。对于这一类的表演,他从来不迟疑,还显出一种既叫人嬉笑又令人讨厌的积极主动。他把"黑鬼舞"基本动作、要领重新问了一遍,又在心里默想了一回,便看也不看大家一眼,跳了起来。但见他:一手举着饭钵,一手举着筷子,双手交叉来回晃动,张开双膝半蹲下身子,双脚一左一右地向前跳跃,嘴里则合着手足动作的节拍,喊着:"牛鬼蛇神加饭钵,牛鬼蛇神加饭钵,牛鬼蛇神加饭钵……"[6]

对这种连李国香式的人物都深恶痛绝的侮辱,秦书田却可以脸不变色地承受下来，甚至可以自得其乐，这对于任何一个时代的人来说都是一个奇迹。而支撑这个读书人做出这一切的就是一定要"活下去，像牲口一样活下去"的历史箴言，并且在真实的情感和内心世界中保持着一个人最后的尊严。显然，秦书田的秘密来自于他与众不同的充盈的内心世界，这是他与章永璘最大的区别。在秦书田那里，生存世界中的个体和精神世界中的个体之间存在着巨大的价值冲突，并且往往是后者战胜前者，从而使个体获得继续存在下去的精神依托，因此秦书田的分裂是一种表层的分裂，即形象世界和精神世界的分裂，但精神世界是统一的。而在章永璘那里，分裂彻头彻尾地发生在精神世界里，甚至直接威胁到了个体的最后支撑；虽然分裂以思想的形式被解决了，并找到了最后的统一，但精神世界里的巨大裂缝通过肉体直接被传达了出来。

与之对比，可以清晰地看出，路遥笔下的孙少平分裂的最大特点不是分裂本身，而是分裂背后的个体信念。无论是秦书田还是章永璘，分裂的目的都不是为了生存而是为了给生存找到精神的依靠——对历史理性的坚定信念。但孙少平的分裂是生存意义上的。也正是在这个层面上，个体的精神世界开始走向了衰微。个体没有那种强烈的历史自信，而是相反，生存的压力使得个体必须面对生存带来的精神困境。孙少平虽然也在张扬个性，但他身上的神圣性显然已经丧失了那种先验的不可侵犯的色彩，而更具有平民的特征。这正是路遥笔下人物的巨大价值所在。但路遥在坚持知识分子自我价值的同时也在解构它，通过展示一个边缘人的精神发展历程而解构它。

一个十分有趣的现象是，古华和张贤亮显然并不是站在讽刺的立场上看待小说中知识分子的这段经历的，而是完全相反，站在同情的立场上。这是十分重要的一点，正是这一点拯救了整部小说并赋予文本以一种救赎的主题。在上面《芙蓉镇》的引文中，第三人称的叙事视角给予了叙述人一个特殊的反讽与反思的位置，滑稽与噱谑的语言背后隐含着的是巨大的历史创痛和精神记忆——一个读书人面对自我的生存境遇的辛酸与悲愤。这个立场也是路遥所具有的，而且一旦失去这个立场，就会使全部小说的基调变质。而这个立场之所以能够成立，就是因为在这个立场背后隐藏着那种对历史和理想颠扑不灭的信仰。

三 为了生存

"活下去,要像牲口一样活下去!"[7]

《芙蓉镇》(1981)中,秦书田在临行前对胡玉音说的这句话,具有一种震撼人心的力量。因为在这句话的背后有一种对于未来、对于希望绝不放弃的理性精神,它沉埋在历史的进程中,在一个短暂的时刻被打倒,但绝对不会倒塌。这不能不让人想起英国诗人拜伦的著名诗句:

> 但自由啊,你的旗帜虽破而仍飘扬天空,
>
> 招展着,就像雷雨似的迎接狂风;
>
> 你的号角虽已中断,余音渐渐低沉,
>
> 依然是暴风雨后最嘹亮的声音。
>
> ——拜伦:《恰尔德·哈洛尔德游》

古华的小说中因为贯穿着这样一种精神而具有了人性的力量,这种力量基于对历史理性精神的神圣性和崇高性的信仰。此时是 1981 年。

1985 年,路遥开始了《平凡的世界》的创作。《平凡的世界》中依然有一种对于历史理性坚定不移的信念,特别是当个体面对饥饿困扰的时候。对于孙少平来说,饥饿是一件无法回避的事情,是个体生存中必须面对的事情。但孙少平显然已经没有了秦书田那种近乎忘世的乐观精神。对于秦书田来说,可以低头,可以一次次用语言打倒自己,可以嬉皮笑脸,但是绝对不能侮辱作为一个人的最后的清白。在这个最后的底线上,秦书田绝对不退让,因为这是一个人之为人的最后准则。但是孙少平则不然,饥饿和贫穷足以让他感到羞愧,感到低人一等。在这里,英雄似的主人公最初出场时的神态近乎是委琐的,全然没有了秦书田的那种潇洒和旷达。

让我们在《平凡的世界》的开场看一下小说主人公孙少平是如何出场的。小说的开篇连续出现了两段语气完全对立的描写,先是这样一段:

> 小伙子脸色黄瘦,而且两颊有点塌陷,显得鼻子像希腊人一样又高又直。脸上看来才刚刚褪掉少年的稚气——显然由于营养不良,还没有焕发出他这种年龄所特有的那种青春光彩。

这段文字于平淡中暗含着一种特有的激赏。紧接着就是下面这段：

> 看他那一身可怜的穿戴想必也只能吃这种伙食。瞧吧，他那身衣服尽管样式裁剪得勉强还算是学生装，但分明是自家织出的那种老土粗布，而且黑颜料染得很不均匀，给人一种肮肮脏脏的感觉。脚上的一双旧黄胶鞋已经没有了鞋带，凑合着系两根白线绳；一只鞋帮上甚至还缀补着一块蓝布补丁。裤子显然是前两年缝的，人长布缩，现在已经短窄得吊在了半腿把子上；幸亏袜腰高，否则就要露肉了。[8]

这段略带嘲弄和贬损意味的文字描写与上面的那段文字显然是脱节的。两段描写形成了十分鲜明的对照。这里面实际上有一个叙述视角问题，第二段文字不是从叙述人的视角写的，而是从发放饭菜的女学生的视角写的，叙述人在模拟发放饭菜的女学生的心理、态度（后来我们知道这个女孩子叫侯玉英）。这种模拟包含了一种非常微妙的价值取向：叙述人对这种模拟的文字是持一种讽刺态度的。然而也是通过他人的眼睛，而不是主人公的自我精神世界，我们可以清晰地感受到孙少平极为卑微的生存状态，以及这种状态所带来的对自我精神的抑制。

可以这样说，孙少平在一种近乎矛盾的状态中调整着自己的精神世界——显然，这个世界不是自足的，是有待于一个启蒙者灌输的。而这个启蒙者不是别人，正是孙少平以后的恋人田晓霞。但是秦书田则不然。他自己的内心就是一个充足的世界，他像《红岩》中的那个疯子华子良一样，保持着众人皆醉我独醒的状态——世界是一个疯狂的世界，但是作为个体的秦书田的内心世界却是清澈的。而悖谬就表现在这个地方——这个清澈世界的平静与那个疯狂世界的混乱形成了鲜明的对比，而他面对疯狂世界的清醒也近乎是疯狂的。他就是启蒙者，拥有一个理想而理性的精神世界；他的一切力量和乐观精神都来自于这个自足的世界，并因为这个世界的自足，拥有了一种超然的力量。

还是让我们看一下孙少平吧。我们已经谈到，孙少平绝对不是一个自足的个体，相反，他始终处于一种开放的、发展变化的状态中。所以路遥的《平凡的世界》近于西方的成长教育小说。孙少平的精神世界始终处于一种动荡之中。最初是饥饿及其带来的个体羞耻感，然后是个体不得不面对的生存中的身份困境——农民身份的现实和摆脱农民身份的愿望；在这之后是卑贱的个体和处于社会顶层的个体之间的摇摆。孙少平不得不一再解决自己生命中的这些最基本的问题，我们可以因此看到他内心世界的变化，而路遥的目的就是要让我们看到这一切，并通过这种叙述唤起接受者的个体生存记忆。但是古华并不需要这些。古华笔下的人物有着与生俱来的自信，这种自信也展示了叙述人的信心——历史的结论是不需要怀疑的，我们并不需要一个发展的心理过程，我们所有的是被给定的一切，而历史就是朝着这个被给定的结果发展的。可这个被给定的一切到了 1985 年路遥的手中就变成了一个被寻找的目标，而且这个目标在小说中以一种矛盾的方式表达了出来——在国家话语层面上表现为一种积极的、乐观的行为，但在个体话语上却是如此模糊不清，连叙述人自己都非常谦卑地让主人公归隐了。个体的乐观精神显然以一种悖谬的方式遭到了贬低，而之所以出现这种现象，一个重要的原因就是古华的历史理性受到了怀疑，但却不是根本性的。叙述人处于一种摇摆不定的态度中，他感到了理性的危机，但又在文本中以各种方式掩盖这种危机，结果是这个危机以个体被放逐的形式表达出来。

实际上，早在 1984 年，古华的历史理性就已经开始面临危机。我们在前面谈到了张贤亮的小说《绿化树》，叙述人在小说的开始起笔就写道：

> 我理解车把式的冷漠与无动于衷：你饿吗？饿着哩！饿死了没有？恩，那还没有。没有，好，那你就干活！饥饿，远远比他手中的鞭子厉害，早已把怜悯与同情从人们心中驱赶得一干二净。[9]

这是章永璘刚刚从劳改农场获得释放时在马车上的遐想。如果说这种对饥饿的理解还是一种理性分析的话，那么在小说的后面，叙述人接着就开始展示饥饿给主人公带来的生存威胁，并彻底剥夺了主人公作为一个独立个体的全部尊严。章永璘最大的无耻并不在于他疯狂地搜寻食物，而在于他在搜寻食物的同时充分利用自己的知识对他人进行欺诈。这里面是否还有所谓知识分子的理性光辉呢？张贤亮小说最大的虚伪也表现在这个地方，他让自己的主人公在成功欺骗了他人后，还要通过自己的所谓理性反思，通过对自己良心上的所谓谴责去赚取他人的同情。理性在这里实际上扮演了与欺诈等同的角色——一个极不光彩的角色。如同一个小偷在偷了他人财产后自我谴责一下,第二天接着偷一样。而无论如何这都是路遥笔下的孙少平所唾弃的。路遥的小说《在困难的日子里》,其主题之一就是如何在饥饿的生存状态下保持自我的尊严——这种作为个体的尊严甚至是需要个体付出惨重的代价的,尽管我们已经指出,这里面暗含着作者强烈的自我想象的成分。但是张贤亮在理性自我拷问的痛苦中毕竟让理性获得了胜利;知识分子的信仰在历经磨难之后终于得到了伸张;理性虽然感受到欲望的威胁,但它还是让肉体在欲望的折磨下获得了解脱,从而实现了精神的救赎。

但历史理性显然没有想到自己的结局会更加悲惨。当路遥还在写作《平凡的世界》,沉浸在自己对历史理性无尽美好的想象中时,刘恒的小说《狗日的粮食》(1986)诞生了。原来在古华笔下那句带有历史谶纬性质的话终于得到了历史的验证,但它不是以一种庄严的方式,而是以一种荒诞的方式。"活着,像牲口一样活下去"这句本来具有强烈人本主义色彩的宣言终于变成了历史事实,但却是按照老黑格尔所说的,历史走向了它的反面。刘恒的小说《狗日的粮食》重新书写了历史,展示了历史发展中的另一面,也可以说是被历史理性所掩埋起来的一面。《狗日的粮食》展示了处于饥饿状态下的人近乎原始的生存状态,瘿袋和杨天宽为了生存几乎是不择手段,真正变成了"牲口"。刘恒笔下的瘿袋是一个让所有读者都会不寒而栗的人物——没有理想、没有希望,所拥有的只是为了生存下去而在干涸的大地上四处搜寻食物的动物性行为——从土壤中,从树枝上,甚至是从动物的粪便中。"吃"成为人生的唯一要义——不仅要喂饱自己的肚子,还要喂饱几个嗷嗷待哺的孩子和一个大男人。瘿袋将自己短短一生所拥有的聪明才智都用在了喂饱一家人的肚皮上,她似乎是一个饿神,为粮食而生,为粮食而死。她用自己的死回报了杨天宽对她的咒骂——因为她把一家人口粮的希望——粮本——丢掉了。瘿袋在临死前给这个世界留下了近乎悲凉的诅咒:"狗日的粮食!"而她的死也终于得到了丈夫的宽容。"这仁义的老伴儿竟去了。"——这是杨天宽对自己妻子的总结,而"仁义"的唯一原因就是,她用自己对生存的疯狂护养了男人和孩子。

饥饿在刘恒笔下具有一种剥夺个体生命的无法抗争的力量,人的原始欲望被放大到了极点,要么为了生存而放弃一切理想并像动物似地活下去,要么被时间和历史无情地淘汰和遗忘。我们在这里看到了"人"在历史时空中的进一步衰落。在路遥笔下,孙少平时刻受到饥饿的胁迫。但路遥赋予了孙少平解决这个问题的最好而且是最不失去尊严的办法——通过精神上的努力,借助个体的精神力量——或者说是个体对于历史理性近乎痴迷的崇拜,孙少平一次次战胜了饥饿的威胁,并为自己赢得了荣誉。理性是不可战胜的,而且人只要具有了这种精神就可以超越肉体的控制,尽管理性和欲望之间的激烈争夺会给肉体带来巨大的创痛,但这只会激发起身体对欲望的反抗并进一步向精神的世界飞翔。因此,身体成为了历史理性精神和个体原始欲望争夺的对象。在路遥的文本中,精神仍然具有无往而不胜的力量,虽然它时时受到欲望的威胁;但是在文本绵延的历史中,精神终于败下阵来,并且被欲望斗得难以直起腰来。而古华在 1981 年的那句惊人的宣言在 1986 年变成了历史飘零的幻影。

四　无性人:走向衰败

变脸与边缘,这是孙少平的生存现实,也是他掩盖自我精神分裂的无意识深层。孙少平不得不面对自己的无意识深渊,这个无意识是不能被戳穿的;因为,无论是对主人公孙少平还是对他的创作者路遥来说,戳穿这个真实都意味着一个结果:毁灭,理想的毁灭,梦的毁灭,当然,也是人物的毁灭。但是路遥最后还是毁灭了孙少平,当然,不是通过别的手法,而是通过性与婚姻。这对一个农村来的男人来说几乎是不可思议的,奇怪的是,路遥让孙少平几乎是清醒而主动地接受了这一切。由此我们看到,路遥清醒地将自己心爱的主人公放逐了。

孙少平无后——这是小说中借爱情幌子埋下的一枚重磅炸弹;这与孙少平的情感经历是如此不协调,同时也与他的哥哥孙少安的子孙兴旺形成了鲜明对比。如果我们在前一章农民形象的讨论中,关于"被淘汰的弱者"所排列的人物关系结构是合理的话,那么套用那个结构,孙少平无论如何都应该被"去势"和被灭绝。而这个被"去势"、被灭绝的人却是叙述人最偏爱的一个人物。

套用小说《白鹿原》开篇的一句话,"孙少平后来引以为豪的是一生中有过四个女人"。有意思的是,作者路遥不停地把孙少平置于情感的旋涡中,从郝红梅到田晓霞、金秀,最后是他师傅的妻子惠英;同时,孙少平与四个女人的关系始终都处于滑稽的三角恋爱中。我们可以整理一下这种关系:

郝红梅	孙少平	顾养民
田晓霞	孙少平	高 朗
金 秀	孙少平	顾养民
惠 英	孙少平	王世才(孙少平的师傅)

此外,还有一个为了他的户口而出现的女人,尽管那个女人根本看不上他,这实际是把孙少平解放了。但在任何一个阶段,叙述人都将孙少平置于劣势位置上,这就不是一种巧合,而是一种手法。孙少平与他人相比所处的劣势地位正与前面的山山、才才、杨金山等人的地位相同,这是十分奇妙的一点。在贾平凹、莫言、刘恒等人的小说中,具有知识分子倾向的门门、外向的禾禾,还有那个勾引了"我"奶奶的男人以及杨天青等人都是生命力旺盛的人物代表,这不仅表现在个人的才华上,同时也表现在性上。《鸡窝洼的人家》中山山折腾了半天,烟峰的肚子还是瘪的,但烟峰嫁给禾禾后不久,肚子就鼓起来了;《红高粱》里那个瘸脚的男人没几天就呜呼哀哉了,剩下的就是"我"爷爷的事了;而在《伏羲伏羲》中,杨天青的外生殖器几乎成为了一个象征符号,让他的叔叔杨金山彻底绝望。坦率地讲,这种讲故事的方式真是有些损。而路遥与他人不一样的地方就在此。他让自己最偏爱的人处于这样一个位置上,虽然在本意上有激起众人的同情与欣赏的目的;而实际上,他在无意识中掐断了这个人的香火,孙少平因此而处于被阉割的位置上。之所以如此,其全部的秘密就在于孙少平的边缘身份。路遥在此似乎暗示出孙少平之类的人是不可能继续存在下去的,他本应如此。没有别的原因,就是因为生存上的边缘性性格,使他不可能属于这个世界。所以,前面讲孙少平被放逐,还是轻了些;更确切地说,孙少平应该被毁灭。

进一步观察,我们会发现,孙少平的情感危机在《人生》中就已经出现了。《人生》中的高加林实际上是一个未完成的形象。高加林被迫回到高家村,并不意味着他的生命就此终止了。事实上,路遥坚决反对将高加林捆缚在高家村的说法,这可以在他的创作手记《早晨从中午开始》中找到确凿的根据。有意思的是,路遥给了失意中的高加林以"大马河川里最俊姑娘",给了他县城中最有才华和贵族身份的姑娘,但又让这一切都鸡飞蛋打。孤零零的高加林不得不回到农村,路遥真的希望以这种方式去惩罚一个现代陈世美吗?至少在创作手记中,路遥坚决地否认了这一点。在他的另一篇反映大学毕业生生活的小说《你怎么也想不到》中,我们也可以找到相似的答案。路遥没有惩罚的意图,这就在客观上造成了这样一个效果,高加林只能是一个人,并且只有当他是一个人时,他的生命才能处于未完成的状态中。而未完成状态,恰恰是路遥刻意在叙述中追求的一种效果。当然,从另一角度来看,高加林的未完成状态又可能与路遥对人的感情的彻底悲观认识有着内在的联系。根据陈泽顺的回忆,路遥认为,个体世界的爱情生活最终会丧失掉一切光泽,这是命定的,且无可抗争的;而婚姻则可能暗示着一种个体生存和发展的终结。[10]当然,从叙述的技巧上讲,将某一个个体置于爱情和事业的绝境上,更容易激发起人们对他的思考,而且人物更容易产生一种魅力——尽管高加林是一个负心汉,但谁让他确实有才华呢?而且谁又让他是一个"知识分子"的前形态呢?

但是我们还是可以在小说中看到路遥刻意安排的主人公的弱势地位:与马栓相比,高加林的家境极为穷困;而与张克南相比,他又是一个农民,没有城镇户口。他所拥有的只是一种被叙述人极为赞赏的才华——而这就是他可以向这个世界发起挑战的全部资本。最可怕的还在于,路遥让他最欣赏的主人公丧失了个体情感的依托,而这几乎与孙少平完全一致。如果说,高加林作为尚待发展的孙少平,还有回旋余地的话,那么,作为相对完成了的高加林,孙少平则是高加林的最后归宿。孙少平已经没有了高加林的勃勃野心,没有了年轻气盛欲干一番大事业的梦想。一切都是现实的,现实得让人感到无奈和悲凉。孙少平自愿选择了惠英,这既是一种生活的要求,也是在替高加林偿还曾经的罪孽——惠英无论在形象上,还是在气质上,都是那个曾经被抛弃和伤害的刘巧珍的替代品。

既然高加林什么都没有,那是不是意味着他同样在个体情感和婚姻的关系中会是无后的结局呢?在此必须申明的一个条件是:高加林不是一个一般意义上的农民,那个一般意义上的农民形象已经由孙少平的哥哥孙少安的发展变化去体现了。他是一个潜在的知识分子形象,是许多知识分子小鲤鱼跳龙门前的形象。而这正是高加林吸引人的重要原因。因此,对于许多知识分子而言,面对高加林,就是在面对一种历史,面对自己摆脱那个农民身份前痛苦而窘迫的生存状态。高加林给予他们一种记忆的可能,这才是最重要的。路遥给予了高加林回到土地上的可能性,但路遥自己也申明,高加林为什么非要待在土地上,接受这种惩罚?因此,作为农民的高加林,他是有后代的;但是当我们看到高加林的另一个身份——潜在的知识分子时,我们就会感到,他无后,他的边缘身份决定了他的结果;他不属于乡村,也不属于都市,尽管这一切的最终明了要由他的继任形象孙少平来承担。

因此,高加林也好,孙少平也罢,在性与婚姻的竞争中都被置于潜在的被去势的位置上,更准确地说,是被淘汰的位置上。这与 80 年代初期知识分子在性与婚姻中所表现的强烈欲望形成了鲜明对比。无论是古华还是张贤亮,我们都可以在他们的作品中看到"落难才子遇佳人"的美好想象,而且这种想象带有强烈的霸权色彩。古华的小说《爬满青藤的木屋》中,守林人王木通和下放的知识青年李幸福在共同竞争漂亮的女人"瑙格劳玉朗"——"瑶家阿姐"盘青青时,尽管盘青青是有夫之妇,但李幸福还是以理性的名义把她从王木通的手中抢了过来。而王木通健壮、强悍、勇猛的身体与李幸福瘦弱、内敛、残疾的外表形成了对比。在身体的对比中,理性光辉灿烂、无往而不胜的形象被传达了出来。而在张贤亮的小说《绿化树》中,主人公章永璘不仅有思想、有技术,而且形象好,他几乎不费吹灰之力就得到了马缨花的爱情。马缨花的奉献几乎是不求回报的,甚至怜香惜玉地对章永璘说:"看把你折磨成啥样了?"章永璘不仅毫无廉耻地接受了这一切,甚至在反思中还不停地诋毁这种感情,以突出理性精神的神圣。

其实,爱情不过是一个幌子。在爱情叙述的表层下,隐藏着生活中最严酷的现实要求。顾准说,知识分子再受苦,每个月还是有固定收入的,是国家政治权力关照的对象,这恰恰是一个农民根本就没有的。[11]这种在经济上的巨大差别是一个农村女人想要嫁给一个知识青年的根本原因;更主要的是,通过这种方式,有可能使她彻底摆脱农民的身份,进入到国家福利保护伞下。农民没有这个保护伞,在生活上、医疗上长期得不到国家最基本的保护。这才是乡村中农民生存的真实境况,而这一切以所谓男欢女爱的浪漫方式被张贤亮们偷换了。

时间发展到了 90 年代，我们依然可以看到被"去势"的男人形象，但他的身份已经发生了变化。贾平凹《废都》中的男主角是庄之蝶，他的性功能只是表明自己还有性的欲望，但已经丧失了生殖的欲望，它完全外强中干，已经没有任何希望了。贾平凹几乎是以一种疯狂的方式描写庄之蝶在性上的肆意妄为，但是庄之蝶越是想表现自己对女人征服的欲望，他就越是表现为无能。对他这种无能最直接的嘲弄就是他"无后"。但是我们不要忘了庄之蝶的身份，一名国家的高级知识分子，在整个社会中享有崇高的声誉和威望。

事实上，贾平凹笔下人物的这种变化早在 1986 年创作的《浮躁》中就已经表现出来了。在这部小说中，主人公金狗怀才不遇的一个重要表现就是在爱情和婚姻上的一系列失败。失去了小水，失去了英英，在情人石华那里也无法找到最后的归宿。我们几乎看不到金狗的任何前途。但在《浮躁》中，贾平凹最后的理想还没有破裂，因为最后，小水终于随着金狗放浪江湖了，在仕途被彻底堵死以后，还有经商之路可以作为最后的选择。但是商途就真的可以信赖吗？贾平凹并没有给出最后的答案，因为那时贾平凹还没有找到答案；1992 年答案出来了，那就是《废都》中的庄之蝶。

在此我们可以看到一个十分有趣的现象，即这些丧失性能力的男人们身份的变化。在 80 年代初，无论是古华笔下的黎桂桂，还是贾平凹笔下的山山，都是老实巴交的传统农民。他们在作家的线性时间意识上，被归于传统的、落后的、不能适应时代要求的那一类人；而刘恒笔下的杨金山，还有莫言笔下"我"奶奶的前夫，更是应该被历史抛弃的人物。同时，这些人物都属于被知识分子观察塑造的对象；相反，小说中的知识分子，或所谓"进步"的农民，往往具有强烈而旺盛的性能力。但是，当时间发展到了 1992 年，即贾平凹《废都》诞生的时候，我们可以看到这个无性人的形象和身份发生了巨大的变化。那个曾经不断描述别人故事的叙述者现在发现自己没有了性能力，而他的外在符号就是小说主人公庄之蝶。80 年代初期那个无往而不胜的秦书田彻底失落了，他的全部精力和才华变成了真正的"混世魔王"，他充盈的内心世界变成破败的精神碎片。他对女人——自己的欲望和想象的对象——依然具有强大的吸引力，但已经不能再让她们生育繁衍后代。

他一次次在女人的身体上展示着自己的所谓才华,但已经不能再征服她们的灵魂——他发现自己真的要完了。

毫无疑问,孙少平正处于这个身份变化的交叉点上。孙少平或许并不是真的无能,小说一直没有证实这个问题。路遥或许希望为孙少平创造一个开放性结构,并因此而创造了一个神圣的结尾,我们知道孙少平与惠英结合了。当然,我们可以像一切老套的故事那样为这个故事加一句话:"从此他们开始了幸福的生活。"但在此,我们还是发现了在《人生》中就存在的那个封闭的"出去—回来"行为模式。从黄原到双水村,再从城市的中心到矿厂,孙少平一生的全部意义似乎就是在这样一个循环的空间中奔波。而在这种无限循环的空间里,时间尽管是在向前发展的,却同时处于一个相对静止的状态中。尤其到了结尾,我们很滑稽地为小说加上的那句话,应该是十分合适的。而一旦这句话出现,在传统的叙事中,这就意味着一种乌托邦似的终结。《平凡的世界》的确终结了。人物走完了他的全部旅程,当一切都拥有了以后,发展也就结束了。孙少平在一个静止的时间和空间中,还能有什么呢?意义就存在于现实生存的每一刻中,并让每一刻的流动都指向神圣的永恒。与永恒同在,孙少平的生命还有存在的必要吗?

五 启蒙话语的破产

无论是《人生》还是《平凡的世界》都是一种知识分子书写,但其书写的特点恰恰是试图将知识分子还原为人。路遥展示了知识分子的复杂根基,但却无法把握他的未来。对比一下其他作家的创作,我们会发现路遥笔下的知识分子的这种独特之处。路遥笔下的知识分子不是一个先验的形象,而是一个动态的发展过程。而许多作家试图发现的是意义先在的知识分子,而不是知识分子意义的形成。路遥展示了知识分子的"前史"形态,并试图发掘出这个过程的价值和意义——一个人是如何成为知识分子的?他的追求和夙愿又是什么?《平凡的世界》中的一个重要的主题就是寻找这个问题的答案。另外,路遥笔下的知识分子具有一种开放的形态,不具有完成性。

为了进一步说明这个问题,我们还可以进一步对比一些作家作品中的知识分子形象。

在鲁迅的小说中,知识分子是先在的、自足的、完成的——他们似乎生来就是一个读书人,没有一个变化发展的过程。对于全部的故事情节,知识分子往往是一个观察者,一个描述者,他处处让自己外在于叙述,尽管他也身在其中,但在描述上追求一种客观的效果。例如《在酒楼上》,鲁迅展示的是一个知识分子的堕落过程,但其前提却是叙述主人公与被叙述主人公已经是一名知识分子。但他是如何成为一个知识分子的,却没有回答。知识分子的这种堕落在被公认的第一篇白话小说《狂人日记》中就已经开始了,只不过小说运用了一种反讽的叙述方式,通过制造古文小序和白话正文之间的尖锐对立,利用小序去颠覆白话制造的反抗性,带来了这种质疑的效果。通过鲁迅的小说,我们可以感到,知识分子的堕落几乎是无可避免的。

在被称为"伤痕文学"开山之作的《班主任》(1977)中,作者刘心武设置的主要人物之间的关系是师生关系。老师张俊石面对的是两名失范的学生谢惠敏和宋宝琦。这种人物关系的安排可以说是一种巧合。但是这种巧合恰恰更具象征意味:在这种师生关系中既有"五四"精神所倡导的启蒙者对被启蒙者的权力要求,也有古代文化师生关系中的"传道、授业、解惑"的诉求,而且"解惑"的要求被突出了出来——它充分而清晰地传达着知识分子对整个社会的权力欲望,并通过这个特殊阶层的特殊话语权力重新整合这个世界。主体的极度自信通过小说中象征性的环境描写被传达了出来,而主体内心世界的光辉和充实更塑造了主体的神圣。显然,传统的师道尊严与现代的"五四"精神在这里找到了契合点。"五四"精神中自由民主的启蒙意志和传统文化中教化愚民的要求在这里得到了彰显。问题是主体为什么会这么自信?这种自信的支撑是什么?作为教师的主体为什么会自然而然地将拯救世界的责任先天性地承担在自己的身上,而其他的人只有被教化接受的义务?显然,在这里,对所谓"五四"精神的传承成为一切天然合理的基石。

1981年古华的小说《芙蓉镇》实际是对"五四"时期知识分子话语的继续,但在知识分子的归宿上似乎更为乐观一些。古华小说中唯一的知识分子秦书田,是一个先在的、自足的知识分子。他几乎天生就具有各种能力和力量,并且似乎有一个自足的精神世界。正是这个精神世界的强大,使得秦书田几乎无需外在的支撑;也正是这个自足的精神世界的存在,使秦书田具备一个启蒙者的理性力量。

小说的情节结构有一个富有意味的转化。最初,秦书田似乎并不是主人公,他是一个边缘形象,偶然进入到我们的视界中。而小说在组织结构时,由于是以女主人公胡玉音的生活发展变化为主线,围绕着这个女人的人物发生着各种变迁,我们因此可以将小说理解为胡玉音寻求自我生存精神基础的过程。在这个过程中,先后有满庚哥、谷燕山、黎桂桂等人走进了她的生活,但他们都没有成为胡玉音最终的精神依靠。满庚哥变节了,尽管他曾经是胡玉音的初恋,并且一直对胡玉音有一种特殊的情感,但在关键时刻,他在犹豫中抛弃了胡玉音,并几乎将其置于绝境。胡玉音的正式丈夫黎桂桂天性软弱,最后经不起风浪而自杀了;而且这个丈夫居然是丧失了生育能力的一个男人,胡玉音也因此背了多年的黑锅。最后一个重要的男人是谷燕山,他的沉稳、干练无疑给予胡玉音以巨大的支持,但他也丧失了性能力。

可以说,在经历了各种困惑和挫折之后,秦书田作为最后一个男人走进了胡玉音的生活。他不仅给予胡玉音以一种精神上的慰藉,更主要的是在生活上、在生育上彻底洗刷了胡玉音的罪名。因此小说中,对胡玉音怀孕的一段叙述是极具象征意义的,不仅暗示着作为知识分子的秦书田对芙蓉镇最具有魅力的女性的征服;更重要的是,它暗示着一种启蒙,胡玉音因此而感到了作为一个女人的真实存在。这一切并不是依靠她自己获得的,而是在秦书田的帮助下得到的。秦书田天生的精神世界的自足性,他的才华横溢,他的超脱潇洒——在乡里人看来则是疯疯癫癫、不可理喻,使他具有了一种无法抗拒的神秘力量。而对这种不容置疑的自足的精神世界的设置正是知识分子自我书写的一种重要方式,它给予知识分子一种特殊的权力、特殊的话语,尤其是当文本中处处强调这种话语的不同一般、非常人所能理解时,它的力量就更大了。古华在小说的结尾给予秦书田一个最好的归宿,老婆有了,香火续上了,官也当上了——"学而优则仕"的传统思想还是纠结在知识分子的脑袋里,经过无产阶级再教育后,还是如此。这个结果是一个几乎荒诞的结果,但也是最好的结果。

对知识分子话语予以精心思考,并试图展示其发展历程的,是张贤亮的系列小说"唯物论者的启示录"三部曲。但张贤亮所展示的不是知识分子个体精神的形成史,而是完成了的知识分子的苦难史。在《男人的一半是女人》中,张贤亮以性能力的丧失和恢复作为一种隐喻,暗示着知识分子自我价值的衰落和复归,其结果是不言自明的。在此,我们终于看到了知识分子作为"人"的原始的一面、与众皆同的一面,但结果却是知识分子对自己价值观念的坚持和对个体原始欲望的否定。章永麟历尽磨难,最终荣归故里;而给予他这一切的那个女人黄香久却被他彻底抛在了那块贫瘠的土地上。我们可以看到作为知识分子的章永麟的忏悔和痛苦,却由于他的这种义无反顾地离开黄香久的决心而感到一种虚伪。相反,那个离开而又归来的许灵均倒给人一种亲切感,不过那是在强大的民族话语的支撑下产生的。

无论是哪种叙述方式,我们都可以看到一个完成了的知识分子、一个精神世界自足的知识分子、一个对自己的价值观念极为自信的知识分子。这种形象的先验性构成了知识分子话语最基本的组成部分,也成为知识分子构建其他形象的前提。农民形象就是在这样的话语权力下被塑造出来的。这正是路遥与众不同的地方。《平凡的世界》的一个基本主题就是:作为一个农民的"我"如何才能成为一名知识分子? 在路遥的书写中,农民摆脱自己身份的最好方式就是求学,就是读书,就是在身份上彻底转变为一个知识者——《平凡的世界》所要传达的就是一个接受了理性启蒙的乡村青年如何脱胎换骨、重新做人的过程。路遥的叙述中当然有对理性强大力量的崇拜;也正因如此,我们才可以看到这种苦心塑造知识分子身份背后所隐含的生存困境和压力,看到叙述人矛盾的叙述心态。

从本意上讲,路遥是在建构知识分子自我身份和话语力量形成的过程,小说也在各个层面上塑造着这种力量。但由于这种力量从古华等人不容置疑的先在性转变为一种发展变动的过程,从而消解了话语的神秘感。因此,路遥的小说《平凡的世界》在建构知识分子话语力量的同时,产生了一种自我拆解的功能。这种自我解构从一个层面上表明了知识分子叙事能力的弱化。

六　流浪,流浪

> 人生的道路虽然漫长,但紧要处常常只有几步,特别是当人年轻的
> 时候。
>
> 没有一个人的生活道路是笔直的、没有岔口的。有些岔口,譬如政
> 治上的岔口,事业上的岔口,个人生活上的岔口,你走错一步,可以影响
> 人生的一个时期,也可以影响一生。

这是小说《人生》的题记,这个题记有很强的规范意味,似乎带有警告的色彩。也可以说,这个题记奠定了小说中叙述人的情感色彩,使得叙述人与主要人物高加林保持了一定的叙述距离,尽管后来作者一直在否认自己对高加林的否定,特别是否认自己有所谓强烈的"恋土情结"。[12]

高加林是一个无法不面对的痛苦,尤其是有过相似经历的人都不得不面对高加林的问题。或许路遥让高加林面对的不过是法国作家司汤达在《红与黑》中提出的于连·索黑尔的问题,只不过形式发生了变化。[13] 在《红与黑》中,一个雄心勃勃的英俊青年触犯了一个阶层及其建构的体制的权威,他失败并不是因为他应该失败,而是因为那个阶层无法容忍一个下等贱人对这个阶层的侮辱。索黑尔承受的是后拿破仑时代贵族阶层及其体制的打击。作为个体,索黑尔以悲剧的形式完成了人间的喜剧,因为历史已经证明,索黑尔式的人物必将登上并主宰历史的舞台。看一下巴尔扎克在《人间喜剧》中塑造的那些野心勃勃的法国外省青年,就可以理解了。

正是在此,高加林展示了与索黑尔相似的一面。同样的才华洋溢,同样的英俊洒脱,同样的出身和地位,同样的野心勃勃,甚至连命运和把握命运的方式都是一样的。索黑尔踩着一个个女人走进了豪门贵族小姐的闺房,而高加林也是在两个女人的支撑下展露出自己的非凡才能,并且他也可以通过这些女人走进他梦寐以求的大都市。巴黎接纳了外省的才俊,大都市也向农民的孩子发出了盛情邀请。这一切都是如此顺利,顺利得过了头。索黑尔是黑着心上来的,因为他没有别的选择,所有的一切不过是个人得以

向上攀升的台阶,一个女人的作用一旦被开发完,索黑尔就会毫不怜悯地抛弃她。对索黑尔来说,无所谓爱,无所谓恨,有的只是对名誉、地位、权力的无限追求。个人的欲望在无限地膨胀,而世界就像《浮士德》中的魔鬼一样将他所要的一切都给予了他;然后,也像魔鬼那样,在他终于感到满足的那一刻,将他送上断头台。高加林也几乎是踏着乡村女人的眼泪走近自己的梦想的,他也几乎没有别的选择。当个人理想主义的迷梦与现实的道德原则发生冲突的时候,他无论做出何种选择都意味着荒诞和痛苦,都意味着个体要去承担时代强加给他的压力,而他又必须做出这样的选择。当一个时代的青年对这个时代做出了回答以后,他难道只能承受这个时代的唾弃和批判吗?

高加林的经历因此而具有了强烈的宿命色彩,对这个宿命的一切是不可探讨的,在一个循环的空间结构中,无论是主人公,还是叙述人都在表达着对命运的抗争与命运的无可抗争性之间产生的巨大心理痛苦和焦虑,并使高加林的未来成为了一种无法摆脱的情结。而这个情结所产生的巨大痛苦将要继续由《平凡的世界》中的孙少平去承担。

高加林的梦想一直被孙少平保护着。但这个梦已经不再是一个坚韧的存在,而是一个脆弱的弹壳,它已经坏了。《平凡的世界》中,外出打工的孙少平第一次来到黄原时,这个对现代都市向往已久的青年受到了前所未有的震惊:

> 当孙少平背着自己的那点破烂行李,从拥挤的车站走到街道上的时候,他便置身于这座群山包围的城市了。他恍惚地立在汽车站外面,愕然地看着这个令人眼花缭乱的世界。他虽然上高中时曾因参加故事调讲会到这里来过一次,但此刻呈现在眼前的一切对他来说,仍然是陌生的。
>
> 一刹那间,他被庞大的城市震慑住了,甚至忘记了自己的存在。[14]

城市向孙少平所展示的是一个完全不同于乡村记忆的新空间,通过孙少平的眼睛,都市中个体漂流不定、如落叶般的生存感受被传达了出来。而这种感受不仅是一种空间记录,同时还是一个隐喻,标记着孙少平真实的边缘人的身份。作为边缘人的孙少平的一个典型的行为特质就是"流浪汉",而

"流浪汉"则是"一种描绘现代城市的札记"。[15]这种特殊的身份实际已经暗示出了孙少平最后必将被都市流放的命运。流浪汉最终是都市的反抗者,这种精神气质来自于他们"低贱的地位"和"朝不保夕的生活"。[16]的确,路遥记录孙少平的心灵历程就是在记录个体漂泊的经历,这种经历中充满了现代主义"英雄"式的历险,"英雄是现代主义的真正主题,换句话说,它具有一种现代主义中生存的素质"[17]。事实上,孙少平的漂流经历中始终有一种无法摆脱的生存焦虑:无根感。孙少平始终都在努力摆脱这种感受,但他的确没有意识到:无根感是现代都市对人加以塑造的结果,它是现代社会中特有的精神结构和时空意识。

　　米兰·昆德拉在《小说的艺术》(The Art of Novel)中谈到了所谓现代世界的到来给文学文本中的人物形象带来的变化(从生活方式到行为方式,从精神世界到生存境况,直至文本中展示的器物变化)。他说,在塞万提斯的小说中,人物生活在一种没有开始和结束的时间中,世界对他来说是开放的,他可以自由地走出去,可以自由地回来。人们生存在一个时间和空间可以无限循环的世界中,而且一切都是被规定的,个体只要遵从规定的程序就可以完成自己的一生。而个体的意义是被给定的:我们无需发现意义,因为意义就伴随着我们,在我们的言行举止中,在我们无声的劳作中,我们的一切,或者说我们本身,就构成了意义的全部内涵。但是,当巴尔扎克的作品出现时,我们看到了一幅完全不同于以往文学文本的景象。巴尔扎克的作品展示的是现代社会的场景——在我们周围存在着的是警察、监狱、军队、国家、金钱和无穷无尽的罪恶。时间中的一切不再充溢着塞万提斯作品中人物白痴般的快乐。一切都被抛进了一个叫做"历史"的列车中。但这并不是最可怕的,最可怕的是,它不具有任何确定性,而一个人生命的一切都成为一场历险。米兰·昆德拉说,现代世界赋予我们的唯一一个确定的观念是一切都不确定[18]。我们进入了一个自己无法控制自己的轨道,不得不一直向前走,以寻找到世界的所谓意义。但糟糕的是,我们根本不知道这个叫做"意义"的东西到底在什么地方。"历史不再为我们承诺名誉和财富,它只给那些上岸的幸存者提供工作",并让这份工作成为他赖以生存的唯一希望。[19]由于永恒的、被给定的神圣意义彻底解体,每个人都被迫生活在一个不确定的世界中,而那个永恒的意义似乎还存在于这个世界中,它的具体表达就是人们对生存确定性的疯狂追寻;但这个永恒的意义如同本雅明笔下的弥赛亚一样,它的降临成为一个遥不可及的梦想。

从任何一个角度来看,当孙少平决定离开自己的故乡走出去后,也就意味着他要离开一个被给定意义的世界并接受现代社会的洗礼。孙少平的确拥有这种忍受力,但他同样也在体验着现代社会带给他的巨大痛苦,这种痛苦展示了现代性极为残忍的一面:

> 孙少平正背对着他们,趴在麦秸秆上的一堆破烂被褥里,在一粒豆大的烛光下聚精会神地看书。那件肮脏的红线衣一直卷到肩头,暴露出了令人触目惊心的脊背——青紫黑淀,伤痕累累![20]

孙少平身体上的伤疤震惊了田晓霞,这是一个初来城市只能靠身体谋生的人必须付出的代价,而这个代价最后还要落到孙少平的脸上。这是追逐梦想的代价,也是梦想对一个不识时务的乡下小子的惩罚。

显然,叙述人对孙少平的身体有着极为复杂的心情。一方面,伤疤是一个人低贱的身份印记,尽管孙少平试图用漂亮的外衣遮蔽住它,而这一行为则更富有象征意味:一个有着英俊外表的乡村青年,他的身体居然是如此破败。另一方面,在叙述人的语气中又分明有一种特殊的赞赏,因为这些伤疤恰恰是个体英雄行为的奖章,昭示着个体苦难的经历,传达着叙述人对苦难的特殊理解。在孙少平给自己的妹妹孙兰香的信中,直接传达着叙述人独特的价值观:

> 我们出身于贫困的农民家庭——永远不要鄙薄我们的出身,它给我们带来的好处将一生受用不尽;但我们一定又要从我们出身的局限中解脱出来,从意识上彻底背叛农民的狭隘性,追求更高的生活意义。
>
> 要知道,对于我们这样出身农民家庭的人来说,要做到这一点是多么不容易啊!
>
> 首先要自强自立,勇敢地面对我们不熟悉的世界。不要怕苦难!如果能深刻理解苦难,苦难就会给人带来崇高感。亲爱的妹妹,我多么希望你的一生充满欢乐。可是,如果生活需要你忍受痛苦,你一定要咬紧牙关坚持下去。有位了不起的人说过,痛苦难道是白忍受的吗?它应该使我们伟大![21]

这可以说是小说《平凡的世界》中的一段"点睛之笔",也可以说是整部小说的精髓所在。在这段话中,叙述人借主人公孙少平之口讲述了自己对苦难的抗争与认同——从某种意义上,苦难对于来自社会底层的人来说,几乎就是生存的代名词,它与生存是同一的,而且这种苦难几乎就是宿命的代名词。只有经历过苦难的生命,才会产生一种殉道者才有的"崇高感"。《平凡的世界》中,孙少平的命运就是在印证一个抗争并承受苦难的殉道者的历程。而这一历程发展的结果却证实了苦难的无可抗争性,如同俄狄浦斯的悲剧;孙少平之所以无法逃避命运的惩罚,并不是因为命运是无可逃避的,而是因为他自己就是命运的化身和意义传达的载体。

注　释

〔1〕　《人生》,发表于 1982 年《收获》第 3 期。

〔2〕　关于《人生》争论的介绍,可以参看尹昌龙:《1985:延伸与转折》,山东,山东教育出版社 1998 年版,第一章"走向城市"。尹昌龙分析了 80 年代初期围绕小说《人生》所产生的争论的主要观点与一般模式,并试图跳出原有的论争思路,从国家现代化进程由农村向城市转化的历史要求去理解路遥的这部名篇。

〔3〕　路遥:《早晨从中午开始》,见《路遥文集》卷二,陕西,陕西人民出版社 1992 年版,第 64—65 页。

〔4〕　路遥的观点可以参看《关于〈人生〉和阎纲的通信》,见《路遥文集》,陕西,陕西人民出版社 1992 年版,第 400—401 页。而对路遥这种观点的认可可以参见陈思和:《中国当代文学史教程》,上海,复旦大学出版社 1999 年版,第 239—240 页;吴秀明主编:《中国当代文学史写真》中卷,浙江,浙江大学出版社 2002 年版,第 738、747—748 页。

〔5〕　《平凡的世界》卷一,北京,中国文联出版公司 1986 年版,第 359 页。着重号为引者加。

〔6〕　古华:《芙蓉镇》,北京,人民文学出版社 1981 年版,第 124 页。

〔7〕　同上书,第 187 页。

〔8〕　《平凡的世界》卷一,北京,中国文联出版公司 1986 年版,第 4 页。

〔9〕　张贤亮:《绿化树》,北京,北京十月文艺出版社 1984 年版,第 3 页。

〔10〕　陈泽顺:《重读路遥·代后记》,参见《路遥小说作品选》,北京,华夏出版社

1995 年版,第 551—556 页。

〔11〕 参见顾准:《顾准文集》,贵州,贵州人民出版社 1994 年版,第 365 页。

〔12〕 路遥:《早晨从中午开始》,见《路遥文集》卷二,陕西,陕西人民出版社 1993 年版,第 64 页。

〔13〕 小说《人生》中有一个细节描写,即黄亚萍对高加林的赞扬,称赞其为于连·索黑尔式的人物,并没有任何贬义色彩。

〔14〕 《平凡的世界》卷二,北京,中国文联出版公司 1988 年版,第 111 页。

〔15〕 〔英〕迈克·克朗:《文化地理学》,杨淑华、宋慧敏译,江苏,南京大学出版社 2003 年版,第 68 页。

〔16〕 〔德〕本雅明:《发达资本主义时代的抒情诗人》,张旭东、魏文生译,北京,北京三联书店 1992 年版,第 38 页。

〔17〕 同上书,第 92 页。

〔18〕 Milan Kundera：*The Art of Novel*, London, Boston, Faber and Faber, 1988, pp. 6-7.

〔19〕 Ibid, p. 8.

〔20〕 《平凡的世界》卷二,北京,中国文联出版公司 1988 年版,第 387 页。

〔21〕 同上书,第 370 页。

第五章　都市的远景

一　路遥笔下的都市形象

我们可以在路遥的小说中发现一个十分有趣的现象,在路遥几乎所有的文本中,与都市有直接关联的描写并不多,但就在这不多的都市描写中,我们却可以发现三个空间世界:一个是由车站、门、校园、宾馆、路等构成的公共空间;一个是由工棚、小饭馆、建筑工地等构建的内部空间;与这两者截然对立的,是国家政府官员工作、生活的办公、休息空间。这三个空间环境十分恰当地构成了都市中三种人的生存体验:外来人、都市揽工汉和现代国家官吏。在这三个空间设计中,前两者与后者形成了对比。另一个引起我们注意的是,在路遥所有的小说中很少出现都市普通人的个体形象,都市中的普通人在路遥的文本中更多地是以群体的形式出现的。路遥文本中作为个体的都市人要么是现代官员,要么是具有相当政治经济背景的高级官员的亲属,还有就是典型的知识分子形象。从路遥对人物形象的选择中,我们可以看到路遥与现代都市的隔膜。路遥的这种人物选择应该说具有一定的代表性,许多来自乡村的作家文本都有这个特点,如贾平凹、陈忠实等。在不多的都市人物塑造中,他们要么扮演了被乡村人羡慕的角色;要么是不可理解并在道德品质上存在着一定的负面价值的人物。这种偏见在许多都市作家所描写的农民和农村场景中都有所体现。

我们可以先看一下孙少安初次来到黄原城找弟弟孙少平回村办砖场的经历,叙述人几乎把这趟经历形容为一次历险。孙少安刚刚从车上下来时的状态:

> 下午两点左右,孙少安到了黄原。

> 当他斜背着落满灰土的黑人造革皮书包从汽车站走出来的时候，立刻被城市的景象弄得眼花缭乱，头晕目眩。他连东南西北也搞不清楚了。他抬头望了望城市上空的太阳，觉得和双水村的太阳的位置都是相反的——太阳朝东边往下落？
>
> 我的天，这就是黄原？这么大的城？一条街恐怕比双水村到罐子村都远吧？[1]

城市毫不客气地给初来乍到的乡村富裕户一个下马威，个体面对城市复杂的空间时陷入了前所未有的精神混乱中。它展示了与乡土时空完全不同的景象，而且这个景象使得已经在乡村中颇有名气的大能人自惭形秽。孙少安几乎是带着惊艳的眼光开始了自己的都市之旅。

孙少安来到黄原宾馆的一幕简直就是高晓声《陈奂生上城》的翻版。面对女服务员时的惊恐不安，18元一天的房费带来的震惊，还有那无法更改的土得掉渣的语言都在昭示着作为一个农民的孙少安对自我卑微身份的认同，以及面对城市时那种几乎是命定般的巨大差异所带来的心理劣势。而走进客房的那一幕几乎充满了滑稽色彩：

> 服务员把票据和他本人反复打量了半天，才把他引到了房间里。
>
> 少安进得房间来，惊讶地愣住了。哈呀，这么阔的房子啊？地上铺着栽绒毯，一张双人软床，雪白的被褥都有点晃眼；桌子上还搁架电视机……
>
> 嘿，花这十八块钱也划得来！[2]

从双人套间的陈设到卫生间里的洗浴设备，无一不引起孙少安的好奇。这个空间展示了城市奢华富丽的一面，同时在这种近乎奢侈的消费中，经济的力量悄悄找到了自己的表达方式。这个空间也在打击着手头刚刚宽裕些的乡村新贵的自尊，并贬低着他的努力。陈奂生说，住县城一晚上的花费使他一天卖六斤油绳的钱分文不剩，而18元一晚的房费，孙少安又要卖多少块砖才能挣回来？陈奂生再也不敢在这个房间里多待一天，而孙少安也盘算着第二天能不能找到一个便宜的地方。现代化的都市是美丽的，但我们看到两部小说都在不经意间揭露着都市现代化发展的前提：对乡村的高度盘剥。

从车站到旅社,从学校的大门到未完工的建筑工地,孙少安不断进入这个城市的内部世界,也不断由这个空间灿烂辉煌的一面走向边缘地带,都市中灰色而残忍的一面也逐渐向他展示了出来。在这个过程中,都市所有令人惊艳的一面渐渐隐退,剩下的是挣扎在都市边缘地带的个体的痛苦现实。孙少平在黄原城生存的那一幕同样给孙少安带来一种震惊,而在黑色的建筑内,趴在乱草窝中的孙少平所展示出来的伤痕累累的脊背几乎成为城市的隐喻。靓丽的宾馆和黑暗的建筑工地形成了强烈的反差,城市及其特有的两面性也被揭示了出来。而黄原宾馆清洁的卫生间中两兄弟欢笑的一幕具有象征的含义,那是来自乡村的臭小子对都市的短暂占领和胜利,是乡村新贵经济胜利的凯歌和未来生活乌托邦远景的短暂显现,但这种胜利无法从根本上改变乡下小子在身份上的劣势心理地位。而历史真的愿意为乡村中的穷人提供这样的许诺并兑现吗?

如果说孙少安眼中的都市是被艳羡的对象的话,那么孙少平眼中的都市则具有了另外一种意义,它昭示着个体的流亡身份和边缘人的地位。孙少安相对于都市不过是匆匆过客,他的行迹表示他外在于都市,都市对这样一个农民几乎没有什么情感,它与孙少安的关系是纯粹经济意义上的。孙少平则不然。孙少平曾经努力融入都市中,但融入都市的经历只是在昭示他流亡的命运和边缘性的身份,并清晰地将他放逐在了城市发展之外。我们再看一下孙少平由大牙湾煤矿第一次来到省城时的经历,那种感觉几乎与他的哥哥孙少安有着某种一致性:

下午两点左右,列车驶进了省城车站。孙少平被汹涌的人流夹带着推出了检票口。

他在万头攒动的车站广场,呆立了好长时间。

天呀,这就是大城市?

孙少平置身于此间,感到自己象一片飘落的树叶一般渺小和无所适从。他难以想象,一个普通人怎么可能在这样的世界里生活下去?

他怀着一种被巨浪所吞并的感觉,恍惚地走出拥挤的车站广场,寻找去北方工大的公共汽车站——兰香早在信中告诉了他,出火车站后,坐二十三路公共车,可以直达他们学校的大门外。

他向行人打问了半天,终于找到了二十三路公共车的站牌。

　　好在这是起点站,他上车后,还占了个座位。

　　一路上,他脸贴着玻璃,贪婪地看着街道上的景致。他几乎什么具体东西也没看见,只觉得缤纷的色彩象洪水般从眼前流过。

　　将近四十分钟后,他下了车。他立刻就看见了北方工业大学的校牌。[3]

与刚到黄原时相比,此时的孙少平应该说对都市已经有了一定的感受,但他还是震惊于省城的庞大。个体在都市中漂泊不定的感受,个体的渺小感在个体与都市庞大的空间结构的对比中被突出出来。与哥哥孙少安相似的地方在于,他们都在瞬间丧失了方向感,失去了生存的确定性。不同之处则是,哥哥孙少安最终回到了故乡,那是个体最后的归宿,也是个体摆脱漂泊感的依靠。而弟弟孙少平则义无反顾地继续向前,努力在没有归属感的空间中寻找自己最后的依靠。但这个依靠的寻找并没有在都市中完成,而是相反,以个体被都市驱逐的方式完成了。孙少平完成了自我身份的回归。我们在前面已经多次说过,孙少平的边缘性特点与路遥对城乡结合部的选择有着必然的联系。而孙少平最后没有进城(甚至在最后,小说都为他进城留下了机会,但孙少平坚决地拒绝了),而是选择了存在于都市和乡村交接处的矿区。这种空间的选择无疑是人物向城乡结合部的回归,同时也暗示着人物对自我边缘身份的认同。

　　我们还可以看到,孙氏兄弟向城市中心推进的方式几乎是一模一样的,而且在景观的选取上也是一致的:车站、公路、门、宾馆等物象再一次以线性的方式出现在文本中。而个体在这种线性空间中流动只是一再说明,他们不属于城市,他们是都市的过客。不同的地方在于,孙少安来到都市是为乡村寻找新的发展机遇,他将因行动空间的扩大而拥有新的经济前景;孙少安相信自己的努力并通过努力积极融入都市的现代化建设中。而孙少平则不然,都市在孙少平的眼中曾经是欲望的对象,经过痛苦的挣扎后,孙少平无可奈何地看到了自己命中注定要被都市放逐的结局。

二　都市景观中的身体和欲望

　　在《1985:延伸与转折》一书中,尹昌龙认为《人生》的时代隐喻在于,它暗示着整个中国社会在从乡村走向城市的过程中,正处于一个时代的交叉路口,这正如小说篇首所写的柳青的题记一样。"对于高加林而言,'岔口'正是在城乡'交叉地带'的个人抉择,而对于 80 年代初的中国社会来说,'岔口'正是城乡过渡地带的历史抉择。而相应的爱恨情仇都不过是这种抉择的结果,或者说是这种抉择付出的代价。"[4]

路遥的小说中的确存在着都市的"镜像",而且我们时时可以感受到乡村书写中城市带来的压力。但是在路遥的文本中,城市形象并不是统一的,而是不断发展变化的;城市中的精英个体对城市的感受也在文本的绵延中发生了巨大的变化。

路遥的文本中,作家在以各种方式表达对乡村的深厚情感的同时,也表达着对城市的憧憬和希望。判定路遥对于城市和乡村的态度是厌恶和欣喜有些过于简单。文本中显示出的信息告诉我们,路遥对二者一直怀有一种矛盾的态度,而这种态度与作者的边缘性身份认同是有着直接的联系的。我们在路遥的文本中可以看到叙述人对乡村地理景观毫不吝啬的赞美,同样也可以看到叙述人笔下的城市所展示出的巨大诱惑力,两者之间存在的巨大反差更加深了我们的这种印象。在小说《人生》中,高加林眼中的乡村是恬美的,都市则更充满男性征服者的欲望无意识:

> 夕阳的阳光多刺眼啊! 他好像一下子来到了另一个世界。天蓝得像水洗过一般。雪白的云朵静静地漂浮在空中。大川道里,连片的玉米绿毡似的一直铺到西面的老牛山下。川道两边的大山挡住了视线,更远的天边弥漫着一层淡蓝色的雾霭。向阳的山坡大部分是麦田,有的已经翻过,土是深棕色的;有的没有翻过,被太阳晒得白花花的,像刚熟过的羊皮。所有麦田里复种的糜子和荞麦都已经出齐,泛出一层淡淡的浅绿。川道上下的几个村庄,全都罩在枣树的绿荫中,很少看得见房屋;只看见每个村前的打麦场上,都立着密集的麦秸垛,远远望去像黄色的蘑菇一般。

> 当他走到大马河与县河交汇的地方,县城的全貌已经出现在视野之内了。一片平房和楼房交织的建筑物,高低错落,从半山坡一直延伸到河岸上。亲爱的县城还像往昔一样,灰蓬蓬地显出了它的诱人的魅

力。他没有走过更大的城市,县城在他的眼里就是大城市,就是别一番天地。[5]

路遥的乡村叙述更具有一种"家"的感觉,同时作为"家"的乡村,还具有一种生育的力量、养育的力量。文本记录了乡村土地的肥沃和生命的旺盛,是叙述人的血缘和身份的根源所在,也因此,我们可以在其中感受到一种"母性"的安详和宁静。城市形象则是叙述人的欲望对象,是叙述人的"他者"世界:虽然只是一个小县城,但却已经展示出女性才有的"诱人的魅力"。我们在这个景观描写中可以看到,县城以一种素描的方式被勾勒了出来,它的高低错落是一种近似于女性身体的线条,同时,它以远景的方式展现了出来。正是在这种塑造方式中,县城被女性化了,同时也被欲望化了。小说中另一个有意味的地方是叙述人不断地描述高加林极为健美的男性躯体,无论是流落到乡村中的高加林,还是进入县城的高加林,他的身体的魅力总是引起他人的注意和赞叹——来自叙述人和故事情节中的人物。这种对男性身体的歌颂,与将县城阴性化的描写形成了鲜明的对比。而高加林在县城中的得意自如,则表现出一个女性城市征服者的胜利感和性快感。此时的县城,它的线条感已经失去了,展示的是一个个具体的部位。因此,在这种语言裂痕中,我们可以看到来自乡村的男性作家对女性化城市的想象及其无意识欲望的流露。而高加林被女性城市的驱逐更加剧了叙述人的这种欲望痛苦,并使叙述人的态度更加漂浮不定。

对都市的这种态度在 1984 年发生了一个重要的变化。这一年,路遥在《文学家》创刊号上发表了小说《你怎么也想不到》,我们在这里实际上看到的是作家对都市更为复杂的情绪,《人生》里对都市阴性化的描写消失了。城市经历似乎更具有一种历险的特征。

在小说《你怎么也想不到》中,几乎很少有《人生》中那样大段的城市景象描绘,这与主人公薛峰和郑小芳已经在都市中生活了多年的经历有关;相反,文本中出现得更多的是对乡村的描写:一个是乡村替代品——它是都市的边缘,是这对恋人经常去的"老地方",具有对乡村怀旧的价值,而且似乎也只有在这种地方,两个人才能感到真正的自由,才会有家的感觉;另一处则是真正的故乡,是苦难的象征地,承载着郑小芳的光荣和梦想,同时也是薛峰无论如何也不想再回去的地方。相对于这个具体的乡村形象,城市形象变得抽象了许多,也遥远了许多。

更有趣的是薛峰在城市中的经历。他的都市感受完全不同于高加林。我们在前面探讨路遥文本中的乡村景观时已经看到,在《人生》中,作家将都市阴性化的努力,传达着叙述人的无意识欲望。这种欲望与男人对女人的欲望、乡下人对城市的欲望、知识分子对农民的欲望纠结在一起,表达着叙述人因身份混乱所带来的痛苦感知。在《人生》中,高加林作为都市征服者的形象十分鲜明;更有意义的是,这个征服者来到都市后几乎是在接受都市的礼赞,始终是都市关注的中心,他居高临下的姿态更传达了一个乡下小子的勃勃野心。当然,也是这种肆无忌惮的张扬最后导致都市将他驱逐出境。而在小说《你怎么也想不到》中,高加林式的胜利者的姿态消失了,我们看到的是一个缩手缩脚的小人物,他几乎是匍匐在都市的脚下,处处谨小慎微;尽管在编辑部中,他的才华依然出众,得到了几乎全部老编辑的认可,但在生活中,在个人情感的发展中,他几乎产生了一种被都市戏弄的感觉。都市已经是一种外在于他的力量,在各个方面——尤其是在个人情感上,排斥着这个乡村来的穷小子。薛峰身上流露出明显的在都市生存中受挫的情绪,这个情绪本应加重他对都市的排斥,但事实相反,小说安排了一次薛峰回归故乡的经历,也是在这个经历中,薛峰产生了一种荣归故里、衣锦还乡的快感。正是这次乡村经历坚定了他继续留在都市中活下去的信念,尽管郑小芳的呼唤还在耳际,而他对郑小芳的呼唤也还在继续。

小说非常鲜明地传达出叙述人痛苦而焦虑的心态:在这种简单的城乡二元对立中,实际蕴涵着作家不同身份的尖锐对立,展示了其多元身份中不可调和的一面、分裂的一面。另一方面,在这种对立中还包括了叙述人对都市的矛盾心态。都市是历史必然的选择,郑小芳回归乡村只具有道义上的价值和意义。她在乡村生活得并不好,在工作中甚至是困难重重。所以郑小芳的回归只是一种语言象征,暗示着那个美好的乡村景观对背叛自己的游子的期待、呼唤与无奈。

而当 1986 年《平凡的世界》面世时,都市形象就变得更为复杂了。都市有其美好的一面,它重新塑造了每一个来自乡下的孩子,尤其是像孙少平这样的边缘人。但是都市给这个来自乡村的青年带来的不再是荣归故里的幻觉,而是真正的痛苦——这种痛苦不仅是精神上的,更是肉体上的。我们可以看到,高加林、薛峰、孙少平作为乡村中的精英分子,都有着强健的身体,叙述人不只一次在小说中对他们出色的身体流露出赞叹。这种对男性身体的执著中暗示着叙述人对原初的、纯洁的"亚当"的向往,同时这个肉体也是乡村生命力的象征,它与那个贫瘠、苦难的乡村母体几乎形成了鲜明的对比,也是在这种对比中,男性叙述人对世界的欲望清晰地展示了出来。但是这个肉体的经历,在几部小说中是不一样的。在《人生》中,这个肉体引起了都市的惊艳;而在《你怎么也想不到》中,这个肉体则被彻底地压制下去,都市根本就漠视了它的存在。这实际暗示着来自乡村的欲望在都市中的失势,它与高加林的强烈男根情结形成了剧烈的错位。而在《平凡的世界》中,这个肉体的地位就更加低下了。尽管它还是强壮的,甚至是充满了旺盛的精力,但都市给予这个乡村肉体的却是破坏,是无情的打击,甚至是毁灭。孙少平身上的伤疤也具有了隐喻的性质。孙少平是带着征服者的欲望来到都市的,他要打拼一个属于自己的世界,并以此证明自己的能力。但都市经历对孙少平来说无异于一种去势的过程。孙少平没有发现自己在都市中的位置,甚至可以说,都市压根儿就没有为他准备一个位置,这与高加林和薛峰的经历形成了剧烈反差,因为无论怎样,都市都张开了双臂欢迎后者的到来。而孙少平只能隐没于都市的边缘,做一个隐姓埋名的知识分子。孙少平因此是叙述人男根欲望衰落的符号,尽管他风采依然,姿态翩翩,但那个被破坏的肉体却只能说明来自乡村的"亚当"被流放了。

三　都市中的精英个体与群体

路遥小说中的都市精英可以划分为两种类型,一是政治精英,二是知识精英。我们可以在小说中看到路遥在无意识中塑造的这两种精英类型在各个方面都与都市中的其他群体处于对立的状态,其目的是为了突出群体的盲目、混乱和亟待拯救的状态,并为政治精英铁腕统治的合法性、合理性埋下伏笔。所以在各个方面,路遥都努力让政治精英和群众区别开来,以彰显个体在价值意识上凌驾于群体的高高在上的救世主的形象。但是在知识精英身上,我们看到的是一个变化的过程,知识精英最初试图让自己与他人不同,但在小说的结尾,这个精英则在努力让自己与他人融合,让自我消泯在群体中。这个过程所暗示的正是知识精英个体的衰落。

我们在前面谈到过,路遥的小说中很少出现都市普通人的个体形象。路遥笔下也有都市人,但多以群体的形象出现,而且这个群体构成的景观与乡村中的群体景观形成了鲜明的反差。一个十分明显的标志是,在乡村景观中,活动的个体都是有名有姓的,路遥甚至在小说中通过对乡村个体的描写塑造出他/她的身世、居住地、宗族等多方面的特征;但是都市中的个体多是没有姓名的——这个群体中既有真正的都市人,也有那些漂泊在都市边缘的揽工汉。他们被路遥抹去了个体身世的一切,成为都市中一个个简单的符号。路遥似乎是在无意识中塑造出了都市的一个重要特征——都市是陌生人的聚集地。

都市群体的一个重要特征是混乱、盲目,表面上遵循着城市规范的秩序,而实际上没有秩序:

> 路灯映照着积水的街道,象一条条灿烂的银河。两边的人行道挤满了匆匆行走的人群,各种雨伞组成了一望无际的"蘑菇林"。主干道上穿梭着各种车辆;一个接一个的岔路口,红灯绿灯交替闪烁。
>
> 伏尔加的速度慢了下来。
>
> 乔伯年侧过脸,看见外面几乎每一个公共汽车站,都涌满了黑鸦鸦的人群。有的车站好不容易来了一辆车,车上车下挤成了一团,迟迟开不走。他知道人们在这大雨天挤不上车是什么滋味,他也知道这些人在抱怨,在咒骂,一片叫苦连天。[6]

这是一个省委书记眼中的都市景象,这里的叙述个体处于群体之外,身处温暖、安静、平和且舒适的"伏尔加"小轿车中,与外面那个混乱的都市景象形成了反差,暗示着个体和群体之间在身份、地位、权力、阶层上的巨大差异;同时,"伏尔加"的速度和车内环境的静朗无不与外面都市景象的混乱、嘈杂、潮湿、肮脏相对立,在这种对立中包含着的是一个混浊不堪的世界正在等待着被拯救的梦想。个体的力量、意志与信心也在这种对立中被表现了出来,但是个体的这种自信和强力意志很快就被破坏了。

小说接着叙述了省委书记乔伯年带领着一群党政领导深入车站体察生活的过程。这时的叙述发生了一个颇有意味的变化，原来外在于群体的个体由那个高高在上的形象一下降为一个普通人，而且个体的精英身份在群体面前被冲击得七零八落。我们可以清楚地感受到这个过程中精英个体将自我与盲目混乱的群体相区分的努力，以及由此带来的尴尬：

> 此时正值早晨上班的高峰期，公共汽车站挤满了黑鸦鸦的人群。他们站在这人群里，也就是一些普通人了，看上去象外面来这个城市开会或办事的干部。街道两边，自行车象两股洪潮，向相反的方向滚滚而去，并且在每一个十字路口形成了巨大的旋涡。

> 尽管这个站的人都能上车，但人群还是进行了一番疯狂的拥挤，以便上去抢占座位。有时候两个胖子别在车门上互不相让，后面的人就象古代士兵抬杠攻城门似的，齐心合力拥上前去打通阻塞。

> 车门"哗啦"一声打开，上面的人还没下完，下面的人就象决堤的洪水一般涌进了车厢。一刹那间，几位领导就被挤得一个找不见了。

> 乔伯年一下子被涌到了一排座位中间，两条腿被许多条腿夹住纹丝不动。他赶忙躬下腰将两手托在车窗旁的扶手杠上。幸亏他身后有两个小伙子顶着后面的压力，否则他就根本招架不住了。[7]

西班牙社会学学者奥尔特加说过，大众的出现意味着精英个体的失落，"与众不同是丢人现眼的"[8]。而路遥显然是在维护大众面前精英个体的独立精神——当然是以一种无意识的方式。一个明显的现象是，路遥笔下的都市大众群体几乎是盲目、混乱的代名词，是整个社会处于无序状态的表征，这个群体不具有独立的意义和价值，还不是那个具有自我价值和认同的现代都市群体。但我们还是在上面的描述中看到了精英个体面对这个正在崛起的群体时的束手无策，精英个体不得不依靠国家强制力量维护自我权利，而这恰恰从另一个角度暗示出了处于旋涡中的精英个体脆弱的一面。

在这种叙述中，我们可以感受到路遥强烈的精英意识。小说接下来的情节描写了国家政权机关对都市的这种混乱状态所采取的铁腕般的措施。路遥相信这种方式可以给这个社会带来真正的福音，我们也将在后面进一步探讨这个问题。

而在塑造知识精英时,路遥的叙述经历了一个变化的过程。孙少平最初是一个与众不同的精英个体,他在各个方面与周围的众人相区别。叙述人通过一个简单的叙述手法就做到了。首先是在行为举止方面,其次是在衣着打扮方面;后者是一种外在的标志,而前者则是一种内在精神的显现。进城打工的孙少平在电影院门口偶遇田晓霞的那一幕,采用的是一种典型的大众文化文本的情节设置方式。为了一部《哈姆雷特》,两个人不约而同地来到了同一家电影院门口,这与其说是天凑的巧合,不如说是叙述的巧合。关键并不在这里,而是在两个人眼中彼此的形象,这个形象一下子就使他们与都市中的那个群体区分开来:

> 他(孙少平)于是垂头丧气退回到拥挤的人群里,看能不能钓个"鱼"。
>
> 他正在人群中瞎挤,突然间愣住了。他看见田晓霞穿件米色的风雨衣,两手斜插在衣袋里,正在几步远的地方微笑着看他。
>
> ……
>
> 少平看见,晓霞已经完全是一副大学生的派头了,个头似乎也比中学时高了许多。一头黑发散乱地披在肩头,上面沾着碎银屑似的水珠。合身的风雨衣用一根带子束着腰;脚上是一双棕色旅游鞋。
>
> (田晓霞)孙少平和过去有什么不同?从外表看,他脸色严峻,粗膊壮腿,已经是一副十足的男子汉架势。他仍然象中学时那样忧郁,衣服也和那时一样破烂。但是,和过去不同的是,他已经开始独立生活,独立地思考,并且选择了一条艰难的奋斗之路。
>
> 在田晓霞的眼里,孙少平一下子变成了一个她十分钦佩的人物。过去,都是她"教导"他,现在,他给她带来了许多对生活新鲜的看法和理解。尽管生活逼迫他走了这样一条艰苦的道路,但这却是不平凡的。她马上为在自己的生活中有这样一个朋友而感到骄傲。[9]

在这里,精英个体的形象和气质都呈现出了与群体不一样的地方,尤其是当这样两个外在形象反差如此剧烈的个体并置在一起时,这种形象所具有的特殊的意味就更加鲜明了。衣衫褴褛的孙少平和摩登现代的田晓霞在外形上的不协调,恰恰可以反衬出二者在内在精神气质上的一致性。也是这种内在的气质使得孙少平看到田晓霞时反而感到这身烂衣服对田晓霞来说正"合适"[10]。而外在形态上的鲜明反差使得二者一下子从群体中被分辨了出来,并显示出了二者的超凡脱俗。他们因此不是群氓中的一分子,他们是精英,是这个社会中的少数;而且,也是在他们身上,我们可以看到社会发展前进的希望。

但是这种试图将自我与群体相区别的努力在小说最后发生了重要的逆转。失去了田晓霞的孙少平同时在肉体上也受到了重创,而且几乎因此丢掉性命。小说接着描述了到都市中治疗创伤、痊愈后脸上留下了巨大伤疤的孙少平再次进入群体时的心态。孙少平先是拒绝了妹妹孙兰香和金秀约他上街的邀请,只因"他不愿带着脸上的伤疤,和任何女性相跟着逛大街。他无法忍受陌生人用异样的目光看他和身边两个漂亮的妹妹"[11]。想一下当初那个衣着破破烂烂的孙少平与田晓霞在一起时的那种自信,二者间几乎是天壤之别。此时的孙少平已经没有了那种特殊的、与众不同的感觉,而是相反,他心怀一种深切的恐惧和痛苦:被陌生人指认的恐惧和痛苦,被区别开来的恐惧和痛苦,被群体视为异类的恐惧和痛苦。因此,融入群体成为个体内在的需要,并驱使着孙少平再次走上大街时迫不及待地在衣着和形态上把自我包装起来:

> 他在个体户的小摊上买了一副墨镜,随即就戴了起来——部分地遮掩了脸上那道伤疤。接着,他又到商店买了一件铁灰色风雨衣穿在身上。这打扮加上那道伤疤,奇特地使他具有了别一种男子汉的魅力——这正是他想象中自己的"新"形象[12]。

我们看到,那个受伤之后的知识精英不得不低下了自己的头颅,现实地生存在这个世俗的世界上。无论是墨镜还是风雨衣,都是在遮掩住身上的一切特殊之处,使自己平常起来。尽管这种平常中还暗含着主人公对自我"男子汉"形象的想象,但这种想象已经由那种精神世界的内在充盈转化为一种外在形象上的想象。这个形象已经残破了,但依靠外在的漂亮服装他重新构建了一个虚拟的完美自我。

重新装扮一新的孙少平终于平静地离开了都市,回到了大牙湾,并开始享受他自己未来的幸福生活。

四　从独异的个体到庸众中的一员

应该说,在 80 年代的文学中,作家们似乎都在有意或无意地维护被颂扬的个体的精英身份。例如在小说《春之声》中,王蒙笔下的岳之峰与群体相区别的重要标志就表现在他是一个思想者,尽管他身处群体之中,并和群体一起挤在拥挤嘈杂的闷罐子车中;但他是一个观察者、一个塑造世界的人,他处于这个环境中实际既是一种偶然,也意味着一种拯救。在他的意识中,慕尼黑的剧院、易北河上的游轮、法兰克福的蓝天白云构成了国家现代化叙述的远景,并成为现代性叙述产生的重要动力。而精英个体无疑是这种叙述动力得以产生的重要原因。这个远景与眼前的一切构成对比,并在意识或无意识的层面上对群体产生规范力量。而个体与那个闷罐子车中的群体也产生了一种对立,他不是在融入这个群体,相反,他是外在于这个群体,他要运用自己的力量改变这个群体并使这个群体获得新的解放的动力。而个体之所以具有这种力量,只因为个体身上所体现出来的新时期启蒙话语权力。

个体改变世界的这种渴望在张抗抗的小说《夏》中以一种被群体压制的姿态展示了出来。叙述人梁一波和岑朗以其鲜明的个性和对传统的反叛,与以吕宏为代表的正统力量形成对比,不论是在数量上还是在力量上,都显示出个体所处的弱势地位。但这并不影响个体的选择和信心。这种信心实际来自于被叙述的个体和叙述人对自我信念的坚定和对民主与自由的未来的希望。

80 年代初期,曾经在鲁迅笔下出现的"独异的个人"再次产生。个体在与群体的对立中尽管还是弱小的,但却是新生力量的代表。蒋子龙的小说《乔厂长上任记》中的乔光朴、《赤橙黄绿青蓝紫》中的刘思佳、解静,张承志《北方的河》中的研究生,张贤亮《灵与肉》中的许灵均……他们代表着新生的先进力量,以各种姿态向原有的观念、秩序、权力机制、行为方式发起冲击。与"五四"时期不同的是,鲁迅笔下"独异的个人"自诞生之日起就体味着存在层面上的绝望感,尽管在行为上还在做着西西弗斯般的努力,但我们已经感受到其行为的荒诞性,并由此对个体追寻的目标产生怀疑,个体的行为也因此面临着双重危机——无论是在历史的层面上,还是在现实的层面上。显然,这种感受是面对强大的历史现实时,"独异"的个体看到自身力量的渺小和有限而产生的,它根植于叙述个体对现实发展前景的虚幻感。虽然没有希望,但个体还是不得不努力奋斗,因此个体不得不在鼓动世界前进的同时消解自己的努力,质疑自己的行为——所以鲁迅说,他笔下的人物都是首先拷问自己的灵魂的。80 年代初期的当代作家们显然没有这种因袭的历史重负,他们笔下的人物因此更明朗、乐观、积极,他们对于未来的信仰以及改变世界的意志要远远强于鲁迅。即使各种强大的力量袭来,他们不仅有足够的承受能力,而且还深信,个体在这种对抗中一定会获得最后的胜利。这种乐观进取的精神的确有 18 世纪末德国浪漫派诗人"狂飙突进"般的英雄品格。

进一步来看,这种个体与群体的对立就是启蒙主体和盲目的"庸众"的关系。后者往往在小说中被塑造为混乱的、盲目的、没有秩序的群体。《春之声》中一个十分有意思的地方是,主人公岳之峰的理性意识经常被外面群体嘈杂的声音所打断,但这种断裂不会破坏掉岳之峰的思考,恰恰相反,它产生了新的思维动力。而新思维的产生恰恰暗示着个体在意识中对混乱"庸众"的规范和改造,也是在意识中,被改造的庸众以国家现代化远景的方式再次被呈现了出来。慕尼黑也好,易北河也罢,那种婷婷袅袅、歌舞升平的景象不正是夫子"莫春者,春服既成,冠者五六人,童子六七人,浴乎沂,风乎舞雩,咏而归"(《论语·先进》)的古典理想的再现吗? 因此,在王蒙无意识的叙述手法中,过去、现实、未来在叙述中产生了互动的时间张力,但真正起决定性作用的,是那个未来的西方远景。而车厢中不断回旋的约翰·施特劳斯的《春之声》不仅是时代旋律的象征,而且是主体明朗健康、积极乐观的理性意识的外化。

显然,80 年代初期,刚刚诞生的"独异的个人"还没有看到历史中所隐含的巨大惯性力量,还在为个体所获得的自由的时代语境而欢呼,也因此具有一种无所畏惧、积极向上的精神气质。但这种力量到了路遥笔下,则发生了重要的变化。个体还是独异的,但这个独异的个体追寻的目标不是要改变群体,而是首先要改变自己;更主要的是,这个试图改变自己的"独异的个人"还面临着生存上的危机。他的身上没有"铁肩担道义"、拯救天下苍生的宏伟目标,他的直接目标就是褪掉自己的农民身份,并试图找到一种维护个体独立存在的生存方式。衣衫褴褛的孙少平不仅在物质上是贫穷的,而且在精神上并未自足。他绝不同于岳之峰。岳之峰在思考自我的同时更是在思考整个世界,并力图用自己的理性精神让这个世界拥有它"应该"(亚里士多德意义上的)呈现的样子。孙少平绝对没有这个力量。谁会把希望寄托在一个食不果腹的人身上——除非他疯了。也因此,在个体和群体的关系上,孙少平不是努力从群体中把自己区别开来,而是相反,他努力让自己融入群体,让自己变成"庸众"中的一员。而孙少平之所以还能够让自己与众不同,不是来自于他的内在精神气质和外在行为举止的协调和统一,而是来自于两者的失调和断裂。

　　个体真的没有拯救天下的欲望了吗? 有,但结果十分悲惨。我们在前面谈到的贾平凹笔下的金狗就是一个试图救百姓于水火之中的人物。坦率地说,金狗的确没有孙少平务实。孙少平在拯救自我的过程中面临着精神上的困境,个体情感的归宿,个体终极精神的安顿,以及现实中"身体"的"家"等问题,都是十分具体而现实的。孙少平的这种务实精神有些可怕,甚至任何超越自己生存现实的欲望都会引起他的质疑。维护现实生存中的一切,然后开创属于自己的物质和精神世界,成为孙少平生存的全部意义。而这就是他与金狗的区别所在。金狗的精神是相对自足的——相对于80年代初期的独异个体,金狗实际经历了个体精神从上升到衰落的过程。个体曾经试图通过改变自我进而去改变与个体相关联的世界——不是整个世界。即使如此,个体还是失败了。金狗从乡村前往都市的过程充满了凯歌般的浪漫色彩,只凭一身才华就获得了都市中大报社记者的身份——这是一个具有浪漫主义精神的作家才能杜撰出来的个人传奇。而金狗从都市中退败出来则充满了现代荒诞色彩。金狗一进入城市就与城市处于极端对立的状态中,个体面对的是一个庞大的体制和机构,他试图刺向这个体制和机构的致命处,但其结果必然是悲剧性的。金狗是个人理想迷梦的最后挣扎,个体虽然在体制的压力面前一次次获得了胜利,但个体也在战略上一步步退却,从城市退回到乡镇,又从乡镇退回到农村。表面上的胜利证明的不过是个人的殚精竭虑与精疲力竭,被贾平凹所张扬的个人才华在一个严密的结构面前显得如此脆弱与渺小,金狗只能眼看着身边的朋友一个个被现代都市文明所吞噬而毫无办法。金狗因此是一直处于城市之外的,尽管在身份、地位、生活等各个方面,他似乎已经成为城市中的一员。但他是个游离者、一个背叛者;而城市对这样一个人也绝对不会有任何怜悯与同情。金狗的失败是个人理想达到顶点的标志,个人英雄的幻想在金狗之后彻底崩溃了,剩下的是在城市中挣扎、已经被去势的庄之蝶——一个地痞加才子式的都市文人。

金狗最后回到了乡村,他是被现代都市体制所抛弃的人,他的都市理想也因此而破灭了。金狗的经历证明了拥有强大理性力量的个体的有限性,以及对自我精神自足的幻觉的彻底破灭。

显然,在孙少平这类人物身上,叙述人表现出了对都市十分复杂的情感态度。叙述人对未来的希望不是通过孙少平们表达出来的,而是通过另一批人,那就是现代都市的管理者:国家官吏。

五　都市中的现代官吏形象

《平凡的世界》中省委的两位主要领导乔伯年和石钟在小说中无疑象征着政治权力的绝对性和正确性,但他们的出场只是在提供政治生活的背景。而真正为这条政治道路在前线冲锋陷阵的是另一个人物——田福军;也是通过田福军的发展变化,国家政治变化的历史性、时间性、神圣性被勾勒了出来。一个需要注意的地方是田福军身上所体现出的叙述人的理想及其表现形式。

在《平凡的世界》中,田福军的有为与他人的无为之间构成了一种对立;而且,随着田福军的升迁,与他对立的群体范围不是小了,而是大了;田福军之所以还能在权力位置上坐稳,关键是其后台。田福军因此在官员形象中具有精英性——不过是另一个层次的精英。这是小说中值得思考的一个点。小说在第三部分田晓霞死后,田福军作为被塑造的形象开始不断后退,而且小说的叙述中心也进一步转向了孙少平的命运。因此在叙述的层面上,田晓霞的死具有标志性的意义。它是一个转折,由关注国家命运向关注作为边缘性个体的孙少平的命运转移。在这个转向的过程中,田福军所具有的价值就由原来不断进入叙述的主要层次,转化为叙述展开的背景。

田福军有一种不被理解的孤独感,但他毕竟代表着现代化发展前进的未来。

如果单从人物形象的角度来看,田福军的性格无疑是十分单一的,他身上体现出的正面价值几乎包括了一个好人应该有的一切品质。叙述人虽然也想塑造一个内心世界十分复杂的田福军——例如在田福军对待自己的老朋友张有智上,尽管张有智对改革有抵触情绪,特别是在仕途发展受挫后委靡不振,田福军并没有及时发现并对张有智一再手软——但这并没有对这个人物的塑造产生太大的影响,而关于田福军因为张有智而犯错误的叙述反倒更衬托出这个人物善良、诚恳而质朴的正面价值。所以田福军这个形象的价值并不表现在人物的性格特征上,而是表现在小说的叙述层面。

一般学者都承认,《平凡的世界》包括三条发展线索:其一是以孙少安的发展经历为线索展示出农村改革的曲折道路,并通过孙少安塑造了新时期具有开拓进取精神的农民形象;其二是以孙少平的发展变化为线索,展示了一个边缘知识分子自我精神发展的历程;其三是以田福军的仕途升迁为线索,展示了国家政治经济领域里发生的变革。在三条线索中,田福军发展变化的叙述价值就体现在为前两条线索提供情节展开的国家政治远景,田福军的沉落或升起也暗示着国家政治变革的曲折变幻。所以田福军具有一种国家政治符号的价值,通过田福军的历程,我们可以看到小说中新旧两派力量的尖锐对立——从国家上层不同利益集团,到社会下层普通官吏之间的恩恩怨怨。这种矛盾演变的空间也随着田福军的升迁,由乡村转移到县城,再由县城转移到都市。这种空间上的变化实际也在暗示国家发展建设的重点由农村转移到城市。而将田福军由一个地区行署专员擢升到省城任市委书记,就更具有象征意味了。

田福军无疑是一个理想中的现代清官。为了塑造这样一个清正廉洁的形象,小说采取的重要叙述手段之一就是去除个体的原始欲望,而且也只有将个体的欲望连根拔起,神圣才能找到与主体结合的方式。《平凡的世界》第三部中,田晓霞因公牺牲。有趣的是,小说将叙述的重心转移到了孙少平的身上,而田福军的痛苦只是表现为一个远景。叙述重心的转移,一方面是因为孙少平和田晓霞的特殊关系;另一方面,孙少平通过到黄原与田晓霞定情之处对田晓霞的祭奠,完成了那段特殊情感经历的葬礼。这一过程无疑在宣告,理想已经破灭了,剩下的是现实中具体的生存。叙述重心的转移带来了读者接受重心的转移,而田福军的痛苦也在这种转移中流逝掉了。我们只能在叙述人的只言片语中看到田福军对孙少平语重心长的安抚,无法确证田福军的内心世界,而田福军强烈的自我情感抑制一方面是塑造一个神圣主体的需要,另一方面是叙述人强加上去的。一个掌握着成百上千人命运的人是没有权利流露自我的情感的,而田晓霞的死也从侧面衬托出这个国家符号的强大、无私和神圣。

小说在塑造田福军时采用的另一种重要的手段是将主人公置于事件之外。小说第一部中,田润叶为了田福军而嫁给了田福军在黄原的政治对手李登云的儿子李向前。在整个事件发生的过程中,一手操办这个事情的居然是田福军的岳父徐国强老人。对于自己侄女的婚礼,田福军甚至没有出场,尽管黄原地区的大小官吏们蜂拥而至——不同政治派别的人物为了不同的政治目标坐到了一起。而此时的田福军居然被叙述人支到省城党校理论班进修去了。这样的叙述方式将田福军从众多利益冲突中解放了出来,不仅保住了田福军的一身清白,而且还为田福军事后知道事情真相而痛心疾首做好了伏笔——这无疑更有利于一个无私主体形象的塑造。

我们同时还发现,尽管在田福军身上寄托着叙述人对国家政治远景、国家现代化未来的希望,尽管这个国家真的需要田福军式的人物无怨无悔地为她献身,并在献身中感受一种个体利益与集体利益相统一的神圣和崇高,我们还是感到了一种难以言说的痛苦,那就是田福军的孤独。我们可以看到,田福军几乎处处面临着对抗——“文革”前后是冯世宽和李登云;“文革”以后,随着田福军不断升迁,与之对立的群体范围不断扩大,与之对立的官员的级别也在不断提高:从苗凯到吴斌——前者是地级党政要员,而后者则是省委副书记。更主要的是,田福军原来的同党张有智也背叛了他。要不是有省委书记乔伯年一干人等的支持,田福军真的快众叛亲离了。坦率地讲,这个国家或许真的需要一批田福军式的人物为她鞠躬尽瘁,为她殚精竭虑,但田福军身上有着致命的软肋。我们在田福军身上看到启蒙者在呼唤民主与自由的同时,发现其所欣赏和推行的手段几乎没有什么民主和自由可谈。小说第三部中有一个情节:田福军就任省城市委书记后,在治理城市卫生上连出狠招,令老百姓措手不及;尽管怨声不断,田福军仍不改初衷,并从省委大院开刀,以平民愤。都市面貌也在这种治理下焕然一新。叙述人几乎是极为赞赏地写道:"仅此一举,田福军便在这个城市声望鹊起。"[13]没有解释,没有法制,只有魄力和铁腕儿。显然,叙述人所呼唤的现代国家的统治者并不具备现代社会所要求的法制和民主的素质。正是这样的清官形象为启蒙话语所激赏。无论是路遥笔下的田福军,还是蒋子龙笔下的乔光朴,李国文笔下的刘昭……他们的确是时代的宠儿,应时代的发展而出现,但他们同样将在未来的社会发展中面临被淘汰的困境,因为他们的努力是现代政治体制中政治精英的一己所为,并没有给这个国家带来管理制度上的真正革新。

这是启蒙话语时代的局限性,这种局限性终究要使田福军永世孤独!但是田福军的终极对立面并不是他的那些政治对手们,而是一位似乎不起眼的老人。可以说他一手铺平了田福军走上仕途的道路,但又在以一种奇妙的形式拆解着田福军的宏伟政治远景。在路遥所有的上层官僚中,他是绝无仅有的"这一个"(黑格尔意义上的),像一个幽灵一样突然进入我们的视野——不错,他是现代性的幽灵,是国家现代性阴森恐怖的一面。

这个人物就是田福军的岳丈——徐国强。

六　都市的阴影

米歇尔·德塞都说:"必须承认空间实践事实上暗中形成了决定社会生活状况的结构。"[14]这与迈克·克朗对空间的阐释具有一致性。空间并不是外在于我们的,而是我们每一个人生存的直接体验。我们可以在路遥的文本中发现空间对个体生存产生的巨大影响,也是在这种描写中,我们可以发现叙述人对土地的特殊情感,对国家现代性远景的矛盾态度。

就在田福军凯歌般地向都市进军的同时,一个老人被迫走进了都市。在他对乡土的无限缅怀中,实际上蕴涵着叙述人对都市的另一种描述与想象,不过这种描述和想象更具有个人化的色彩。他是都市的阴影,有着现代化进程中无法摆脱的痛苦——这种痛苦就是孤独。从徐国强老人的经历中,我们可以看到现代都市是如何塑造个体的孤独,并使孤独进入个体灵魂深处的。

我们可以看到,这种孤独感的出现实际上还是与个体的生存空间有着

内在联系的。在小说第一卷中,地处原西县城的老人生存于一个相对开放的环境中:

> 老岳父(指徐国强)是个老粗干部,识字不多,一旦不工作,闲得很寂寞。他不爱读书,也不爱看报,整天没事,就在院子的那个花坛里修修整整。也不正经务什么花,种一点牵牛花和能染指甲的那种小花。花坛里大部分种的是庄稼。地块虽小,样数倒不少。几棵玉米,几棵红薯和土豆,还栽几棵辣椒和茄子。玉米旁边带着豆角,花坛转边还种了一圈南瓜。一年四季,这花坛里倒也另有一番情趣。夏秋之间,南瓜蔓子扯得满院子都是,绊得人都走不利索,田福军有时下班回来,看见这番景象,都忍不住想笑。[15]

房子、院子、花坛,还有花坛中的各种庄稼共同组成了一个小的乡村景象,它们成为老人生存的直接载体;在这个存在中,个体与土地产生了一种自然的亲密关系,而且个体也只有在与土地的交往中才能够产生生命的活力。因此在土地上,且只有通过土地,个体才可以有家的感觉,有生存的归属感。小说接下来描写了老人悠然自得的退休生活、他与周围环境中人们的密切关系、个体和群体的自然融合。这个空间中尽管也有寂寞,但寂寞可以因为个体生存空间的开放性,个体与土地的自然联系而被化解掉。个体因此是自然的、自由的。小说中始终有一只陪伴徐国强老人左右的老黑猫,那只猫在出场时皮毛的光滑、眼睛的明亮、神态的安详,几乎成为县城中退休老人的另一种象征。

但是个体对土地的这种依赖感,与土地的天然联系,还有对土地的"家"的感觉、归属的感受,却因为城市的出现而彻底消失了。小说第二卷中,田福军终于得到了升迁,老人徐国强也因为女婿、女儿的工作变动而由原西县城搬到了黄原市。进入城市的老人在生存空间上发生了巨大的变化,尽管周围的人对他仍然十分尊重,但个体与群体之间却产生了一种无法被化解掉的隔膜;同时个体的生存空间几乎成为窒息个体存在的强大力量,而个体在这种人为的强制性空间中只能忍受:

> 大街上人那么多,他都不认识。和一些半生不熟的退休老头说闲话,人家虽然因为他是田福军的岳父,很尊重他,但他感到别扭和不自

在;不像原西,他和老朋友们蹲在一起,唾沫星子乱溅,指天骂地,十分痛快,眼下,他实在感到寂寞难忍时,就只能到几尺宽的阳台上去,如同站在悬崖上一般,紧张得两手紧紧抓着栏杆,茫然地望着街上的行人。他每次都要目送着黄原去省城的飞机消失在遥远的空中——这算一天中最有兴趣的一个瞬间。他也不敢在阳台上站得太久,否则会感到眩晕。一天之中,他大部分时间在那间十二平米的院子里消磨。唉,如果像原西一样住在平房,他还能在院子里营务点什么庄稼。这楼上屁也种不成!在陶瓷盆盆里养点花?哼,大地方人也真能!竟然在盆子里种起了东西。[16]

徐国强老人在都市中的生存空间由原来的开放变得封闭——从房间到阳台,再到楼下,再回来。由钢筋、水泥组成的空间将个体与大地彻底隔离了,个体与群体也处于分裂的状态中,丧失了归属感的个体处于一种高度的孤立状态中,而且这种状态因为空间的孤立性而被强化了。在老人面前,都市中到处都是人,但这些人并不能与自己形成一种亲密的联系,而是一种互相排斥的关系。这种排斥感的形成从叙述的话语看是因为他们是外来户,他们在本质上是不属于都市的。从意义的深层上看,则是由于个体生存与土地的隔离所造成的。城市冷冰冰的环境塑造并强化着人们之间的冷漠,并因此塑造着人们的孤独。

老人无法排遣掉自己的孤独心情,他只能依靠自己以前的那只老黑猫。那只黑猫也由于岁月的流逝而不断衰老。小说并没有描述徐国强老人在都市中的行走经历,却描写了那只黑猫在都市中的历险:一只从农村来的猫在都市迷宫般的环境中几乎走失,然后遍体鳞伤地回到了老人的身边,并因此而一命呜呼。黑猫的死对于徐国强老人不啻为生命里最重要的打击,他孤独地将老黑猫埋葬,实际是在埋葬自己对乡村生存最后的依靠和记忆。而黑猫的突然死亡几乎是没有任何原因的——我们不知道黑猫在外面经历了什么,只知道它的结果,这种描写使都市中的一切都变得更加神秘莫测、不可捉摸。它加剧了都市对个体的压抑感。从这个角度来看,黑猫的死是一个象征:个体与乡村生活彻底分离的象征,都市生活中残忍的一面的象征——都市通过自己特有的方式破坏掉个体乡村记忆的完整性,并表现出个体生存中飘零的一面。

　　路遥十分执著地让徐国强老人出场,从小说的开始一直到小说的结束。徐国强老人像幽灵一般会突然出现在读者的面前,不论小说中其他人物的命运如何,他都我行我素,孤独地徘徊在叙述人的语言中。显然,徐国强的出现肯定不在于介绍一下田福军的政治背景,而是在于消解田福军的努力。田福军的升迁并没有给老人带来幸福,而是相反。现代化在塑造个体的孤独感、人与人之间的隔膜上有着毋庸置疑的力量。而这也是现代城市的一个重要标志。徐国强因此是现代化都市的真实符号——孤独的符号,他和他的那只老黑猫解构了一切关于都市的美丽幻想。在县城里的徐国强还有些许精神的慰藉,而在都市中的老人就真的陷入永恒的孤独中了。

　　因此,徐国强才是田福军真正的对立面——暗示着田福军一切努力中的另一面。如果说在田福军身上寄托着叙述人对国家现代化进程的美好希望的话,那么,在徐国强身上则表现出叙述人对现代化前景的忧虑、痛苦与怀疑。田福军与徐国强因此构成了现代化发展中的两面,田福军指向的是未来,而徐国强则暗示着现实和过去;在前者身上,历史几乎是以摧枯拉朽的力量发表着自己拯救众生于水火之中的宣言,并承诺着未来美好而永恒的福祉;而在后者身上,个体的痛苦、孤独、失落,甚至是归属感的丧失被表现得一览无余,个体的价值处于几乎是无可挽回的衰败过程中。启蒙话语在现代化进程中的一切关于自我和未来的传说,在个体深切的生存体验面前,变得如此苍白和无能。

注　释

〔1〕 《平凡的世界》卷二,北京,中国文联出版公司 1988 年版,第 380 页。

〔2〕 同上书,第 384 页。

〔3〕 《平凡的世界》卷三,北京,中国文联出版公司 1989 年版,第 159—160 页。

〔4〕 尹昌龙:《1985:延伸与转折》,山东,山东教育出版社 1998 年版,第 10 页。

〔5〕 《人生》,见《路遥文集》卷一,陕西,陕西人民出版社 1993 年版,第 11、21 页。

〔6〕 《平凡的世界》卷二,北京,中国文联出版公司 1988 年版,第 8 页。

〔7〕 同上书,第 14—16 页。

〔8〕 〔西班牙〕奥尔特加:《盲众的到来》(The Coming of the Masses),转引自周宪:《20 世纪西方美学史》,江苏,南京大学出版社 1999 年版,第 61 页。

〔9〕 《平凡的世界》卷二,北京,中国文联出版公司 1988 年版,第 189、195—196页。

〔10〕 同上书,第 189 页。

〔11〕 《平凡的世界》卷三,北京,中国文联出版公司 1989 年版,第 474 页。

〔12〕 同上书,第 476 页。

〔13〕 同上书,第 342 页。

〔14〕 〔法〕米歇尔·德塞都:《走在城市里》,见《文化研究读本》,罗钢、刘象愚主编,北京,中国社会科学出版社 2000 年版,第 321 页。

〔15〕 《平凡的世界》卷一,北京,中国文联出版公司 1986 年版,第 102 页。

〔16〕 《平凡的世界》卷二,北京,中国文联出版公司 1988 年版,第 226—227 页。

第六章　城乡对立下的男性欲望

——女人们

一　被强暴的女性身体

路遥的小说中,女人基本上是没有什么地位的。这么讲并不是想贬低路遥笔下的女性形象,而是一个事实。我们在路遥的所有文本中几乎听不到任何女性自己的声音,女性不具有自我存在的独立价值,始终处于一种附属的、跟随的地位——她们是男性权力话语争夺的对象,是体现男人价值和尊严的载体,是男性原始欲望的所指。也因此,在路遥的笔下,女人是功能性的,而不具备性格意义上的个性价值。一个典型的标志就是,路遥笔下的女性形象具有高度类型化的特征,她们总是在文本中执行着某种叙述职能。她们绝对不是在塑造自我,而是在塑造男人!

《平凡的世界》中有一个不起眼的女人,叫田润叶。这是一个让人十分费解的形象,因为田润叶为了一桩不可能实现的婚姻几乎葬送了自己一生的幸福。田润叶生命的一切价值似乎都是在等待那个不可能实现的转化,犹如等待"戈多"一样;田润叶几乎就是那个不断自我惩罚的西西弗斯,而惩罚她的那块石头就是她与孙少安的情感经历。

必须承认,田润叶和孙少安的情感经历是一个典型的社会性悲剧。巨大的身份差异和社会力量断送了个体对感情的期待,更何况这种期待中还蕴涵着叙述人对人类情感的高度想象。但田润叶这一形象并不是什么新的人物形象,她不过是在遵守着传统男权话语所要求的从一而终的腐朽规训,而且正是田润叶的这一等待的姿态使她具有了政治学和社会学上的双重意义;也是在她的身上,我们可以看到男性对女性的无意识性欲望,并通过田润叶的身体表达了出来。

首先,从社会政治的角度来看,田润叶和李向前的婚姻是现代政治生活权力关系的产物,田润叶不过是一笔重要政治交易中最重要的一个筹码——我们可以把它形容为政治权力对个体的一种强暴。在这个过程中,上层社会决策者和下层社会普通男女中的男方,作为社会角色中的强势力量对一个来自乡村的女人情感进行了一次集体性施虐。女人的一切在这里都已经无足轻重了,重要的是权力阶层之间的利益交换。可以说,围绕田润叶展开的各种势力的较量不过是父权社会中强大力量之间的利益角逐。因为田润叶的存在,李向前的父亲李登云无论如何也不愿与自己未来儿媳妇的叔叔田福军发生正面的冲突,尽管二人的政治观点是截然不同,甚至是相互抵牾的。这场婚姻直接改善了田润叶的叔叔田福军在原西的政治境况。

但是从社会学的角度来看,一个有趣的事实是,田润叶一直在为一个已经结婚的农民能人孙少安守节——这才是更耐人寻味的。显然,这种守节的行为是叙述人的情感价值通过语言文本对笔下人物进行的再一次强暴。田润叶作为一个女人的悲剧就深刻地表现在这个地方。叙述人的原初目的是为了表达女性个体对情感的忠贞,但既然孙少安不能为田润叶等待一生,又为什么非得要一个弱小的女人为了一个不可能得到的男人而守候一生呢?显然,在这种不平等中蕴涵着男性的一种原始欲望——对女性身体和心理贞洁的渴求。事实也是这样,如果我们进一步看一下路遥笔下的女人们的话,纯洁而靓丽的女人们几乎成为一道唯美的形象景观,而正是这道景观才是我们最关注的。为什么路遥笔下的女人都这么漂亮?再进一步,为什么在80年代以来,男性作家们的笔下,美女如此之多?这个问题我们将在本章的后面谈到。

现在还是让我们先回头再看一下田润叶和孙少安的情感悲剧。仔细分析一下,我们可以看出来,这个悲剧不过是高加林和刘巧珍悲剧的重演——男女双方都是因为身份的巨大差异而不得不分道扬镳,所不同的是《人生》中那个进城的男人变成了真正的农民,而原来那个痴情的刘巧珍拥有了城镇户口。小说再一次以一种隐晦的方式暗示了农民身份在现实社会中的巨大悲剧性,而婚姻上的失败则意味着一种"种"的延续的不可能性——婚姻的原始功能就在于个体和类的繁衍,而这个功能在现代社会中以感情的要求被忽视了。有趣的地方是,不论是在《人生》中,还是在《平凡的世界》中,为了男人而辛苦等待的都是女人。显然,男权意识中潜藏的女人从一而终的传统贞洁观念是这种情节安排能够一再出现的重要原因。

更为敏感的是田润叶的身份。田润叶是来自于农村的一个女人,而且在内心深处,她一直深爱着那个负心的孙少安,进入城市出自于一种偶然。但这种偶然却给了她一个进入上层社交圈子的机会。对一个女人来说,这几乎是不可多得的机会——通过婚姻,不仅可以改变自己的生活状况,更可以改变自己的社会地位。当然,这也可以理解为城市对来自乡村的女性的一种征服和拯救。但是在《平凡的世界》中,叙述人对田润叶的安排显然是出自一种浓重的乡土情结。田润叶既然已经私订终身,把自己许配给了农民孙少安,她就应该为这一承诺付出一生的代价。田润叶的忠贞因此可以视为对乡村情感的一种坚持。一个鲜明的对比是,同样是出自乡村,同样漂亮出众,孙兰香和金秀大踏步地进入城市,而孙兰香更是冠冕堂皇地走进了省委领导家的大门,成为上门的媳妇,这是典型的传统故事中夫贵妻荣情节的再现。孙兰香之所以有这个福分,不仅是漂亮的缘故,也不仅是因为她身上几乎具有天生的高贵气质,更主要的还在于她出身贫寒,而且在以前几乎没有过任何感情上的纠葛。孙兰香的经历不过是传统"灰姑娘"故事的现代版——丑小鸭变成了白天鹅,落难的农家女孩遇到了心仪的白马王子。既然孙兰香有这个福分,为什么田润叶要为孙少安痛苦一生呢?路遥在小说的后面几乎是毫不掩饰地表达着一种喜悦之情:孙兰香出落得让你根本看不出是一个农家女子。而这其中隐藏的对女人纯之又纯的传统男权要求也是以这样一种露骨的方式表现了出来。

但荒诞的是,叙述人在追求女人纯洁感的过程中又毫不留情地剥夺了田润叶作为一个女人的性别特征,还有她身上的原始生理欲望。田润叶嫁给李向前之后,与自己的丈夫不仅不说话,而且不同床——这才是最重要的。同床意味着身体的接触,而这是对一个女人贞洁意识最大的强暴。李向前甚至试图以暴力征服自己的妻子,但还是以失败而告终。在这个问题上,田润叶在叙述人的要求下,没有任何妥协的余地。田润叶拒绝了李向前的强暴,却毫不犹豫地接受了叙述人对她身体和灵魂的强暴。她的身体因此成为乡村"纯洁"观念的最后阵地,成为那个即将面临城市冲击并丧失自已价值的乡村的最后寓言。我们看到,叙述人对"纯洁"的要求几乎是以一种残暴的方式完成的,他剥夺了田润叶作为一个女人在生理和心理上的任何要求,也因此,这种"纯洁"是无"性"的——也许叙述人从根本上就在试图避免让一个乡村的代表性女人沾染上一点这样的要求。同时,正因为这种"纯洁"是无"性"的,乡村的"纯洁"符号就必然面临着灭绝的困境。而这恰恰又是叙述人根本没有想到的。一个从乡村来的"都市"女人,没有退路,没有希望,只能悬在半空中苦苦挣扎,并以一种崇高的姿态接受叙述人的赞美,而这赞美不就是一种男人特有的残忍吗?

一个更为有趣的情节是,田润叶接受李向前是在李向前彻底瘫痪了以后。小说中写到,田润叶作为女人的意识几乎是突然间受到了冲击并恢复了,她毫不犹豫地回到了已经变成废人的李向前的身边,悉心照顾这个因为自己而丧失了生活能力的男人。田润叶向李向前的回归具有一种象征的意味,即一个始终没有放弃乡村价值情感的女人在以自己宽厚的胸怀宽慰在城市中受到伤害的男人,这暗示着乡村价值观念对城市价值观念在道德上的胜利。问题是这种表层的胜利难道不也是一种男人对女人的征服吗?或者是城市对乡村的征服?换个角度来看,当然有这层含义。但是在叙述的深层隐藏着另一层含义,即叙述人对自己笔下女人的绝对统治。这里面有一个暗示,瘫痪了的李向前同时也暗示着性能力的失势。这意味着身体上的终极接触对于田润叶和李向前来说几乎是不可能的。小说中的一个细节描写是,夫妻生活中的性生活,需要田润叶的帮助,李向前才可能完成。李向前这种能力的缺失暗示着都市中生命活力的缺失;乡村的母体也就具有了对都市文明的救赎价值,乡村也具有了一种母性的力量,她是都市未来的再生之地,而且也只有通过乡村文明的母体,都市文明才能找到自己的未来。小说中田润叶的怀孕因此具有了一种象征的意义,而且也是这一变化才从根本上拯救了濒临绝境的李向前。但是正像叙述人所讲的,在田润叶身上复活的不是作为妻子的田润叶,而是作为母亲的田润叶;田润叶心中复苏的是"一种油然而生的恻隐之心",她是带着这种救赎和回报的感情回到李向前身边的。因此作为女人和妻子的田润叶已经流失了,剩下的是一个作为母亲的田润叶。小说在最后阶段彻底暴露了叙述人对丧失了女人权利的田润叶的要求:

唉，他已经那样不幸，又那样热爱她；她如果做出某种对不起他的事，首先自己的良心就无法忍受。最终受伤害严重的也许不是向前，而是她自己。真的，如果是那样，她怎能再忍心面对他儿童一样善良和纯真的笑容呢？这将不仅是妻子对丈夫的残忍，而是母亲对自己孩子的残忍。[1]

田润叶是女人吗？在叙述人的笔下，她是。但她不是一个一般意义上的女人，而是一个被抽象化的价值符号。因此田润叶接受着来自多方面的强暴。无论是在小说故事的层面，还是在叙述的层面——情节中的人物和讲故事的人都在这个地方参与了对田润叶的施暴，并争夺着她脆弱而单薄的身体；而作为一个女人的田润叶与她的原初欲望一起，永久地流失掉了。也是在这一点上，田润叶的命运几乎是与田晓霞一样的，只不过表现的形式不同罢了（当然，田晓霞的符号价值更为复杂，下文将涉及）。田晓霞身体的纯洁性表现在她对自己爱情的坚贞并以生命为代价完成了，而田润叶身体的纯洁则是以活的方式进行的，但却是无"性"的。因此叙述人表面上对性的隐藏和回避实际上更清晰地暗示出了叙述人的无意识欲望，但这种欲望犹如情节中的两个女人一样也遭到了放逐。

更进一步，我们可以看到叙述人无意识深层中对性的恐惧。在叙述人的笔下，我们可以惊奇地发现，凡是被叙述人礼赞的女人都是被剥夺了"性"欲望的——田润叶、田晓霞、孙兰香、金秀；我们还可以看到路遥的小说中，一些具有负面价值的女性在"性"这个问题上是极为张扬的，甚至在这种地方叙述人的叙述语言也会发生十分细微的变化。这个问题我们将在下文中谈到。

田润叶的经历不过是在向我们宣讲一种男性话语力量对女性的规范，但田润叶的结局又在向我们提出一个新的问题，如果一个女人背叛了这种价值要求怎么办？如果她根本就不把叙述人的价值观念放在眼里又怎么办？路遥有自己的解决办法，这就是路遥对女人的报复。

二　对女人的报复

被抽干了个体欲望的田润叶尽管是一个被规范的形象，但是这个形象同时又在暗示着叙述人的价值标准,并且成为衡量一个女人价值的道德标尺。我们可以从田润叶身上解读出叙述人对道德的迷恋——这种迷恋的另一面是浓重的乡土情结以及面对这一情感即将失去时的无奈和痛苦;我们当然也可以感受到道德背后男性话语的绝对权力和无意识欲望。而对于超越这种规范的女人,叙述人几乎是以一种极端对立的方式将其置于道德的天平上。体现在路遥的叙述文本中,就是路遥小说中的"报复"主题。

在路遥的作品中,这种处于被谴责地位的女性形象一般是以下三类人物:其一,是传统乡村中离经叛道的女人,以《黄叶在秋风中飘落》中的刘丽英为代表人物;此外像《平凡的世界》中的寡妇、金俊斌的老婆王彩娥也是这一类人物。其二,是一些都市女性,例如《你怎么也想不到》中薛峰的都市女友贺敏、《人生》中的黄亚萍等。其三,还有一个有趣的现象,在路遥的小说《平凡的世界》中,与主人公孙少平有过一定瓜葛或者嘲弄、遗弃过主人公的女孩子,结局似乎都不怎么好,例如郝红梅、侯玉英等。在路遥的文本中,对这类女人的"报复"并不表现为一种暴力行为,而是表现为一种精神上的战略优势;同时,处于报复两极中的双方,往往具有一种同学、朋友、夫妻之间的隐含关系。我们现在就来看看这类女性的经历和命运,以及在这类女人身上体现出的权力话语的运作方式。

在路遥的叙述文本中,叙述人对叛逆对象的报复至少表现在以下四个方面:

首先是道义上的。在中篇小说《黄叶在秋风中飘落》中,故事情节与人物关系的设置十分老套,手法甚至有些幼稚:高庙小学的老师高广厚和妻子刘丽英生活在一个贫寒的家庭中,天性漂亮的刘丽英不满足于现有的生活。一个偶然的机会,高考落榜的卢若琴在时任教育局副局长的哥哥卢若华的安排下,来到高庙小学教书,并借此机会准备来年再考。刘丽英由此结识了卢若华,两人产生了感情。刘丽英背弃了老实而憨厚的丈夫高广厚,丢下了自己的儿子,与卢若华结婚。但刘丽英同卢若华的婚姻并不美满,在卢若华的多次羞辱之下,刘丽英义无反顾地离开了新的丈夫,并在原来丈夫的感召下,回到了家中。从任何一个角度来看,刘丽英的回归不仅是高广厚道义上的胜利,而且具有一种象征意义,它暗示着乡村文明在与都市文明的对抗中具有道义优势和情感优势,回归这一行为也意味着个体对乡村文明的认同。

而高广厚,作为一个人物的角色意义被淡化了,他更是一种文化形式和表征,乡村文化在这个人身上被美化和高扬,而且其强烈的道德力量往往会压得人透不过气来。卢若琴的哥哥、县教育局副局长卢若华作为都市文明的象征,在乡村文化与都市文化的较量中败下阵来。

其次是通过文化和地缘优势表现出米。在小说《痛苦》中,男主角高大年与女主角小丽似乎有着青梅竹马般的关系。而且小说进一步暗示给读者,高大年的高考落榜与小丽是有一定关系的。结果是小丽考上了省师范大学,而高大年却落榜了。当这一切发生了以后,小丽对高大年的态度也发生了变化,她委婉地终止了那种年轻人之间的情感萌芽。对叙述人来讲,这种叙述方式是将女主角置于道德天平上的最有效的手法,而对这种叛逆最好的报复方式就是以德报怨,而且还可以借此最大限度地突出背叛者的道德劣势,这或许也是路遥小说中最常出现的叙述手法。在小说的结尾,高大年考上了"北京的一所工业大学",这里显然有一种强烈的地域和文化优势,从而昭示报复者的心理快慰,并通过这种优势将背叛者置于生存和道义的绝境中。

再次是叙述层面上的。路遥文本中道德有问题的女人往往在"性"行为上不检点,而且这些女人对"性"似乎有着过度的渴望。同时也是在这种渴望中,我们可以看到叙述人的叙述语言发生了一些微妙的变化。在《黄叶在秋风中飘落》中,叙述人写到,刘丽英对自己的窝囊丈夫比较满意的地方之一就是丈夫的身体,"但他那肌肉结实的胸脯也曾让她感受过男人的温暖。在她情绪好的时候,性生活也是能满意的"[2]。这种直接描写女性对性的渴望的文字几乎从不出现在田润叶这类正面价值的女性形象的塑造中。而在《平凡的世界》中,寡妇王彩娥干脆就是一个偷情的高手,而且在偷情的事情败露后,通过叙述人的叙述,这个女人表现出了一种让人震惊的泼辣与无耻。

最后是叙述文字层面上,叙述人的嘲弄几乎是达到了极致。曾经嘲弄过孙少平的侯玉英在被孙少平拯救后(又是典型的以德报怨),对孙少平产生了感情,毕业后给孙少平写了一封情书,叙述人毫不客气地将这封到处是错别字的情书公之于众,从而在叙述中制造了"印刷文字的图像性功能被调动进入叙述"[3]中的叙述效果。也是通过这一叙述手法的使用,信件中传达的情感信息被遮盖了；由于叙述人有意将信件中的错别字与正确的字相对照，从而使叙述的讽刺效果被强化了。在这种文字图像式地展示过程中，跛女子侯玉英形象的粗俗、滑稽特征被突出出来。坦率地讲，叙述人对这种手法的使用可能并无恶意，但其效果却十分恶劣，充分展示出了占有优势文化资源的知识者的话语霸权的粗暴性。

路遥文本中对女性报复的形式只是一种表层话语，而其中隐含的深层话语更富有意味。

费孝通在《乡土中国》一书的《男女有别》中谈到了乡村生活中的男女关系问题。他认为，个体的情感在社会关系中往往具有破坏作用，而这种破坏力量往往会威胁到乡村生活中稳定的社会关系。因为，在以血缘家族关系为基础的中国乡土社会中，稳定的社会关系的维持不是依靠异性关系，而是依靠同性关系，"家族是以同性为主，异性为辅的单系的组合，中国乡土社会里，以家族为基本社群，是同性原则较异性原则为重要的表示"[4]。费孝通引用斯宾格勒（Oswald Spengler）的观点将社会划分为两种模式，其一是代表着传统乡土社会的亚普罗式（Apollonian，现在通译阿波罗），其二是代表着现代工业社会的浮士德式（Faustian）。前者象征着一个完善而稳定的秩序，这个秩序为所有的人安排好了既定的位置，个人只要接受这个位置就可以了。后者则是以冲突为存在的基础，生命的意义就是克服一切阻碍；失去了阻碍，生命也就失去了意义。而在男女的关系上，亚普罗式追求一种稳定的关系和秩序，这个稳定的秩序在中国的乡土社会中可以表达为"男女有别"。"男女有别"是"认定男女间不必求同，在生活上加以隔离。这隔离非但有形的，所谓男女授受不亲，而且是心理上的，男女只在行为上按照一定的规则经管分工合作的经济和生育的事业，他们不向对方希望心理上的契合"[5]。浮士德式则在男女关系上追求一种不断克服异性双方的不同之处，并达到一种两相契合的境界。而浮士德也正是"感情的象征，是把感情的激动，不断的变，作为生命的主脉"[6]。费孝通的观点十分有意思，我们现在就从费孝通所介绍的斯宾格勒的两种文化形态和两种情感模式的视角来看一下路遥笔下这些离经叛道的女人们——这里的所谓"离经叛道"，当然"离"的是乡土文化的"经"，"叛"的是乡土文化的"道"。

上面引用的费孝通的观点中有一点，乡土社会追求的是一种"同性"间的稳定,这里的"同性"包含着两方面的内容,一是男权社会中权力中心的稳定,一是男性对女性的统治权力的稳定。而稳定的核心就在于单极秩序的合理与合法性。也是在这一意义上,丧失了话语权力和欲望的田润叶被塑造为理想的范本,因为她是单极秩序的象征,并体现出男性单极秩序的明朗和秩序清晰的理性法则,从而给乡土社会一种稳定感。但是像刘丽英、王彩娥这样的女人的行为则是对男性单极世界权力的一种挑战。她们成为欲望、情感的象征性符号,是典型的浮士德式的女人,具有强大的破坏力量。女人的情欲成为单极世界中最不稳定的一环,而且女人的欲望在塑造着这个单极世界中的另一极,成为与男性单极世界相对抗的力量。当世界出现两个中心的时候,世界就会处于浮士德式的斗争中,而亚普罗式的明朗、清晰的秩序就会遭到毁灭。显然路遥的小说中,表面上放荡不羁的女人实际暗示着男人对自我单极世界即将丧失的恐惧,以及在这种恐惧中如何维持单极世界秩序的权力渴望。但在叙述过程中,男人对世界的权力,男人对女人的权力欲望都以各种方式被掩盖了起来。一个十分有趣的现象是,刘丽英的丈夫高广厚天性软弱,这实际是在塑造一个天性善良的男人,并把这一形象纯洁化、无辜化,去除了男人身上的本能和欲望,从而更有效地掩盖住男人的绝对权力和地位。刘丽英的行为也因此而丧失了个体追寻自己的幸福和快乐的合法性,同时个体欲望的传达和暴露就具有了负面的价值。而刘丽英的回归不仅是乡土文化对都市文化的胜利,也是单极世界权力的恢复,稳定秩序的重建,男权对女性统治的复归。也只有这一切都得到恢复之后,男人渴望的幸福和快乐才再一次得到了张扬,而女性个体的价值因此再一次被压抑和掩盖。女人快乐着男人的快乐,幸福着男人的幸福,而女人自我的个性与要求则在文本中被压制并流失了。

其实,刘丽英不过是田润叶的另一面,一个试图挣脱乡土文化却又最终被叙述人惩罚而回归的田润叶。她与田润叶的差异就表现在她的农民身份,而一个试图以一种"非法"的方式离开乡土的女人当然是无法为乡土法则所容忍的。叙述人塑造刘丽英痛苦的过程就是在张扬男人的权力、乡土文化的权力。而一个本分的刘丽英又会是什么样的呢?

她就是刘巧珍!

三　承受苦难的肉身

> 他久久地站着,望着巧珍白杨树一般可爱的身姿;望着高家村参差不齐的村舍;望着绿色笼罩了的大马河川道;心里一下子涌起了一股无限依恋的情感。尽管他渴望离开这里,到更广阔的天地去生活,但他觉得对这生他养他的故乡田地,内心里仍然是深深热爱着。
>
> 他用手指头抹去眼角的泪水,坚决地转过身,向县城走去。[7]

这是小说《人生》中高加林第二次即将离开乡村时的场景,恐怕很多从农村出来的青年都会有这种相似的感受。因奔赴渴望已久的都市而深怀着一种发自内心的喜悦,但离开家乡就意味着一种背叛,也因此而体味着一种复杂的痛苦和忏悔,产生了一种无法摆脱的原罪感。小说中的刘巧珍因此而具有了一种象征的意味:她是乡土文化的符号性表征,她的隐忍、善良、宽厚、真诚甚至是博大的胸怀成为乡土文明的代名词;她是没有走入都市的田润叶,本分地守候着土地,安于命运的一切,并期待着那个叛逆的浪子回归到自己的怀抱。

无论从哪个角度去看,刘巧珍都是乡土文化的代表性人物。在刘巧珍身上,体现着乡土文化稳定、祥和、秩序井然的一面。她是那个单极世界明朗单纯的符号,是男人欲望的对象,而单极世界的文化权力也可以随意按照自己的要求将自己的意志强加到这个女人身上。同时,也是在刘巧珍身上,我们可以看到叙述人的都市欲望及其引发的对刘巧珍的改写,并最终使刘巧珍成为这一欲望的牺牲品。

刘巧珍是高加林完成自我形象塑造的重要人物。处于低谷期间的高加林需要刘巧珍式的人物的慰藉,她是一个成长中的小知识分子渴望成熟的敲门砖——正是刘巧珍使高加林第一次知道了"爱"的存在,也是刘巧珍使高加林获得了生存搏斗的自尊和勇气。但刘巧珍不可能成为高加林的终身伴侣,因为这个人物缺少"知识"的点化。刘巧珍骨子里对爱情的大胆和狂热,以及野性的气息,使得知识型的边缘人高加林与刘巧珍的相遇与其说是一种浪漫的爱情体验,不如说是一次奇特的身体历险。通过刘巧珍的身体,高加林得以完成了人生的第一步,而且也只有通过对刘巧珍肉体的折磨,高加林才能迈向更高的一个台阶。叙述人在下面的描述充分说明了这一点:

> 他俩肩并肩从村中的小路上向川道里走去。两个人都感到新奇、激动,谁连一句话也不说;也不好意思相互看一眼。这是人生最富有的一刻。他们两个黑夜独自在庄稼地里的时候,他们的爱情只是他们自己感受。现在,他们要把自己的幸福向整个世界公开展示。他们现在更多的感受是一种庄严和骄傲。
>
> 巧珍是骄傲的:让众人看看吧! 她,一个不识字的农村姑娘,正和一个多才多艺,强壮标致的"先生",相跟着去县城啰!
>
> 加林是骄傲的:让一村满川的庄稼人看看吧! 大马河川里最俊的姑娘,著名的"财神爷"刘立本的女儿,正像一只可爱的小羊羔一般,温顺地跟在他的身边![8]

高加林和刘巧珍一起进城的那一段故事是被精心设计出的一个仪式,但仪式的表演者却有着截然相反的心情。一个是出于爱情,而另一个则是出于复仇和复仇成功后的快感。一个在追求情感的同时又在自觉接受着现代知识的暴力整合,并试图让个体成为这个结构中的一分子;而另一个则在挑战乡村规范的同时,体验着亵渎乡村传统权贵的快乐。一个几乎是匍匐在这个"先生"面前,感受着即将到来的都市文明的快乐和压力所带来的复杂情绪;另一个则完全是一个征服者,带着都市给他的特有的骄傲和自尊,乡村几乎是在战栗中看着他的凯旋。在这个由乡村公众自发参加的仪式中,参观者们在见证这一"现代文明"的礼仪后,所做出的不同表现则在印证着现代城市文化对农村文化的冲击,城市观念向乡村的渗透,浮士德式的躁动激荡着亚普罗式的静朗。乡村价值在这场现代城市文化的表演和挑战中显得束手无策,惊恐不安——在这里既有咒骂、嘲弄的声音,更有艳羡、渴慕的心理。但无论怎样,都意味着城市价值在与乡村文明对抗的过程中取得了一场胜利。在这个仪式中,城市既是潜在被看的对象,又是直接的暴力侵入力量。城市的间接被看来自于一个——不是两个,刘巧珍充其量不过是一个跟随者——渴望都市的"农村人";也是在这种潜在的渴望中,刘巧珍最终将被遗弃的命运悄悄被暗示了出来。因此,在刘巧珍高峰体验般的情感激荡中,蕴涵着反抗单极世界的种子。但这种反抗的力量之所以能爆发出来却不得不依赖于一个接受过现代都市文明洗礼的背叛者,而且这被诅咒的背叛最终还要落到刘巧珍自己身上。

事实是,刘巧珍肉体所承受的痛苦,增强了人们的另一种记忆,即高加林必须与农民区别开来,而这种区别要么是以知识者自我折磨的失败形式,要么是以知识者自我胜利的形式;前者具有独立承担生命苦痛的勇气并因此而具有震撼人心的力量,而后者则将痛苦留给他人,并期望以此完成对自我的拯救——但同时也增加了个体的原罪感。刘巧珍的可怕之处就在于,在叙述人的笔下,她对知识型人物的膜拜几乎是无条件的。这种献身行为自然增加了这一形象所具有的道德批判力量。刘巧珍式的人物,除了不具备路遥在《平凡的世界》中所塑造的女性的"知识"以外,几乎与她们完全一样,因此,她更近似于叙述人的一种想象。她迫使知识者不得不面对自己的灵魂,并对自我予以拷问。同时,与对待田润叶一样,叙述人对刘巧珍的强暴几乎是没有任何怜悯之心的——一个简单的常识,为什么刘巧珍非得喜欢一个读书人? 这显然是知识者对自我的高度想象能力在发挥作用,它绝对不会来自现实。因此与田润叶一样,刘巧珍承受着双重的暴力,而暴力恰恰来自于她一直渴求的边缘人!

因此从任何一个角度来看,高加林对刘巧珍的背叛都是一个隐喻:来自农村的农民子弟对自己历史的背叛,它暗示着彻底剪断与乡村母体的脐带,带着母体的鲜血去寻找自己新的归宿,并将所有的苦痛留给其背叛的母体。而这个母体的价值只有在个体遭受到重大的挫折时才会重新被激发;但对成功的个体来说,母体在遥远的记忆中只是一个怀旧的影子。它具有纪念价值,但绝对不再有生存价值;它已经丧失了仪式化的神圣和尊严,只具有被观看的功能和意义。所以面对被背叛的母体,个体总是有一种无法摆脱的原罪感,并受到乡村道义和情感的谴责。

与刘巧珍相对立的当然就是黄亚萍。黄亚萍是都市欲望的符号,正是这个符号击溃了来自乡村的道德感并将那个乡村价值的体现者驱逐出了情感的竞技场。在黄亚萍的身上鲜明地体现着浮士德式的动荡、不安,在追求个性的同时又在超越个体和性别之间的差异而寻求同一。黄亚萍对于未来的渴求以及重新塑造个体及其精神世界的欲望都在预示着乡村文化衰落的不可避免性。同时,也是在黄亚萍身上,叙述人对都市的无可把握的困惑感和痛苦感表现了出来。黄亚萍的"外来妹"身份——不是来自于乡村,而是来自于都市——给予城乡结合部上的小城镇以巨大的冲击,通过黄亚萍,城市的动感、现代感以碎片的形式传达了出来;黄亚萍面对的是城镇和乡村,而她的背后却是上海和南京。

但是路遥文本中最有意味的不是像黄亚萍这样的女人,而是像贺敏这样的都市女人。在费孝通看来,都市是彻底的浮士德式的文化形态,而一个来自于都市的、不规范的女人更成为浮士德类型人物的象征。贺敏是路遥文本中极少数的真正的现代都市女性形象,如果说黄亚萍还是一个漂流于都市和乡镇之间的现代都市幻想者的话,那么贺敏则是一个彻底的都市人——她生于都市,长于都市,有着与乡村价值截然不同的观念,也因此她对乡村文化形成了更为猛烈的冲击。但是在路遥的笔下,这样一个都市女性几乎变成了放荡、无耻的都市代言人。借助于薛峰的感受,贺敏表面的靓丽与内心世界的衰败,无疑具有都市形象隐喻的意味。无论是高加林还是薛峰,都在向我们展示来自乡村的穷小子面对都市时的惊恐和战栗,而在情感的追逐中坚守乡村价值的刘巧珍和郑小芳都败下阵来,且败得很惨。这一叙述既是历史的现实,同时也是乡村衰败的前奏!

因此,黄亚萍和贺敏所具有的文化意义就在这个地方:她们直接表征着叙述人对都市的矛盾文化心态——对都市无可把握的焦虑和痛苦,渴望和惊羡。而都市的形象也像黄亚萍和贺敏一样,漂亮但飘摇不定。她们冲击着叙述人原有的乡村情结,并通过高加林和薛峰情感选择的痛苦昭示出个体在都市中存在的不确定感、背弃乡村价值后产生的失落感。

刘巧珍和黄亚萍所代表的是两种文化形态、两种价值观念;同时在她们的身上也体现着两种时间和空间的景观、两种个性特征。进一步的问题在于,她们真的处于对立的位置上吗?我以为至少应该从两个层面来看二者的关系:作为个体的价值和作为被叙述人的价值,前者促使我们反思二人在文化形态上的巨大差异性,而后者则促使我们思考在叙述层面上二者功能的相似性。

关于二者之间的差异性,我们在上面已经探讨过了。现在我们再看一下叙述层面上的同一性。应该说,路遥具有强烈的单极世界价值观念,而且这个观念与乡土情结有着剪不断的联系。叙述人在渴望维护单极世界秩序的同时又深刻地感受到了这种秩序对个体存在的压抑感。个性的张扬与传统乡土观念中的等级、秩序、权力存在着巨大的冲突;同时,外在的都市文化——浮士德式的文化价值,又通过各种媒介进入到乡村中来。因此,表层上有着巨大差异和对立的刘巧珍和黄亚萍在叙述的深层上具有相似性:都在扮演着威胁男人单极世界秩序的角色。一个有趣的情节是黄亚萍对高加林的献身几乎是不可思议的,而且这种献身与刘巧珍几乎没有什么区别。唯一不同的是,黄亚萍曾经试图按照自己的想象去改变高加林——最后以失败而告终。而刘巧珍则在按照高加林的要求改变自己,改变的镜像实际就是黄亚萍。所以刘巧珍和黄亚萍不过是一枚硬币的两面,她们是男人成长的踏脚石,是启蒙话语自我确证的两个印记。高加林之所以有这种力量,无疑是"启蒙"光辉再一次散发"启蒙"魔力的结果。当路遥让男性知识者一再占据这样一个极为独特的位置时,我们有理由对路遥的认识予以怀疑:一个有知识的人真的可以心安理得地得到这一切吗?对"启蒙"的坚信不疑,正是路遥根本的信念之一。因此,其塑造女性形象的外在目的在于塑造知识分子。

　　我坚持认为,路遥笔下的女人是没什么地位的。这句话的意思在这里需要进一步强调一下。在路遥的笔下,我们很难真正听到女性自己的声音,女人具有很强的附属性质。进一步说,不仅是路遥的小说,许多具有农村背景的男性作家所塑造的女性形象都不具有独立意识,她们在小说中,在被叙述的层面,几乎不具有所谓的独立价值。刘巧珍的一切希望寄托在了高加林的身上;同样地,黄亚萍也具有这种强烈的依附感。她们的价值和意义只有通过男人——当然不是一般的男人,而是具有强大知识背景的男人——才能被发掘出来。从这个意义上讲,《平凡的世界》中的田晓霞几乎是一个特例。我们几乎在田晓霞身上看到了鲜见的"启蒙知识女性"的形象。但遗憾的是,田晓霞在小说的最后不仅被彻底地改造了,由一个启蒙者沦为一个崇拜者,而且还被彻底地放逐了。

四 知识女性:理想破灭的符号

田晓霞是孙少平心中永远的伤痛——我怀疑,她更是路遥的。她甚至根本就没在这个世界上存在过,她的出现,纯粹是出于作家的想象。在功能上,她与《人生》中的刘巧珍并无区别,但在身份上则不一样。田晓霞是一个知识者,而刘巧珍则是一个地道的农民。刘巧珍永远被拴在了土地上,并成为土地的殉葬品。而田晓霞则成为知识者的追随者,并为之献身。当然,似乎每一个来自乡村的青年都有一个关于田晓霞的梦,她不仅靓丽、出众、才气逼人,更主要的是她超凡脱俗,虽然有着高贵的出身,但其眼光同样高贵。这样一个女人拜倒在了思想家似的孙少平的身下,其原因却再简单不过了,那就是知识、才华、思想。可怕的思想——引无数美女竞折腰——这可能吗?所以,假如田晓霞不死,《平凡的世界》真的变成了才子佳人的现代传奇了。

但路遥让田晓霞死了,这可能意味着一个梦想的破灭。正因为这个梦破灭了,孙少平的都市梦也破灭了。因此田晓霞的死具有了非同寻常的价值和意义。

在前面已经谈到了,我们把 80 年代文学理解为国家话语和知识分子个体话语不断发展变化的过程。在这个过程中,国家话语在不断降低自己的姿态,而个人话语则在不断寻找自我表达的方式;而路遥小说《平凡的世界》的意义就体现在它处于这两种话语发展变化的交叉点上。路遥试图调和知识分子个体话语与国家话语,并力图使两者统一起来,从而证明个体发展和民族国家发展的利益、方向的一致性。但实际上,在小说中,个体话语最终是不断式微,并被国家话语掩盖住了。这个观念在文本中的典型标志就是田晓霞的死和孙少平的归隐。对于孙少平的归隐我们在前面已经谈到了,现在看田晓霞的死。

田晓霞是一个多维的象征结构,你可以把她理解为古典主义美学的综合体现。路遥在努力伸张这种审美要求,而且他在各种文本中都从男权的角度传达出这种审美要求。而路遥的清醒就表现在这个地方:可以说,不是在孙少平身上,而是在田晓霞身上隐藏着路遥情感和理想的最后秘密。对于田晓霞的塑造,路遥始终让她处于国家话语和个体话语之间的连接点上,并让她在国家发展的线性时间链条和个体发展的内在空间的探索上游移。在民族国家前进的轨道上,田晓霞变成了一个符号——引导者的符号、意义的符号、理想的符号;而在个体追求的价值观念层面上,田晓霞则是情感的符号、个人归属的符号、个体价值的符号。但就是这样一个多维意义的象征体,被路遥无情地抛出了历史发展的轨道,而这才是小说真正的悲剧性所在。孙少平的梦想破灭了,路遥的梦也醒了。时间的线性前进真的是神圣的吗？时间向前发展的尽头真的就是理想的实现吗？从田晓霞的死,我们可以感受到路遥对时间线性前进未来的根本性怀疑,而作为边缘知识分子的个体也是在这种怀疑中被无情地驱逐出了意义发展的轨道并遭到了永恒的放逐。

在路遥所有艺术文本所塑造的女性形象中,田晓霞是最特殊的一个。我们在前面讲过,从女性形象的角度看,这个人物是田润叶被高度理想化以后的结果。而田晓霞之所以是最特殊的,就在于她从根本上还是一个知识分子的启蒙形象。可以说,在路遥全部的小说中,我们几乎无法再找到这样一个类似的形象。而且田晓霞全部的文化意义就在于这个启蒙者是一个极其出众的女人——超凡脱俗的精神气质,不同寻常的贵族身份,迥异常人的生命价值观,似水如花的青春容颜。将一名女性——尤其是靓丽的女性作为主人公的启蒙者——这在整个 80 年代文学中都是不多见的。我们可以翻阅一下,从古华、张承志到刘心武、高晓声,他们的文本中,启蒙者要么是男性叙述人,要么是男性知识分子。路遥真的就这么与众不同吗？

仔细看一下,我们就会惊异地发现,作为启蒙者的田晓霞和作为理想的田晓霞从根本上是分裂的。作为启蒙者的田晓霞为了符合启蒙形象的权威性,从一出场就具有男性化的特征,并通过被启蒙者——少年孙少平的眼睛表达了出来。而当孙少平成为一名矿工以后,在大牙湾煤矿,一段不经心的对话暗示了其中的秘密:

(田晓霞)她拿出小圆镜照了照说:"我和你在一块,才感到自己更像个女人。"

(孙少平)"你本来就是女人嘛！"

"可和我一块的男人都说我不像个女人。我知道这是因为我的性

格。可是,他们并不知道,当他们自己像个女人的时候,我只能把自己
变成他们的大哥!"[9]

女人的男性化是通过一个男性叙述人以话语对女人身体进行改写来完成
的,并因此导致了女性性别特征的丧失;同时,这个改写的过程也就是按照
男性意志对女性的社会身份进行强暴的过程。女人因此而不"像"女人,并
由此导致了女性自我的性别紊乱。田晓霞自认在孙少平面前更"像"个女
人,正是被男性叙述人成功改写的标志性话语。而田晓霞声称在面对女人
般的男人时自己只能像个"大哥",这个"大哥"的形象不正是少年田晓霞在
少年孙少平面前的形象吗? 在这句话中,还包含着更深一层的问题:为什么
在别人面前像个男人的田晓霞如今在孙少平面前却"像"个女人? 显然在
成人孙少平面前,田晓霞以前的启蒙形象已经丧失了,回复到了一个"女
人"的身份,这时发挥力量的是男人对女人的想象——女人应该是什么样
的? 接下来的描写就再清楚不过地体现了男人的无意识欲望对女人的成功
塑造。下井参观的田晓霞在面对庞大的煤炭景观时的状态,正是一个成熟
的男人所希望看到的:

> 她紧紧地抓着少平的手,和他一起弯腰爬过横七竖八的梁柱间。
> 这时候,她更加知道她握着的这只手是多么的有力、亲切和宝贵。[10]

在这里,女性的性别特征在与男性的对比中被突出了出来,对这种特征的塑
造也直接表达了一个信号:女人是不属于这个世界的。而作为启蒙者的田
晓霞正是在大牙湾的经历中被还原为男人叙述中的"真实"的女人的。

因此,叙述人让田晓霞突然出现在大牙湾的情节实际暗示着人物身份
的重大转换:作为启蒙者的田晓霞身份的终结,并跪拜在自己的"学生"孙
少平的面前;而孙少平,从这个时候起,开始成为真正意义上的新的启蒙中
心。大牙湾煤矿的下矿参观过程因此而具有了典型的仪式化的意义:它暗
示着权力的交割,女性自我形象的归位,男权话语的成熟独立和重新获得启
蒙话语中心的位置,并暗示着男性话语对自我理想女性的彻底征服。因此
大牙湾的确是孙少平的再生之地。

但是,也是在大牙湾,获得话语权力的孙少平却感受到了前所未有的话
语危机。这个危机不是来自于思想,而是来自于铁一般的生存现实,这就是

田晓霞绝对不会属于这个地方,这个危机在下井参观的那个仪式化过程中被传达了出来。而在此之前,孙少平已经清晰地感到了:

> 有时候,连他自己也不相信这是真的,总觉得这是一个梦幻。
>
> 其实认真一想,也许这的确是一场梦幻。
>
> 是的,梦幻。一个井下干活的煤矿工人要和省城的一位女记者生活在一起?这不是梦幻又是什么?凭着青春的激情,恋爱,通信,说些罗曼蒂克和富有诗意的话,这也许还可以。但未来真正要结婚,要建家,要生孩子,那也许就是另一回事了!
>
> 唉,归根结底,他和晓霞最终的关系也许要用悲剧的形式结束。这悲剧性的结论实际上一直深埋在他心灵的深处。
>
> 可悲的是:悲剧,其开头往往是喜剧。这喜剧在发展,剧中人喜形于色,沉湎于绚丽的梦幻中。可是突然……[11]

孙少平在寻求理想、感受快乐的同时,却又在体味着一种分裂:爱情和婚姻的分裂,男人与女人之间社会身份的分裂。而这种分裂又直接导致了孙少平内心世界中巨大的幻灭感。的确,来到大牙湾的田晓霞的形象处处与矿区的人文环境不协调,也与脏兮兮的孙少平产生巨大的形象和心理上的差距;这种差距又通过田晓霞从大牙湾飞回省城的过程中巨大的地理景观差异而被强化了。实际上,在田晓霞与孙少平之间已经被划上了一条深刻的裂痕,而叙述人也在努力用语言填平两者之间的巨大裂缝;但我们仍然忘不了它的存在,因为它不仅是文字意义上的,更是心理的、现实的,还有历史的。这种不协调暗示的是理想和现实的距离:理想越是美丽,现实离它的距离就越远。因此,孙少平无论如何也无法跨越自己的身份障碍,与田晓霞相结合。

事实上,路遥让一个集真、善、美于一体的女性形象膜拜在一个贫寒、肮脏、卑微但却丰盈、理性、果决的边缘人物形象之下,是极具象征意味的——特别是当这个女性同时拥有强大的政治背景与权力背景(父亲是省城的市委书记,同时又是省委副书记,其本人又是拥有特权的省报记者,甚至凭这一身份指挥了一个县长的抗洪救灾运动)之时,更是如此。但田晓霞终于死了。田晓霞的死恰恰证明了路遥清醒地意识到二者结合的不可能性——

美丽的理想终究是虚幻的,在美丽之下掩盖着的是个体无意识中的虚无深渊。因此,当两个人的关系由朋友发展为挚友,再发展为恋人时,田晓霞就已经必死无疑。现实中无法解决的矛盾只能以牺牲一方为代价,在语言中,路遥让田晓霞成为一个凄美的回忆。

可以说,孙少平面对田晓霞实际上是面对一个庞大的权力关系网络,他只要征服田晓霞就可以进入这个权力关系网中;而一俟进入其中,孙少平就不可能再是一个知识者——独立的思想者了。同现实中的许多人一样,他将成为这个权力网中的一个螺母,要么顺从它,要么被它抛弃掉。只要想想高加林,我们就可以明了孙少平的前途。路遥显然不愿让孙少平重蹈高加林的覆辙,最好的选择是让孙少平处于权力网之外,而孙少平也正是这样做的。但在孙少平归隐之前,在文本的叙述中必须清除掉他面临的最后一个障碍——这就是田晓霞。而且也只有通过对田晓霞死亡的祭祀,孙少平才能最终埋葬自我的梦想。因此,孙少平回到黄原与已逝的田晓霞的约会实际也是一次仪式化的行为——它暗示着一个新的孙少平的诞生,而那横陈于祭坛上的"牺牲"就是田晓霞的尸体。至此,田晓霞作为一个形象的叙述功能彻底完成了,孙少平因此而成为现代生活中的一个"隐者",这正是古代隐士形象在现代语境中的转换。思想者成为"隐者",路遥或许并未意识到其文本透出来的这一颇有象征意味的结论,但事实却只能如此,这正是中国文化传统的一个承继。

五 女性世界的"王"

我们在前面提出了一个问题:为什么路遥笔下的女人们都这么漂亮?

梳理一下路遥笔下的女性形象谱系,我们可以看到一个美丽女人的系列:《在困难的日子里》中的吴亚玲、《姐姐》中的姐姐、《人生》中的刘巧珍和黄亚萍、《你怎么也想不到》中的郑小芳和贺敏、《黄叶在秋风中飘落》中的刘丽英,更不用说《平凡的世界》中那一长串的靓丽女性了。当然,同样是漂亮的女人,在路遥的笔下其价值功能却有着很大的差异,这一点我们在前面已经进行了分析。回过头看一下80年代的小说创作,不仅路遥笔下的女人们漂亮,我们在其他男性作家的文学作品中,也可以看到一系列漂亮女人,不论她们是来自乡村还是都市。这几乎给我们一个巨大的错觉,漂亮女人几乎遍地都是。一个显见的事实是,作家笔下外表漂亮的女性形象,并不来自于对日常生活的直接体验,而是来自于对现实世界的高度想象。在漂亮女人身上集中表达着男性作家们的集体无意识欲望;而且通过她们的形象,男性按照自己的意志改写了女性的身份、价值。另外一个特点是,路遥笔下善良而漂亮的女人的命运往往充满了坎坷。《姐姐》中美丽善良的姐姐最后被回城的知青抛弃了;《人生》中刘巧珍的命运是众人皆知的,甚至是黄亚萍最后也要承受相当的苦痛;《你怎么也想不到》中的郑小芳在忍受生活苦痛的同时,还要忍受精神的创痛;而在《平凡的世界》中,田晓霞以生命为代价偿还了孙少平一生的梦想,孙少安的漂亮媳妇贺秀莲最后染上了绝症,而郝红梅则在困难中煎熬多年。显然,路遥笔下善良而漂亮的女人的命运实际没有逃脱两类最基本的价值判断:一是红颜命薄,这是最常见的;一是红颜祸水——这当然是以贺敏、刘丽英等为代表了,所不同的是,刘丽英最后进入了规范的秩序,而贺敏则似乎始终处于男人的秩序之外,她是男人的无意识深层欲望,传达着权力空白处男人的软弱和无能。也因此,在贺敏身上,我们可以看到男权话语自嘲的影子。

　　漂亮女人的背后,还有一个更深层的原因,那就是时代语境使然。很多学者已经接受了这样一个判断,即 70 年代末、80 年代初正是知识分子理性意识觉醒和张扬的时期。在"启蒙"的号召下,知识者试图塑造一个极为神圣的社会主体,这个主体当然不是一个一般意义上的个体,不是社会中的芸芸众生,而是被神化的知识分子自我。启蒙光辉映照下的世界当然不是一个一般意义的社会,而是希望和光明遍布的社会。漂亮女性的广泛出现恰恰暗示着男性启蒙者对这个世界所拥有的绝对权力——不仅是话语上的,更是性别上的。同时漂亮女性的广泛出现也在暗示着,这个世界本来就是美丽的,只不过蒙上了一层灰垢,而除去灰垢,让世界重新充满阳光,是现在的启蒙者不可推卸的责任;同时,这个世界是如此软弱,它需要启蒙者精神力量的支撑和救赎。进一步的问题在于,男性启蒙者是否愿意交出自己手中的话语权呢? 男性启蒙者是否真的愿意将独立的个体意识赋予女性呢?

　　我们在路遥的文本中基本上没有看到这个希望。在路遥的文本中出现的是忍耐、善良、纯洁、对男性具有强烈献身精神的女性;我们还看到男性世界对超越规范的女性的嘲弄和惩罚。女性的声音在这里被淹没了,女性并不具备主体意识,或者说这种主体性;女性话语的掌握者从来就没有想到过要给女人以自主权,而且也认为根本就不需要这样。

我们还可以看一下一个有趣的现象:在小说《人生》中,刘巧珍似乎天生就喜欢一个读书人,而不管这个读书人的具体身份是什么,他的经济状况又如何——这些在乡村中十分现实的生存问题,都被忽略不计了,剩下的只是一个新社会的文盲女性对高加林的崇拜。进一步,我们可以在古华的代表性短篇《爬满青藤的木屋》中发现相同的人物关系设置:身体残缺的李幸福和身体健壮的王木通在共同争夺着漂亮的"瑶家阿姐"盘青青;而盘青青对于知识青年李幸福的好感几乎变成了一种本能,颇有意味的是盘青青也是一个文盲。而在张贤亮的小说《绿化树》中,漂亮的马缨花干脆说,好的男人就应该像章永璘那样读书。马缨花还是一个文盲。

漂亮,纯洁,无知——是真正的没有知识,连字都不识一个,而且对知识分子有着五体投地般的献身精神——不论是精神上的,还是物质上的,也不论是情感上的,还是肉体上的,启蒙知识者的权力和欲望在这里几乎毫不掩饰地被暴露了出来。而女人在知识者的眼中不过是争夺的对象,不过是启蒙话语在征服世界的过程中的一个最大的战利品。关键是在这个征服的过程中,启蒙者在自我美化,自我书写,而且总是把自我在情感的争夺中置于一个被动接受的位置上,似乎启蒙者在情感的争夺中一直就是无辜的,而这就更有意味了。刘巧珍主动向高加林表白自己的心迹——想一下又有多少漂亮女孩向孙少平表露情感;马缨花干脆敞开了身体——你想要就拿去吧;而盘青青几乎是痛哭着扑到了李幸福的怀中……问题是启蒙者在跟谁争夺女人?在《人生》中是马栓,在《绿化树》中是海喜喜,在《爬满青藤的木屋》中是王木通……这几个人有一个共同的特点,都有一定的本事,但又都是文盲。马栓老实本分的乡土文化特征在高加林都市文明的气质面前处于劣势;海喜喜无论是生产还是打架都不是章永璘的对手,而且他还处于文化弱者的地位上;至于王木通,则是一个极为残暴愚昧的家伙,他简直就是蒙昧时代的象征——古华甚至连他的两个小孩都嘲弄一番,而投奔李幸福的盘青青似乎根本就不是那两个孩子的母亲。鲁迅说,强者复仇向更强者,而弱者只能向比自己更软弱的人伸出拳头。这就是启蒙者竞争的对象。在男性作家对女人的普遍性欲望和表面的温情中,我们感受到追逐美丽背后强大的暴力话语的无耻。

因此,男性启蒙者是需要女性的——他们需要女性并不是要给对方以权力,而是要通过女性的身体和精神获得对其拥有这个世界的话语权力的确证;或者更准确地说,启蒙知识者是需要女人对自己无条件献身的,而且他们的成长要依靠一个个女人无条件的献身才能完成。只有在异性的自我牺牲中,启蒙者的无意识欲望和快慰才可以得到满足。坦率地讲,这种权力是十分可怕的。献身既是男人对女人成功征服的结果,也是男人确立自我性别、身份、权力的象征性资源。这无疑是启蒙者借助艺术法则对女性施加的强暴。因此,被征服的女人并没有找到了希望的出路——如果她们没有独立的个体意识和性别意识的话,她们就只能接受强大的启蒙话语的宣传优势,并永远沦为启蒙者手中的玩物。而这也是为什么很多农村女性在启蒙者的手中是如此驯良听话、无怨无悔的原因。

因此,一个男人的成长过程,在路遥的小说中就表现为对女人的占有与抛弃的过程。在《平凡的世界》中,孙少平与田晓霞,首先是以前者对后者的崇拜开始的,之后却是以后者对前者的迷恋结束。在路遥那里,这种关系的奇妙转换,其决定性因素不是政治背景、性别——但性别当然是极其重要的因素——关系、出身、职位,而是另一个更强大的因素,即知识。知识的拥有者更富有征服贫困者的力量。

由此产生一个问题,一旦一个启蒙者突然发现自己的话语力量无法控制需要征服的女人,怎么办?启蒙者会握手言和吗?会尊重对方的选择吗?绝对不会,面对背叛者所采用的手段十分简单:那就是暴力。这种暴力不仅出现在文本中——我们在上面已经通过对路遥小说的分析揭示了出来;而且还为现实所印证:在此有另一个"伟大"的诗人顾城为例。

纯美追逐的背后实际是赤裸裸的性要求和性暴力——尽管启蒙话语试图遮掩这一点,但它的无意识欲望还是在文本中被表达了出来。而美丽的背后则是深渊。当一切理想都消失后,对美丽的要求就变成了简单的原始欲望的宣泄。回忆一下贾平凹的《废都》,男性世界中的美丽女人被彻底感官化了,她们是欲望的对象,是男人"性"的想象。在她们身上表征着曾经的启蒙者的自信和活力的彻底丧失,道德和天伦的彻底沦丧。而在陈忠实的小说《白鹿原》中,女人则变成了性与生殖的符号与工具。男人对女人的残暴和占有几乎是恬不知耻地传达了出来——启蒙话语对女性的要求已经不再羞羞答答了,尽管它还试图以所谓的古典仁义道德的遮羞布保护自己最后的私处——那与其说是遮掩,不如说是暴露。80 年代初期那些叱咤风云的宏大叙述现在只变成了简单的性描写和性刺激,启蒙话语的理性光辉蜕变为历史飘零的幻影和虚无的感知。

注 释

〔1〕 《平凡的世界》卷三,北京,中国文联出版公司 1989 年版,第 372 页。

〔2〕 《路遥文集》卷二,陕西,陕西人民出版社 1993 年版,第 249 页。

〔3〕 赵毅衡:《当说者被说的时候》,北京,中国人民大学出版社 1999 年版,第 3 页。

〔4〕 费孝通:《乡土中国》,北京,北京三联书店 1985 年版,第 46 页。

〔5〕 同上。

〔6〕 同上书,第 45 页。

〔7〕 路遥:《人生》,《路遥文集》卷一,陕西,陕西人民出版社 1993 年版,第 111—112 页。

〔8〕 同上书,第 81—82 页。

〔9〕 《平凡的世界》卷三,北京,中国文联出版公司 1989 年版,第 84 页。

〔10〕 同上书,第 88 页。

〔11〕 同上书,第 61 页。

第七章　书写的压力

一　历史理性主义和个体虚无主义

通过细致地阅读我们可以感受到一种独特的矛盾——乐观的历史理性主义和个体虚无主义——以一种奇妙的方式体现在路遥的小说中。

我们已经多次谈到小说《平凡的世界》中的三条发展线索:其一是带有强烈个体色彩的个人思想心灵的追寻史,这主要是孙少平的个人思想发展与情感追寻过程;也是在这个人物身上,我们可以看到叙述人自己的影子。其二是体现国家下层农民生活经历的发展史,这主要是通过以孙少安为核心的一批农民的生存发展的抗争过程来表现的。其三是国家政治经济变革的振兴史,它的中心人物是田福军,通过他展示国家上层社会政治生活中的矛盾和碰撞。在这三条线索中,农村经济的发展史和国家上层政治生活的矛盾这两条线索之间的关系更为紧密。可以这样说,路遥是在借助这两条线索表现国家话语的发展变化,并通过这两条线索的交织表现从 1975 年到 1985 年这十年间的历史变革,以塑造所谓当代社会的"史诗"。而孙少平的发展变化更表现着叙述人自我的心理发展历程。我们从这种结构安排中可以清楚地看到《平凡的世界》在组织结构上对列夫·托尔斯泰《安娜·卡列尼娜》结构的模仿。托尔斯泰试图通过列文的发展变化展示自我心灵发展变化的轨迹,通过安娜和渥伦斯基的情感经历去展示 19 世纪俄罗斯社会的方方面面,并通过两条线索之间的关系来展示所谓的"心灵辩证法"。显然,托尔斯泰的小说结构直接影响了路遥的小说结构。路遥也似乎在展示个体发展与社会变革之间的辩证关系,并通过此种方式,表现出所谓的社会"史诗",记录社会发展的"真实"变化。

　　这三条线索所引导的人物行为的踪迹构成了小说的总体结构。从任何一个角度，我都不怀疑路遥将三条线索统一起来的企图，而且也只有三条线索统一了，国家话语叙述的力量才能够真正被体现出来，国家发展与个体发展之间的辩证关系才可以充分地被表达出来。但是我们还是在这三条发展线索中看到了无法掩藏的裂痕，这条裂痕的存在，彻底颠覆了小说的统一性结构，并清晰地展示出小说中叙述人的焦虑。此处的探讨可以接着我们以前的探讨进行。我们在前面的论述中，提出了一个问题，即孙少平的归隐。现在我们接着这个问题来说，不过现在是将其放入一个更大的叙述语境中，同时将这个问题放入孙少平的个人发展与其他两条情节的发展进程中，特别是置于国家话语的叙述中。

　　孙少平的归隐和失落来自于个体对自我身份边缘性的认同，然而归隐与失落并不意味着个体生存的最终选择，至少从孙少平所追逐的目的来看，是与之完全相悖的，这也不符合路遥的主观要求。我们可以从路遥的各种个人谈话中，从路遥早期的小说中看到这一点。在小说《在困难的日子里》中，主人公马健强最后由边缘地位进入到了主流，和班里其他同学一起走在幸福的道路上。这是一种典型的个体身份转换带来的结果：马健强的身份获得了认可（这种认可的话语力量来自于班里具有主流身份的同学：县委干部的子女），这可以视为一种主流话语对边缘性话语的征服行为。在路遥早期的其他文学作品中，我们同样可以看到这种被主流话语收编的人物形象。在《人生》中，结尾实际是对高加林的一种规训，虽然路遥并不赞同高加林最终只能局限在土地上的安排；但至少在文本的层面上，高加林接受了德顺老汉的训导，并产生一种愧疚——正是这种愧疚感从另一个方面暗示着高加林并未清醒地认识到自我奋斗失败的原因。而在《黄叶在秋风中飘落》中，具有叛逆色彩的刘丽英最后还是被乡村情感所征服，她几乎是匍匐在前夫高广厚的身体下，这一姿态表达着个体欲望的卑微和软弱。事实是，将具有社会叛逆性格的人物收编，是80年代早期小说的一般性叙述结构，例如蒋子龙的《赤橙黄绿青蓝紫》中的刘思佳，孔捷生的小说《不能没有你》中具有玩世特点的青年主人公"我"，而刘心武的小说《班主任》则可以视为主流意识形态话语对叛逆人物收编的开始。它们所暗示的恰恰是作家对国家话语的认同，对知识分子主体话语的高扬，对历史理性的乐观精神；

而且叛逆的个体也只有在被国家话语收编以后,才具有进入历史言说的权利。路遥早期的小说也是这样。国家话语和知识分子话语的力量是个体发展的强大动力,当历史话语成为主要力量并成功地将个体纳入自身的法则时,个体就被同化了,同时个体的个性特征、个性力量也就丧失了。这正印证了一些研究者所说的:似乎是小说主人公在讲话,而实际上,是语言在借助主人公讲述自我。主人公不过是历史理性的傀儡。

其实,在《平凡的世界》中路遥主观上追求的就是这样的效果。通过个人发展的轨迹去展示整个历史的发展进程,以及历史现象背后隐藏的理性力量。路遥努力糅合这几条线索的目的也在此。从主观上看,路遥的确在拼命缝合着历史现实中的裂缝,并期望这种缝合可以让我们看到历史背后的伟大力量。但路遥又偏偏让孙少平归隐了,这的确是与历史理性的发展相悖的。因为孙少平实际是离开了历史的轨道,走向了一条具有强烈个人色彩的道路,这与路遥一直奉为老师的柳青是完全相反的。柳青唯恐一个个体被历史抛下,他要在小说中让所有的人物都进入历史的轨道。而这是路遥没有做到的。路遥绝对不是无心做出了这种选择,他是有意识的。路遥这种决定的背后隐藏着一个巨大的深渊,即个体存在的虚无主义。个体无法抗拒这种虚无的力量;面临深渊他别无选择,只有逃避。路遥的这种选择实际暗示了历史理性宏大叙述的破产。

我们在前面探讨路遥的心理特征时已经看到,路遥对个体情感发展的乌托邦远景存在着一种根本性的怀疑,甚至是具有强烈的虚无色彩。这种怀疑与虚无当然与作家情感经历中的一连串失败体验有着内在的关联。也因此,我们在《平凡的世界》主人公的经历中很难看到一个真正意义上的大团圆结局,所有的人物几乎在追求幸福的同时还要承担一个来自不知名地方的苦难,而且这种苦难具有强烈的宿命感与不可抗拒性。不管个体对历史有什么样的希望,也不管这种希望是否合理,在这个希望背后,命运的惩罚与捉弄随时都可能降临,并且恰恰是在个体感受到巨大的幸福的时刻。《平凡的世界》非常清晰地表达了这种个体在无常命运面前无处可藏的俄狄浦斯怪圈。也因此,在路遥的文本中,苦难的叙述学意义就表现为一种的神秘力量,对个体神圣感和历史神圣感的打击和解构。个体对自我命运的追寻和创造的另一面是对苦难的积极逃避,但苦难是内在于个体的,这种内在性使得苦难具有无处可逃的本体性,而那个追求幸福的个体就成为苦难的表达符号——如同俄狄浦斯就是悲剧性命运的符号一样。从另一个角度来看,对小说叙述中"大团圆"结局的抗拒,路遥从创作之初就是十分鲜明的。[1]这既可以视为对 50 年代现实主义创作手法的挑战,也可以视为对历史和个体美好乌托邦前景的有意消解——也是在这个消解的过程中,叙述人主体对历史发展进步的嘲弄暗示了出来,同时主体神圣性的光环下也就投有了荒诞的影子。

也因此,在小说《平凡的世界》中,我们可以感受到叙述人在叙述过程中的分裂状态。一方面,叙述人全知的叙述角度给予他一种特殊的权力,既可以交代历史发展变化的过程,也可以臧否人物,指点迷津,甚至是指出人物的未来状态,从而使读者感受到叙述人对叙述时间的超现实控制。叙述人自由地往来于过去、现在、未来的时间连线上,他的主体神圣性呈现得一览无余。而叙述人的这种姿态与他要积极传达的和国家相统一的意识形态的原则,以及这种意识形态与民族的发展和进步、个体的发展和幸福相一致的历史目的是相一致的。另一方面,在叙述个体心路历程的过程中,叙述人又时时感受到历史的不确定性、突变性,苦难的难以抗拒性、悲剧性,以及个体存在的边缘性,这使得叙述人不得不一再降低自己的姿态,放弃那种宏大统一的声音;他甚至会深入到人物内心世界中去表达个体生存的这种焦虑,同时也通过这种方式,传达叙述人自我的焦虑。由此可以看到,这个叙述人是如此地骑墙,而这种骑墙的个性也就成为人物命运悲剧性的象征。这样,在叙述历史和叙述个体的叙述人之间形成了一种张力,它摧毁了叙述人自我的同一性幻觉,并将叙述人置于对自我叙述的合法性产生怀疑的尴尬地位上。

这种叙述特征是在历史巨变中知识分子对个体身份进行再界定的过程中出现的,是一种本体论意义上的生存危机在语言与叙述层面的表达。它是逃避与追逐共构的俄狄浦斯神话母题,在代历史立言的个人幻觉与为个体言说的焦虑性叙述分裂中,发现了自我身份的边缘性、存在的荒诞性。本体论意义上的逃避就是无可逃避,它是路遥叙述视野中的空白,在路遥无意识叙述结构的两面性中,悄悄地滋长着。

二 被排斥的命运与自我书写的坚忍

已经有不只一个研究者指出当代文学研究中的这一现象:普通接受群体对路遥的关注与文人精英集团对路遥的忽视形成了有意味的对比。例如,邵燕君在其《倾斜的文学场》中以大量的市场调查数据证明,路遥的小说《平凡的世界》在普通读者群中得到了广泛认同,且以口口相传的方式在读者群中传播着;同时,这部作品却不得不忍受"'学院派'的淡漠",二者在接受态度上"形成引人注目的反差"。[2] 另外,还有研究者更为详尽地评述道:

> 路遥在中国当代文学史的位置,似乎是出现了文学史家与评论家、读者评价相背离的尴尬局面。前文已经交代,路遥的作品在发表之时,评论界就给予很高的评价。就读者方面而言,路遥逝世后这些年里,其作品因为具有积极向上和催人奋进的内在精神气质,在广大普通读者心目中产生了广泛而深远的影响。《中华读书报》多次组织的"中国读者最喜爱的 20 世纪 100 部作品"的调查中,《平凡的世界》始终名列前茅;中央人民广播电台"听众最喜爱的小说联播"问卷调查中,《平凡的世界》名列榜首。可是另一方面,当代文学史研究者对路遥在当代文学史的地位问题,基本采取一种漠视态度。在陈思和主编的《中国当代文学史教程》里,仅把《人生》放置在"感应时代的大变动"一章里加以表述,称之为"人生道路的选择与思考"。而在华中师大组织编写的《中国当代文学》和洪子诚著的《中国当代文学史》中均未涉及路遥。[3]

与此同时,一些研究人员在缺少具体调查数据的条件下,却制造出了一些莫名其妙的结论。例如有学者在评论"茅盾文学奖"时就轻易断言,"《平凡的世界》好像也正从人们的记忆中淡出,也姑且不论"[4]。"如果站在今天的时空境域中再来重新回顾这些作品,我们不难发现,绝大多数早已逃离了人们的记忆,无法再重新勾起人们的阅读欲望,其艺术生命力的孱弱令人震惊。"[5] 无论作者的观点是什么,在没有进行具体的调查之前就草率宣判一部作品在接受过程中的命运,是学术研究中十分不严肃的一件事情。

路遥对于自己有可能被冷落的命运在生前似乎也有着清醒的认识,他在创作随笔《早晨从中午开始》中写道:

> 我同时意识到,这种冥顽而不识时务的态度,只能在中国当前的文学运动中陷入孤立之境。但我对此有充分的精神准备。孤立有时候不会让人变得软弱,甚至可以使人的精神更强大、更振奋。[6]

也因此,当《平凡的世界》第一部面世之时,面对批评的冷淡,路遥十分平静地接受了现实,"我是心平气静的。因为原来我就没抱什么希望。而眼前这种状况,也不能算失败"[7]。路遥没有想到的是,这种冷落不仅没有在他生前结束,在今天还一直延续着,并由一个庞大的学术体制制造着对作家文本的遗忘。

我们甚至可以看到,路遥十分清楚自己之所以遭受冷落的原因,那就是他采用的创作手法是所谓的过时的、传统的现实主义。而路遥则似乎对现实主义情有独钟。从他的创作手记中,我们可以感到,他似乎是在有意与现实的文学思潮相抗争,并努力为现实主义在中国寻找一种出路与突破。[8]至少在路遥的见解中,这一点是非常有道理的:"在我看来,任何一种新文学流派和样式的产生,根本不可能脱离特定的人文历史和社会环境。"[9]"至于一定要在现实主义创作手法和现代派创作手法之间分出优劣高下,实际上是一种批评的荒唐。从根本上说,任何手法都可能写出高水平的作品,也可能写出低下的作品。"[10]

应该说,路遥的这种命运与他对自我身份的边缘性认同有着密切的关系。我们在前面的分析中已经谈到,边缘性身份认同深刻地体现在路遥小说创作中人物形象的塑造上,从确定自己身份的作品《惊心动魄的一幕》中那个思想有问题的受迫害者马延雄,到《人生》中的高加林、《在困难的日子里》中的马健强,以及《平凡的世界》中的孙少平,都具有身份边缘性的特征。也是这种边缘性使得路遥的作品长时间处于被排斥压制的状态。早在1979年,路遥创作的小说《惊心动魄的一幕》,就由于叙述角度的另类而被多家文学杂志排斥,而这种另类的叙述视角正是路遥边缘性书写的一种重要的表达方式。当《平凡的世界》第一部面世时,又因为创作手法的保守而再次被许多著名杂志社拒绝。[11]

仔细分析一下,我们就可以看到,路遥的《人生》发表时,正是文学创作中现实主义的高峰时期,路遥的创作手法几乎没有遇到任何挑战就通过了期刊精英集团的评审,并获得了社会的认可。此时的现代派文学创作刚刚开始不久,还没有取得巨大的社会效应、市场效应;同时,现代派写作的合法性还处于不断被质疑的过程中。但是,当时间进入 1986 年(现代派的代表作品在 1985 年前后轮流登场)[12],现代派几乎是一夜之间占领了文学期刊的阵地,并在社会上产生了巨大的社会效应。这意味着现代派思潮作为一种强大的话语力量开始占领了文学话语的主导地位,而路遥的现实主义创作手法自然就有过时之嫌了。

对于现代派的创作手法,路遥并没有从根本上予以排斥,我们从上面的引文中也可以看出来,他有着一定客观的认识。但我认为,至少路遥并不喜欢现代派。路遥对现代派的态度表现得比较矛盾。一方面,路遥认为现代派是一种重要的艺术创造手法,我们在上面的引文中已经看到,路遥强调一种创作手法生成的文化语境,应该说,这是一种比较冷静的判断。我们同时可以看到,在路遥罗列的认为对自己影响比较大的作家名单上,有哥伦比亚的马尔克斯的名字,而且马尔克斯还是路遥十分尊重的一个作家[13]。但马尔克斯恰恰又是对中国现代派创作思潮影响最大的一位作家,从许多现代派作家的作品开篇的叙述形式上,就可以看出马尔克斯在现代派心中的"教父"地位。但另一方面,路遥对现代派的认识似乎并不全面。首先在对现代派的理解上,路遥的视野中似乎只有马尔克斯等少数几个人,而对欧美现代派文学的生成和发展,路遥很少论及。其次,路遥坚持认为中国当代文学的生成语境是不适合西方现代派生长的,而路遥这个结论的衡量标准就是中国普通大众的生存现实和接受能力。路遥显然没有考虑到,现代派进入中国已经是一个既定的事实,不能简单加以排斥。而普通读者对作品的接受只是文学接受中的一个层面,实际上读者群体对作品的接受是多元的、多层面的。路遥对于所谓"普通"读者的设定无疑是出于他的一种想象。

路遥对现代派的这种反感态度也表现在了文学艺术创作中人物形象的安排上。在小说《平凡的世界》中的后半部分,出现了一个具有现代思潮倾向的诗人古风铃。路遥笔下的现代派诗人除了有目空一切、放浪不羁、精神世界贫瘠等特点外,还有道德品质上的缺陷。例如破坏他人的婚姻家庭,同时又不愿意为他人肉体和精神的付出承担责任。从传统道德立场来看,这无疑是严重的道德败坏。也因此,路遥对这个人物进行了漫画化的处理。显然,现代派——或者准确地说,是国内的现代派——在路遥的心目中不是一般地差劲。

当然,对于一个不愿意与自己同路的创作者,现代派文学也是毫不客气的。如果说,路遥对内地现代派文学的排斥是一种个体行为,而且这种行为在历史发展的进程中还处于不断被边缘化的命运,那么,现代派从江湖进入庙堂,从边缘进入中心,就将对不合时宜者进行集体性的清算了。

三 先锋文学对现实主义文学的排斥

路遥在《平凡的世界》建构之初就面临着创作方法选择上的焦虑和困境,我们可以由此看到外部的文学环境对个体写作形成的挤压,并给叙述人带来叙述手段合法性和身份合法性的危机感。不符合时代要求的文本有可能面临被排斥的危险,而作品被排斥的一个深层意义,是对作家自我身份合法性的一种否定。路遥显然面临着选择上的困境。而他对现实主义创作手法的坚持不仅仅是对自己熟悉的创作手法的坚持的问题,而是对作家自我身份的坚持和认同的问题。但这种认同和坚持给路遥带来的结果几乎是灾难性的。这显然与那个被称为"现实主义"的概念有着密切的联系。

应该承认,"现实主义"在现代民族国家建立的过程中占有十分重要的地位,它不仅仅是一种创作方法,更是一种政治性话语和叙述力量。通过这种坚持,一个新的观念体系被塑造了出来,并且具有了卡尔·马克思所一直嘲弄的"先验结构"的特征。在衡量文本人物塑造、艺术结构、价值和意义时,现实主义成为一种普遍的法则,而这种"普遍的合理性"却是在 1949 年以后通过多次文化运动被建构出来的,尽管在 1949 年以前,它只是诸多创作方法中的一种。但随着现实主义被强制性地推广,一种普遍性的人物认同心理通过现实主义的塑造被传播了出去。

现实主义创作手法的合法性在"新时期"以来一直受到各种质疑[14],同时,现实主义文学创作也被描述为一种传统的、守旧的、过时的创作手法。80 年代以后,创作方法的"多样性"成为一种主流[15],特别是对西方 20 世纪初期现代派创作方法的引入以及这种创作观念所引发的巨大争议。在争议的过程中,现代派创作方法的合法性地位在创作方法并不涉及意识形态的认识、创作方法是作家创作自由的名义下受到了保护,并通过大批作家的介入和实践,以及当代文艺期刊的传播,获得了普遍的认同。但这种"多样性"并不是真正意义上的兼容并包的"多样性"(历史上也似乎从来就没有过这种"多样性")。创作方法"多样性"观念的提出在 80 年代是有针对性的,那就是一直在文艺创作中占据统治地位的"现实主义";而且,这个"现实主义"已经成为了具有特定话语含义和历史蕴涵的代名词,它暗示着一种可怕的意识形态观念,在历史的发展中扮演着负面的、强暴性的角色。而这就是路遥的文艺创作受到压制的一个重要原因。

此外,对个人情感的关注是另外一个十分重要的现象。我在前面已经谈到过这个问题,并把它视为个人话语和国家话语相分离的一种标志。现在我们再提一个问题:为什么在 80 年代中期,以宗白华和德国 19 世纪浪漫主义哲学为代表的体验美学会兴盛起来,并且几乎影响了一代学人的思维和价值取向? 在这里,我不想寻找某个单独的绝对的原因,因为这种思考方式本身就是神学式的。而且,这个"唯一"的原因也根本就不存在。从一个视角进入这个问题,我们就会看到,体验美学的兴盛与那个时代所谓个体的"感情"要求、个性要求是联系在一起的。但如果我们仅仅局限在这种思考层面上,就会掩盖住这个现象中隐含的政治性含义。体验美学所针对的一个潜在目标仍然是现实主义和与这种文学创作方法相对应的机械反映论。而且通过体验美学,这个时代可以重新确立文艺的价值体系和哲学、美学基础。体验美学的诞生,包括对现实主义的反抗——各种西方现代派思潮的引入,从一个角度来看,是对既有的价值体系、文化体制的反抗。但恰恰是在话语叙述层面上对所谓的个性、情感、生命的强调,使之具有一种先验的价值和意义,并掩盖了这一强调背后隐藏的政治功能。

问题并没有那么简单。旧的观念正在解体,新的观念正在形成。现实主义面临着前所未有的信任危机和价值危机。这就需要一种"新"的价值观念来取代它。奇怪的是,替代它的并不是一个在新的时代中发现的东西,而是 20 世纪 40 年代就出现,但却一直因为话语的力量而被掩盖起来的生命体验美学——从任何一个角度来看,这种表面上以胡塞尔的先验心理结构、海德格尔存在主义哲学思想等为基础的美学观念在叙述的层面具有强烈的理性和逻辑色彩,但在思维和感受的深层却面临一个无意识的深渊。而这种带有非理性色彩的美学观念在80年代的兴起,恰恰与那个时代社会语境的混乱状况构成了一种奇妙的同构关系。

路遥的作品因此而具有了一种复杂的悖论色彩。从创作方法的选择来看,他的作品是一种"传统"、"过时"的创作,而且这种创作方法的选择可能会带来的传播上的问题是作者自己在从事创作之初就想到了的。从创作思潮的角度来看,路遥的确处于被"新"的文学话语所排斥的地位;但是从话语启蒙的角度来看,路遥的作品又积极地投入到了启蒙进程中,但这种进入不是被"新"的话语所认可的,而是被"新"的话语所嘲弄的。

杰姆逊说:"出于某种原因,我们今天所称的'理论'似乎需要一种二元的或二分的框架,以'制造'它的'概念'。"[16]从这个意义上讲,所谓的"新时期"、"伤痕文学"、"寻根文学"都是为了与以前的文学创作相区分而被"制造"出来的;同时,从1979年到今天的所谓"现代主义"、"后现代主义"之类的文学划分也是被制造出来的。它的直接目标就是"现实主义",而且制造的结果是塑造了有着"现代主义"文学观念的话语权力,并有力地排斥了"旧"的现实主义文学。

还是杰姆逊说过:"现实主义/现代主义对立之有用性,正在于它导致了那种遮遮掩掩的历时性或注重发展的思维形式,但是又不公开把这一点讲出来。于是我们就可以注意到,文学划分成这截然对立的两种倾向(注重形式的独立于内容的,艺术游戏对立于现实模仿,等等),是受到了想要正确对待现代主义的努力的支配,而不是出于其他的原因。(在此意义上,卢卡奇有关现实主义的论述就是出于防卫性的,并且反映了他自己向早期艺术形式的'转变'。)由此派生出来的现实主义的概念,就永远是现代主义必须与之决裂的了,后者是对其标准和规范的偏离,等等。"[17]"每当你寻找'现实主义'的时候,它总要在某处消失,因为它只是标点和指针,只是某种使现代主义受到恰当关注的'以前'。所以每当后者占据人们视野的中心,同时所谓的传统小说或经典小说或现实主义小说构成了'背景'或模糊的外缘,这时就可以维持某种完备的文学史的幻象。"[18]所以,从历史的角度来看,现实主义为现代主义提供了一个塑造自我话语权力的背景,是现代主义的"他者"形象；现代主义成为知识分子重新确定自我身份地位、价值观念的参照物，并试图用所谓"现代"的、"新"的观点征服这个"他者"，并将之纳入自我言说合法性的阐释结构中。但在 80 年代现代主义和反现代主义的那场争论中，一个有趣的现象是，后者质疑前者的方式是提出了一个时间性的问题：现代派的鼓吹者们所宣扬的"现代主义"的"时髦"手法不过是西方 20 世纪初期的"旧"玩意儿，在时间上早就过时了[19]。它与"现代派"对现实主义保守、传统、落伍的指责，在时间层面上形成了鲜明的冲突。而在"时间性"上的先进与落后也成为两派阵营交锋中争论的一个焦点。

其实，所谓的"新"和"旧"之争不过是一种表层话语，话语的深层是双方都在自觉地以西方话语为理论资源来攻击对方，并争夺自己对历史叙述的合法性地位与权力。话语权力决定了谁是好的，谁是坏的；但这个评判的标准并不在被塑造者身上，而是在塑造者身上，是由塑造者"发现"的。因此，在现实主义作品中找到现代主义因子或反其道而行之都是可以的。可这一行为本身已经在颠覆这种二元划分了："对现代主义者来说，这很有点像戈林对待犹太人那样（'我决定谁是犹太人！'）：他们决定谁是现代的，谁不是，现实主义这一否定性的术语则留给了他们那时恰好不感兴趣的著作（一旦他们发生兴趣，所探讨的作家的现代性很快就会暴露出来）。"[20] 因此，现代主义所谓"新"的叙事技巧、"新"的艺术手法不过是在自己的维度内塑造符合自己标准的现实主义，它们可以被视为对现实主义的变形——这句话反过来说也是正确的。当然，这种变形声称自己是完全独立的，并遗忘了自己独立的基础，而杰姆逊发现并指出了它。

因此，文学史中的事实是，并不是谁的作品不具备"现代主义"的价值，而是谁的作品才是真正具有"现代主义"身份的。而那个被指定的"现实主义"身份也以一种所谓"共名"的形式被钉在了文学史的叙述中。对现实主义创作手法排斥的一个重要的话语行为就是让这类被规范的"现实主义"文学作品无法正常进入"重写文学史"的叙述中，同时这些作品以所谓的"艺术技巧低下、简单"之类的评论而被置于被否定的位置上。

这种排斥的表层以一种个人化的话语表现着，但在这种话语的运作之下却是一种严密的现代学术生产体制，它与现代教育体制一起塑造着接受者的精神世界，并强制性地让他们遗忘掉那个不属于现代派趣味的文本。

不幸的是,路遥就在被遗忘的行列中。

四 "重写文学史"语境中路遥们的命运

我们在前面的讨论中已经谈到过"重写文学史"的问题,我们把这一文学现象视为一种知识分子话语试图重新规范文学艺术和学术研究的活动,并通过这种方式重新确定文学的衡量标准。同时我们将这一口号的提出视为国家话语和知识分子个人话语分离的一个重要标志。在这里我们要探讨的一个基本问题是,作为一种个人话语的"重写文学史"实际是一种现代学术体制,并从各个层面排斥原来的"现实主义"文学,而路遥们也在这种"新"的审美标准、学术体制、文学史写作的过程中被彻底边缘化了。

应该说"重写文学史"口号的提出对当代文学史的写作的确起到了强大的冲击作用,它促进了文化观念、文学观念的多元化发展,同时也使文学作品的衡量标准日趋多元化;它打破了文学史"官修"的惯例,并试图召唤具有个性特征的文学史研究出现。学术界一般认为,"重写文学史"的重要成果是 20 世纪末期洪子诚、陈思和的两部文学史的出现[21];此外,还有谢冕、孟繁华主编的"百年中国文学总系"丛书,王晓明主编的《二十世纪中国文学史论》,许志英、邹恬主编的《中国现代文学主潮》等。可以说,关于"文学史"的写作现在是蔚为大观。坦率地讲,我们没有力量从整体上对"重写文学史"写作的是是非非做出总体上的评价,只能从某一点切入问题,提出我们自己有"局限性"的看法。所以,在此,我们以评价颇高的陈思和、洪子诚的两部文学史为例,阐述我们的观点。[22]

这两部文学史无疑应该是文学史写作中十分出色的著作。但在撰写上都有一个共同的特点,就是都承认自己视野的局限性,并且强调作为一部个人主编、撰写的文学史无疑在材料的选择上、基本观点的确立上、研究的体例上追求某种个性特征的同时,必然会丧失掉一些东西。当然,两部文学史在享受学界称赞的同时,还必须承受种种怀疑、诘难。一个典型的例子是,许多人都指出,陈思和的《中国当代文学史教程》在对一些作品的分析中(例如小说/电影《李双双》)突出了其中所谓"民间隐形结构"的特征,这无疑在文本阐释上给人以耳目一新的感觉。一些论者也指出,这种对民间文化的强调无疑是凸显知识分子个体话语,并以此彰显知识分子主体性的重要策略。但当这种"民间隐形结构"被凸显以后,显形结构中的意义和价值无疑就被压制住了。而"显形结构和隐形结构之间的关系又是什么样的"这一问题就突出了出来。此外,陈思和在文学史写作的"前言"中将"民间隐形结构"作为十分重要的关键词突出了出来,但这个关键词在文学史写作的过程中却似乎一直处于若有若无的状态中,不同的时代都可以看到这个"隐形结构",但这个结构是如何被衔接下来的? 同时,小说的创作者又是如何接受民间结构的影响,并将其运用到创作中的? 创作者接受民间结构的条件又是什么? 从陈思和的阐释中,我们可以感到,这个"民间隐形结构"似乎是一个先验性的东西,与其说它是作家置入文本中的,不如说它是阐释者自己解读出来的,而这种解读的目的就是确立知识分子个人话语在整个文学史、学术史写作中的地位。

在这场与传统文学史写作[23]争辩的话语竞争中,我们可以看到作为知识分子个人话语的"重写文学史"口号中暗含着对文本"审美"因素的要求,而且这一要求也与两部专著中对作品、作家的取舍有密切的关系;同时,它也决定了作家在文学史中的地位。尽管"审美"是一个颇富争议的概念,例如洪子诚就承认:"在这里,究竟选择何种文学作品作为研究对象,进入'文学史',是个首先遇到的问题。尽管'文学性'(或'审美性')的含义难以确定,但是,'审美尺度',即对作品的'特殊经验'和表达上的'独创性'的衡量,仍首先应被考虑。"[24]我们在此可以看到编写者写作"标准"的矛盾。一方面"审美标准"是模糊的,难以确定的;另一方面,它又似乎是可以"悬而不论"的,即似乎在"不论"的背后有一个"作为惯例"的知识分子的审美标准存在着。将这样一个"伪"问题"悬"起来是再好不过的办法,但也由此必然会产生标准的不统一:两部文学史都在努力回避政治因素对文学史写作的影响,努力回到所谓的文学"本体"——这又是一个可以被"悬"起来的问题,但事实是在评判和选择中又都自觉地遵守一种反政治的政治意识。而将审美标准"悬"起来的这种做法实际是非常有效的。戴安娜·克兰说过:"标准的一贯做法是利用广泛的渠道,例如电视、出版(平装本的电影故事)和销售 T 恤衬衫以及其他含有电影故事主题的物品渗透潜在的市场。"[25]克兰谈的是电影生产和销售中被媒介寡头确定的标准是如何通过传播渠道进入消费市场,并塑造普通民众的标准的;这句话对于文学史写作中审美标准的确定、文学文本的选择同样适用。"谁有资格进入文学史"这一标准的确立,直到这一"标准"的无意识化,并不仅仅是通过学者专家的讨论来完成的,它还通过出版、发行和销售渠道来实现。通过对符合某一价值要求的"文学史"文本的传播,并通过掌握学术期刊的学术精英的评审和认证,"标准"自然而然就会被广泛认可。

比如,我们在两部文学史对文本的选择上看到一种重新界定当代文学经典的努力,这种新的经典的确立过程实际就是新的审美标准的确立过程。有意思的是,新的文学经典的确定主要发生在"十七年"文学和"文革"文学中,例如陈思和的"文学史"中重新开掘了一些边缘性文本,洪子诚的"文学史"中对"文革"地下文学的发掘和整理。同时,在"新时期"文本的选择中,也毫不留情地淘汰了一些不符合"审美"标准的现实主义文本,而路遥的《平凡的世界》就在被淘汰之列。一个有趣的现象是,但凡获得"茅盾文学奖"的文学作品少有能进入"个人文学史"的视野的。[26]这恰恰鲜明地表达出了所谓的知识分子话语和主流官方话语在作品遴选标准上的巨大差异。一个明显的事实是,两部文学史的写作无疑具有"范本"的作用和价值,它们作为"重写文学史"的写作理论成果,通过大量知识分子话语的争论评判,尤其是正面话语的塑造,确立了自己在文学史研究和写作中的"经典"地位。也正是这种"经典"地位的确立,它们自然就成为文学史研究和写作中的规范性力量,影响并制约着后来人的研究和写作。

"重写文学史"表达的是一种知识分子文化美学原则对原有的政治原则的挑战。在不同观点的争论中,在具体文学文本的再阐释中,在对原有的边缘性文本的发掘中,也在具体的文学史写作实践过程中,新的要求与标准被建构了起来。而一个巨大的悖论是,这种原则在强调所谓的多元化美学艺术观念的同时又在毫不留情地排斥着原来的现实主义文学创作,在反抗国家政治对学术研究的暴力性干涉时,又在塑造属于自己的暴力手段。

新的"审美"标准的确立并不仅仅是通过研究者的写作实践和精英学人的争论完成的,它的完成是在传播阶段;也就是说,它只有进入现代严密的学术体制和教育体制,通过在权威教育机构中向对"文学史"观念一无所知的学生进行灌输,才能最终完成。在高等教育中,通过教育学科的设置、课程的课时安排、教材的指定等一系列行为,将一种新的文学观念——确切地说,是符合某个知识分子阶层、集团、群体利益和标准的价值观念——在现代学术生产体制中确立起来。也是在这种教育结构中,作为个人话语的"重写文学史"塑造着后来人的历史记忆——应该记住谁,应该遗忘谁,并通过现代考试制度强化这种记忆。而路遥们就是以这样一种方式被历史永远地放逐了。

柄谷行人在探讨日本文学中"风景"的出现时说过这样一段话:"在明治 20 年代里,重要的是现代的制度已经确立起来,而'风景'不单是作为反制度的东西,相反其本身正是作为制度而出现的。"[27]柄谷行人认为,日本现代文学中对"风景"的发现并不是某一个观念的结果,而是相反,它就是那个观念本身,并显示着那个观念与其他时代的不同。柄谷行人的观点对于"重写文学史"的写作同样适用。表面上个人化的"重写文学史"写作行为实际是现代学术制度化、教育体制化的结果,通过个人的讲述、专著的传播、权威的塑造和认证,以及学科的设置、课程的安排等具体学术活动和教育手段,特别是通过现代学院化的教育体系,强制性地向他人传播。而这就构成了另一种暴力话语形式。因为在这样一种学院话语的传播中,被排斥的文学作品几乎没有任何申辩的机会——尤其是像路遥这样已经去世的作者,更是如此。在这样一种暴力学术力量的描述中,路遥们面临着难以避免的边缘化困境。如果说,路遥自己的写作本来就有一种边缘意识的话,那么现在这种边缘化则是通过一种历史性的强暴完成的。

因此,可以这样说,"重写文学史"的传播是一种制度化的传播、体制化的传播。这一表面上宣称"回到文学"本体是个人话语的行为不过是一种错觉。它反体制姿态的核心不过是体制化的另一种表达,并因此构成了与原有体制的一种共谋行为。而它所塑造的知识分子的审美意识、个人化意识不过是在确立一种属于自己的政治意识——某一价值观念的知识分子集团的政治意识——并相信这个意识可以给社会带来新的光明。这无疑又是一种知识分子的一相情愿,它是启蒙话语的另一种表达,并在塑造所谓"人文精神"的同时,继续塑造并传播着启蒙的暴力。

我有一个非常大的疑问,为什么在强调所谓多元化的同时又在制造另一种暴力?为什么在倡导自由、民主的同时又在压制他人的声音?而且是通过这样一种体制化的方式？正如这个集团中的一个重要角色刘禾在讨论"中国新文学大系"这一丛书的编撰经历时,对"五四"时期的作家所作的评论:"总的来说,'大系'(指'中国新文学大系')赋予理论、批评和论争以重要的地位,并将它们置于文集的显要位置。我们或许可以充分地说,正是由于他们齐心协力地倡导理论,五四作家才能够压倒鸳鸯蝴蝶派这样的竞争对手。在这里,理论在一个话语领域里扮演了合法性角色,在这个话语领域长期的象征资本是一种比金钱更好的投资。鸳鸯蝴蝶派小说的兴旺完全依赖娱乐市场,其报酬或多或少是由大众消费决定的。而五四作家则凭借其理论话语、经典制造、评论和文学史写作这样一些体制化的做法,来着力于生产自己的合法性术语。理论起着合法化作用,同时它自己也具有了合法性地位,它以其命名能力、引证能力、召唤和从事修辞活动的能力使象征财富和权力得以复制、增值和扩散。五四作家和批评家凭借这种象征权威而自命为现代文学的先行者,同时把其对手打入传统阵营,从而取得为游戏双方命名和发言的有利地位。"[28]刘禾对"新文学大系"编撰的这段评论对所谓的"重写文学史"写作来说,同样适用。

由这样一个现象,我们当然相信,我们的记忆是被塑造出来的,而我们的遗忘也是被塑造出来的。在这个制造文学事件的历史过程中,中国所谓的"知识精英集团"扮演了一个并不光彩的角色。

注　释

〔1〕　参见路遥:《早晨从中午开始》,《路遥文集》卷二,陕西,陕西人民出版社 1993年版,第 25、27 页。

〔2〕　邵燕君:《倾斜的文学场》,江苏,江苏人民出版社 2003 年版,第 172 页。

〔3〕　梁向阳:《路遥研究述评》,见《延安大学学报》(社会科学版)2003 年第 1 期。

〔4〕　王彬彬:《茅盾奖:史诗情结的阴魂不散》,《钟山》2001 年第 2 期,作者系南京大学中文系教师。

〔5〕　洪治纲:《无边的质疑——关于历届"茅盾文学奖"的二十二个设问和一个设想》,沈阳,《当代作家评论》,1999 年第 5 期。作者现任浙江文学院创作研究室主任。

〔6〕　路遥:《早晨从中午开始》,见《路遥文集》卷二,陕西,陕西人民出版社 1993 年

版,第 16 页。

〔7〕 同上书,第 63 页。

〔8〕 同上书,第 15—16 页。

〔9〕 同上书,第 11 页。

〔10〕 同上书,第 15 页。

〔11〕 可参见邵燕君的《倾斜的文学场》中对路遥小说《平凡的世界》发表经过的叙述,江苏,江苏人民出版社 2003 年版,第 168—169 页。路遥曾将《平凡的世界》第一部寄往《当代》,"但一位年轻的编辑居然如此自信,以致违反操作常规,轻率对路遥这样一位与人文社素有渊源的著名作家以宗教般的虔诚惨淡经营数年的呕心沥血之作,正说明他背后所依持的那套美学价值体系此时是何其的强势和傲慢"。《平凡的世界》最终在《花城》刊载,时间是 1986 年 12 月。

〔12〕 1985 年和 1986 年两年的时间内,运用西方现代主义创作手法创作的主要文学文本都已经出现了,与这些文本相联系的作家有刘索拉、莫言、王安忆、韩少功、刘恒、残雪、阿城、高行健。现代派在中国的发展也有一个文体上的变化,最初是诗歌领域的创作,随后慢慢向小说领域渗透。

〔13〕 《路遥文集》卷二,陕西,陕西人民出版社 1993 年版,第 13 页。

〔14〕 那个被称为"社会主义现实主义"的创作手法自诞生之日起,就在各种质疑性的辩论中面临着合法性危机,这实际也是关于"社会主义"意识形态自我危机感的症候性表述。

〔15〕 茅盾在《解放思想,发扬民主》中曾说:"首先是解放思想,此指作家而言,也指领导而言。题材必须多样化,没有任何禁区;人物也必须多样性……但是,创作方法也该多样化,作家有采用任何创作方法的自由。"见《中国文学艺术工作者第四次代表大会文集》,四川,四川人民出版社 1980 年版,第 73 页。

〔16〕 〔美〕杰姆逊:《晚期资本主义文化逻辑》,张旭东编,陈清乔等译,北京,北京三联书店/牛津大学出版社 1997 年版,第 119 页。

〔17〕 同上书,第 120 页。

〔18〕 同上书,第 121 页。

〔19〕 而路遥在《早晨从中午开始》中,也曾把国内的现代派形容为"时髦"的,见《路遥文集》卷二第 12—13、16 页的论述,陕西,陕西人民出版社 1993 年版。

〔20〕 〔美〕杰姆逊:《晚期资本主义文化逻辑》,张旭东编,陈清乔等译,北京,北京

三联书店/牛津大学出版社 1997 年版,第 122 页。

〔21〕 王晓明主编:《二十世纪中国文学史论》,上海,中国出版集团/东方出版中心 2003 年版,前言;此外朱德发、贾振勇合著的《评判与建构——现代中国文学 史学》(山东,山东大学出版社 2002 年版)第 384 页也有相似的论述。

〔22〕 "譬如在'当代文学'的范围里,洪子诚和陈思和两位先生的文学史著作的出 版,就仿佛黄昏时分的收兵的号角声,让人知道,有一些刀戟是可以收捡入 库了。"参见王晓明:《二十世纪中国文学史论》上卷,上海,中国出版集团/东 方出版中心 2003 年版,序言,第 7 页。

〔23〕 在此指文学史写作的"官修"性质——一般是由国家相应的文化机构授权, 在撰写上表现为多个高等院校的教师集体参与,在观念上统一预设,并通过 国家认可的理论权威部门的审定后,在高校中传播的"文学史"作品。我们 经常可以在这类教材中看到"受国家某某机构委托,我们组织……编写"之 类套话的运用。

〔24〕 洪子诚:《中国当代文学史》,北京,北京大学出版社 1999 年版,前言,第 4 页。

〔25〕 〔美〕戴安娜·克兰:《文化生产:媒体与都市艺术》,赵国新译,南京,译林出 版社 2001 年版,第 60 页。

〔26〕 虽然茅盾文学奖在后期的评选中争议越来越大,但在第一届茅盾文学奖认 可的作品中,古华的《芙蓉镇》还是非常优秀的作品,不过两部文学史基本上 都没有涉及,因此这已经不是什么个人趣味的问题了。

〔27〕 〔日〕柄谷行人:《日本现代文学的起源》,赵京华译,北京,北京三联书店 2003 年版,第 29 页。

〔28〕 刘禾:《跨语际实践——文学,民族文化与被译介的现代性》,宋伟杰等译,北 京,北京三联书店 2002 年版,第 330 页。

结　语

　　"当历史要求我们拔腿走向新生活的彼岸时,我们对生活过的'老土地'是珍惜地告别还是无情地斩断?"路遥说这是俄罗斯作家拉斯普京的命题,而他"迄今为止的全部小说,也许都可以包含在这一大主题之中"[1]。而所谓的对"老土地"的复杂情愫在此具有了一种象征的意味:它暗示的是个体过去的历史体验、情感、生存时间和空间与个体现实的生存时空感受和体验之间产生的巨大断裂。这是具体地发生在历史过程中的,路遥几乎是以一种作家特有的本能参悟到了历史中断裂发生的不可避免性。而问题就在这个地方。当宏大历史的连续性被破坏以后,路遥居然还在做着宏大历史的美好梦想,并试图以一种宏大叙述的方式描述出个体对历史的想象。也是这种对连续性历史的复杂情结导致了路遥的作品产生了两种极为矛盾的价值倾向:一方面作家在努力维护那个历史经验的完整性、统一性、连续性,并在叙述的幻觉中塑造着对个体的美好想象与幸福;另一方面,作家又在无意识中消解着历史的神圣感,破坏着神圣个体内心世界的完美和统一,并在叙述人清醒的意识中将自己最倾慕的女人判处了死刑,同时又将自己最心爱的主角永远流放了。我们因此可以这样说,孙少平的归隐是一个历史性的事件,他与贾平凹笔下的金狗一道,标志着一种历史和价值的巅峰状态以及这种理想将要面临的穷途末路的状况,标志着那个不可避免的历史断裂的发生。

　　路遥的这种复杂而矛盾的历史情结与他对自我边缘性身份的认同有着密切的联系。这种边缘性叙述不仅表现在作家对叙述空间的具体选择上,对人物的身份设定上,同时还表现在作家创作方法的具体运用上。路遥对现实主义创作手法的坚持,我们在前面已经谈到,既有对自我价值的认可,也有对自我身份合法性产生的焦虑。在这种复杂的情结中,路遥的坚持无疑具有了另一种文化意味:作家在努力守卫着自我边缘性身份,并试图以此挑战当代的文艺思潮。"我同时意识到,这种冥顽而不识时务的态度,只能在中国当前的文学运动中陷入孤立境地。但我对此有充分的精神准备。孤立有时候不会让人变得软弱,甚至可以使人的精神更强大,更振奋。"[2]而这种个体挑战群体的行为无疑就有了一种悲壮的色彩。"毫无疑问,这又是一次挑战。是个人向群体挑战。而这种挑战的意识实际上一直贯穿于我的整个创作活动中。中篇小说《惊心动魄的一幕》是这样,《在困难的日子里》也是这样。尤其是《人生》,完全是在一种十分清醒的状态下的挑战。"[3]自然而然,我们同样可以说,《平凡的世界》是对以前个体心态的一种延续。因此,在路遥身上有一种类似于堂吉诃德的精神气质,路遥深信这种精神会给予主体一种特殊的、昂扬的战斗激情,并相信主体在自我奋斗的经历中会在对象化的客体身上找到对自我的确证。

但是,我们同时也注意到路遥的神圣主体中所隐藏着的个体命运的悲剧性情结,通过各种方式进入到路遥的文本中,而且作者几乎是有意识地在策划这种叙述方式。而恰恰是这种叙述方式构成了破坏宏大历史叙述的重要力量,并肢解了叙述人对美好未来的想象,甚至使这种美好未来成为被质疑的对象——也可以说是这种意识直接导致了田晓霞的死、孙少平的归隐、高加林的失败。这种悲剧意识也使得小说中人物发展的远景变得缥缈不定,并因此生成了对个体未来命运的焦虑。不确定性,成为路遥文本的一个重要特点——这个特点也通过他对传统叙述中"大团圆"结局的嘲弄传达了出来。而且,路遥几乎是在刻意反叛"大团圆"的结局;也可以这么说,这种反叛根源的表层叙述来自于个体的悲观意识,而它的深层则来自于对历史发展远景的根本性怀疑。表现在文本的组织形式上,就是小说空间叙述中的循环结构——在路遥最得意的小说《人生》和《平凡的世界》中,我们都可以看到这种结构;个体在这个空间中无论怎样挣扎都无法摆脱它宿命般的力量,并强迫个体不得不向命运低下自己高昂的头颅。所以,高加林是一个失败的形象,孙少平也是在命运的捉弄下接受了历史和现实的安排——他甚至因此而感到快乐,而这种快乐恰恰是摆脱了高加林不切合实际的幻想之后才有的。而孙少安在得到了巨大的经济利益的同时却将不得不忍受中年丧妻的痛苦。路遥笔下的这些人物都有成功的一面,但个体命运发展中的悲剧性似乎更具有一种强悍的力量,制约着我们的情感和意识,诋毁着历史线性前进远景中的乌托邦幻觉。

路遥的这种选择绝对不是一种姿态,而是来自于个体对文学的虔诚和信仰,而且我们从作家呕心沥血创作《平凡的世界》的过程中可见一斑。路遥的这种逆"历史潮流"而动的行为自然会被掌握历史话语权的人所抛弃,甚至是诋毁和嘲弄。我们因此可以看到,在小说中被叙述的人物命运在现实中被"历史"宿命般地重新叙述了一遍:路遥流放了孙少平,而他自己也不得不在死后接受被流放的命运。这是历史的真实记录,同时也是历史的荒诞。但是,我们从路遥及其同道身上可以看到,历史的发展还有另一面:在占主导地位的知识分子启蒙话语洋洋自得的叙述之外,路遥们顽强地存在着;支撑他们的不是所谓的先锋意识,不是文学的潮流,更不是时尚批评家和理论权威的点评,而是那些在泥土中生存的普通读者。在这个社会发生重大变化的时代语境中,那些生活在社会底层的劳动者不得不依靠微薄的薪金苦苦支撑自己的生命,对他们而言,路遥们的想象无疑具有广阔的市场;而在他们质朴得有些卑微的生存愿望中,路遥们的小说无疑提供了温馨的回忆与梦想!

注 释

〔1〕 路遥:《早晨从中午开始》,见《路遥文集》卷二,陕西,陕西人民出版社1993年版,第66页。

〔2〕 同上书,第16页。

〔3〕 同上书,第17页。

附　录

一　路遥主要作品

1. 著作

《人生》　　　　　　　中国青年出版社 1982 年版

《当代纪事》　　　　　重庆出版社 1983 年版

《姐姐的爱情》　　　　中国青年出版社 1985 年版

《路遥小说选》　　　　青海人民出版社 1985 年版

《平凡的世界》　　　　中国文联出版公司 1986 年版

《早晨从中午开始》　　西北大学出版社 1992 年版

《路遥文集》　　　　　陕西人民出版社 1992 年版

《路遥全集》　　　　　广州出版社/太白文艺出版社 2000 年版

2. 重要获奖作品

《风雪腊梅》　　　　　1981 年《鸭绿江》作品奖

《惊心动魄的一幕》　　1979—1981 年度《当代》文学荣誉奖

　　　　　　　　　　　1981 年 5 月"文艺报中篇小说奖"二等奖

　　　　　　　　　　　第一届全国优秀中篇小说奖

《在困难的日子里》　　1982 年度《当代》文学中长篇小说奖

《人生》　　　　　　　1983 年 3 月第二届全国优秀中篇小说奖

《平凡的世界》　　　　1991 年第三届茅盾文学奖

3. 主要作品梳理

1970—1973 年　　　　主要从事诗歌写作　　　《山花》

1974—1976 年	《银花烂烂》(散文)	《陕西文艺》(1974 年第 5 期)
	《灯火闪闪》(散文)	《陕西文艺》(1975 年第 1 期)
	《全党动员,大办农业,为普及大寨县而奋斗:吴堡行》	
	(随笔)	《陕西文艺》(1976 年第 1 期)
	《优胜红旗》(小说)	《陕西文艺》(1976 年第 2 期)
	《父子俩》(小说)	《陕西文艺》(1976 年第 2 期)
	《刘三婶》(小说)	《陕西文艺》(1976 年第 2 期)
	《曳断绳》(小说)	《陕西文艺》(1976 年第 2 期)
	《丁牛牛》(小说)	《陕西文艺》(1976 年第 2 期)
	《难忘的二十四小时——追记周总理一九七三年在延安》	
	(随笔)	《陕西文艺》(1977 年第 1 期)
1977—1980 年	《不会作诗的人》	《延河》(1978 年第 1 期)
	《在新生活面前》	《甘肃文艺》(1979 年第 1 期)
	《夏》	《延河》(1979 年第 10 期)
	《青松与小白花》	(1979 年 8 月)
1980—1982 年	《惊心动魄的一幕》	《当代》(1980 年第 3 期)
	《匆匆过客》	《山花》(1980 年第 4 期)
	《卖猪》	《鸭绿江》(1980 年第 9 期)
	《姐姐》	《延河》(1981 年第 1 期)
	《月下》	《上海文学》(1981 年第 6 期)
	《风雪腊梅》	《鸭绿江》(1981 年第 9 期)
1982—1985 年	《人生》	《收获》(1982 年第 3 期)
	《在困难的日子里》	《当代》(1982 年第 5 期)
	《痛苦》	《青海湖》(1982 年第 7 期)
	《黄叶在秋风中飘落》	《小说界》(1983 年中篇小说专辑)
	《你怎么也想不到》	《文学家》(1984 年创刊号)
	《我和五叔的六次相遇》	《钟山》(1984 年第 5 期)
	《生活咏叹调》	《长安》(1984 年第 7 期)
	《月夜静悄悄》	(不详)

《一生中最高兴的一天》　　　（不详）

1986—1992 年　　《平凡的世界》(第一部)　　《花城》(1986 年第 6 期)

《早晨从中午开始》(创作随笔)(1991—1992 年,刊登于《当代文学研究资料与信息》1993 年第 4 期)

二　参考文献

1. 关于路遥的专著与论文

王西平、李星、李国平等著:《路遥评传》,陕西,太白文艺出版社 1997 年版。

赵学勇:《生命从中午消失——路遥的小说世界》,兰州,兰州大学出版社 1995 年版。

宗元:《魂断人生——路遥论》,上海,上海文艺出版社 2000 年版。

姚维荣:《路遥小说人物论》,新加坡文化艺术出版社 2000 年版。

畅广元:《神秘黑箱的窥视》,陕西,陕西人民教育出版社 1993 年版。

郑文华:《作家路遥(摄影集)》,陕西,陕西人民出版社 2002 年版。

吴小美、赵学勇主编:《中国现当代作家作品研究》,兰州,兰州大学出版社 2002 年版。

晓雷、李星编:《星的陨落:关于路遥的回忆》,陕西,陕西人民出版社 1993 年版。

《中篇小说〈人生〉及其争鸣(上下)》,《作品与争鸣》,1983 年第 1、2。

《回忆路遥特辑》,《陕西文学界》,1992 年增刊。

秦兆阳:《要有一颗热情的心——致路遥同志》,《中国青年报》,1982 年 3 月 25 日。

梁永安:《可喜的农村新人——也谈高加林》,《文汇报》,1982 年 10 月 7 日。

雷达:《简论高加林的悲剧》,《青年文学》,1983 年第 2 期。

曹锦清:《一个孤独的奋斗者形象——谈〈人生〉中的高加林》,《文汇报》,1982 年 10 月 7 日。

蔡翔:《高加林和刘巧珍——〈人生〉人物谈》,《上海文学》,1983 年第 1 期。

白烨:《执着而严肃的艺术追求》,《人民日报》,1983 年 5 月 10 日。

王愚：《在交叉地带耕耘——论路遥》，《当代作家评论》，1984 年第 2 期。

李星：《深沉宏大的艺术世界——论路遥的审美追求》，《当代作家评论》，
　　1985 年第 3 期。

李勇：《路遥论》，《小说评论》，1986 年第 5 期。

曾镇南：《现实主义的新创获——论〈平凡的世界〉（第一部）》，《小说评
　　论》，1987 年第 3 期。

雷达：《民族灵魂的发现与重铸：新时期文学主潮论》，《文学评论》，1987 年
　　第 1 期。

李星：《无法回避的选择——从〈人生〉到〈平凡的世界〉》，《花城》，1987 年
　　第 3 期。

李星：《论"农裔城籍"作家的心理世界》，《当代作家评论》，1989 年第 2 期。

李星：《在现实主义的道路上——路遥论》，《文学评论》，1991 年第 4 期。

白烨：《力度与深度——评路遥〈平凡的世界〉》，《文艺争鸣》，1991 年第 4
　　期。

黄毓璜：《长篇小说的整体把握》，《文学评论》，1991 第 4 期。

雷达：《史与诗的恢弘画卷》，《求是》，1991 年第 17 期。

李继凯：《矛盾交叉：路遥文化心理的复杂构成》，《文艺争鸣》，1992 年第 3
　　期。

肖云儒：《路遥的意识世界》，《延安文学》，1993 年第 1 期。

李建军：《文学写作的诸问题——为纪念路遥逝世十周年而作》，《南方文
　　坛》，2002 年第 6 期。

梁向阳：《路遥研究述评》，《延安大学学报》（社会科学版），2003 年第 2 期。

2.　小说

古华：《芙蓉镇》，北京，人民文学出版社 1981 年版。

古华：《古华中短篇小说选》，湖南，湖南人民出版社 1982 年版。

张贤亮：《绿化树》，北京，北京十月文艺出版社 1984 年版。

贾平凹：《腊月·正月》，北京，北京十月文艺出版社 1984 年版。

贾平凹：《浮躁》，北京，作家出版社 1993 年版。

贾平凹：《废都》，北京，北京出版社 1993 年版。

张炜:《古船》,北京,作家出版社 1996 年版。

张一弓:《张铁匠的罗曼史》,天津,百花文艺出版社 1982 年版。

张一弓:《流泪的红蜡烛》,四川,四川人民出版社 1983 年版。

刘恒:《狗日的粮食》,北京,作家出版社 1993 年版。

陈忠实:《白鹿原》,北京,人民文学出版社 1993 年版。

刘心武:《班主任》,北京,中国青年出版社 1979 年版。

张志英编:《蒋子龙代表作》,河南,黄河文艺出版社 1986 年版。

史铁生:《我的遥远的清平湾》,北京,北京十月文艺出版社 1985 年版。

莫言:《红高粱家族》,北京,解放军文艺出版社 1987 年版。

3. 其他著作

洪子诚:《1956:百花时代》,山东,山东教育出版社 1998 年版。

尹昌龙:《1985:延伸与转折》,山东,山东教育出版社 1998 年版。

张志忠:《1993:世纪末的喧哗》,山东,山东教育出版社 1998 年版。

张炯、邓绍基主编:《中华文学通史(当代文学编 8—10 卷)》,北京,华艺出版社 1997 年版。

洪子诚:《中国当代文学史》,北京,北京大学出版社 1999 年版。

丁帆、许世英主编:《中国新时期小说主潮》,北京,人民文学出版社 2002 年版。

吴秀明主编:《中国当代文学史写真》,浙江,浙江大学出版社 2002 年版。

王晓明主编:《二十世纪中国文学史论》,北京,中国出版集团/东方出版中心 2003 年版。

陈思和主编:《中国当代文学史教程》,上海,复旦大学出版社 1999 年版。

陆学艺主编:《当代中国社会阶层研究报告》,北京,社会科学文献出版社 2002 年版。

孟华主编:《比较文学形象学》,北京,北京大学出版社 2001 年版。

〔美〕埃里克森:《同一性:青少年与危机》,孙名之译,浙江,浙江教育出版社 1998 年版。

邓小平:《邓小平文选》卷二,北京,人民出版社 1983 年版。

中共中央文献研究室编:《十一届三中全会以来党的历次全国代表大会中

央全会重要文件选编》,北京,中央文献出版社 1997 年版。

〔德〕马克斯·韦伯:《新教伦理与资本主义精神》,彭强、黄晓京译,陕西,陕西师范大学出版社 2002 年版。

〔日〕柄谷行人:《日本现代文学的起源》,赵京华译,北京,北京三联书店 2003 年版。

邵燕君:《倾斜的文学场》,江苏,江苏人民出版社 2003 年版。

朱德发、贾振勇:《批评与建构——现代中国文学史史学》,山东,山东大学出版社 2002 年版。

刘禾:《跨语际实践》,宋伟杰等译,北京,北京三联书店 2002 年版。

张德祥:《现实主义当代流变史》,北京,社会科学文献出版社 1997 年版。

黄力之:《中国话语》,北京,中央编译出版社 1997 年版。

刘小枫:《这一代人的怕与爱》,北京,北京三联书店 1996 年版。

〔美〕萨义德:《知识分子论》,单德兴译,北京,北京三联书店 2002 年版。

〔英〕迈克·克朗:《文化地理学》,杨淑华、宋慧敏译,南京,南京大学出版社 2003 年版。

〔德〕本雅明:《发达资本主义时代的抒情诗人》,张旭东、魏文生译,北京,北京三联书店 1989 年版。

〔英〕伊恩·P. 瓦特:《小说的兴起》,高原、董红钧译,北京,北京三联书店 1992 年版。

〔美〕F. 詹姆逊:《政治无意识》,王逢振、陈永国译,北京,中国社会科学出版社 1999 年版。

〔美〕F. 詹明信:《晚期资本主义文化逻辑》,张旭东编,陈清乔等译,北京,北京三联书店/牛津大学出版社 1997 年版。

〔美〕F. 杰姆逊:《后现代主义文化理论》,唐小兵译,北京,北京大学出版社 1997 年版。

〔美〕戴安娜·克兰:《文化生产:媒体与都市艺术》,赵国新译,南京,译林出版社 2001 年版。

洪子诚:《问题与方法》,北京,北京三联书店 2002 年版。

费孝通:《乡土中国》,北京,北京三联书店 1985 年版。

赵毅衡:《当说者被说的时候》,北京,中国人民大学出版社 1997 年版。

朱健华、郭彬蔚、李有清主编:《中华人民共和国大事纪事本末》,吉林,吉林教育出版社1992年版。

周鸣、朱汉国主编:《中国二十世纪纪事本末》,山东,山东人民出版社2000年版。

叶朗:《中国美学史大纲》,北京,北京大学出版社1988年版。

王一川:《意义的瞬间生成》,山东,山东文艺出版社1997年版。

胡经之:《文艺美学》,北京,北京大学出版社1992年版。

〔加拿大〕约翰·华特生选编:《康德哲学原著选读》,韦卓民译,北京,商务印书馆1963年版。

罗钢、刘象愚主编:《文化研究读本》,北京,中国社会科学出版社2000年版。

陈晓明主编:《现代性与中国当代文学转型》,云南,云南人民出版社2003年版。

吴晓东:《从卡夫卡到昆德拉》,北京,北京三联书店2003年版。

〔美〕J.希利斯·米勒:《解读叙事》,申丹译,北京,北京大学出版社2002年版。

王一川:《中国现代性体验的发生》,北京,北京师范大学出版社2001年版。

王一川:《中国形象诗学》,上海,上海三联书店1998年版。

周宪:《20世纪西方美学》,南京,南京大学出版社1999年版。

〔美〕道格拉斯·凯尔纳、斯蒂文·贝斯特:《后现代理论》,张志斌译,北京,中央编译出版社1999年版。

〔美〕保罗·康纳顿:《社会如何记忆》,纳日碧力戈译,上海,上海人民出版社2000年版。

〔英〕安东尼·吉登斯:《现代性自我认同》,赵旭东、方文译,王铭铭校,北京,北京三联书店1998年版。

〔英〕安东尼·吉登斯:《民族—国家与暴力》,胡宗泽、赵力涛译,王铭铭校,北京,北京三联书店1998年版。

〔英〕安东尼·吉登斯:《社会的构成》,李康、李猛译,王铭铭校,北京,北京三联书店1998年版。

〔英〕安东尼·吉登斯:《现代性的后果》,田禾译,黄平校,南京,译林出版社2000年版。

〔法〕米歇尔·福柯:《规训与惩罚》,刘北成、杨远婴译,北京,北京三联书店 1999 年版。

〔法〕米歇尔·福柯:《疯癫与文明》,刘北成、杨远婴译,北京,北京三联书店 1999 年版。

〔法〕米歇尔·福柯:《知识考古学》,谢强、马月译,北京,北京三联书店 1998 年版。

〔加拿大〕查尔斯·泰勒:《自我的根源:现代认同的形成》,韩震等译,南京,译林出版社 2001 年版。

顾准:《顾准文集》,贵州,贵州人民出版社 1994 年版。

〔法〕蒂费纳·萨莫瓦约:《互文性研究》,邵炜译,天津,天津人民出版社 2003 年版。

〔法〕达维德·方丹:《诗学:文学形式通论》,陈静译,天津,天津人民出版社 2003 年版。

〔苏联〕M. 巴赫金:《诗学与访谈》,白春仁、顾亚铃等译,河北,河北教育出版社 1998 年版。

〔美〕麦克法夸尔、费正清编:《剑桥中华人民共和国史——中国革命内部的革命:1966—1982》,北京,中国社会科学出版社 1992 年版。

孔范今主编:《二十世纪中国文学史》,山东,山东文艺出版社 1997 年版。

朱学勤:《道德理想国的覆灭》,上海,上海三联书店 1994 年版。

〔德〕卡尔·马克思:《1844 年经济学—哲学手稿》,北京,人民出版社 2000 年版。

〔德〕卡尔·马克思:《政治经济学批判》,北京,人民出版社 1976 年版。

〔美〕杰罗姆·B. 格里德尔:《知识分子与现代中国》,单正平译,南开大学出版社 2002 年版。

赵毅衡:《礼教下延之后》,上海,上海文艺出版社 2001 年版。

〔美〕乔纳森·卡勒:《文学理论》,辽宁,辽宁大学出版社/牛津大学出版社 1998 年版。

宋伟、田锐生、李慈健:《当代中国文艺思想史》,河南,河南大学出版社 1999 年版。

祁述祥:《市场经济下的中国文学与艺术》,北京,北京大学出版社 1998 年版。

庄汉新、邵明波主编:《中国二十世纪乡土小说评论》,北京,学苑出版社 1997 年版。

丁帆:《中国乡土小说史》,江苏,江苏文艺出版社 1992 年版。

谢冕、洪子诚主编:《中国当代文学史料选》,北京,北京大学出版社 1995 年版。

陈顺馨:《中国当代文学的叙事与性别》,北京,北京大学出版社 1995 年版。

史景迁:《天安门:知识分子与中国革命》,尹庆军等译,北京,中央编译出版社 1998 年版。

Walter Benjamin, *Illumination*, edited and with an introduction by Hannah Arendt, translated by Harry Zohn, New York, Schocken Books, 1983.

Milan Kundera, *The Art of Nove*, London, Boston, Faber and Faber, 1988.

Erik H. Erikson, *Childhood and Society*, New York, W. W. Norton & Company Inc., 1963.

Richard Lehan, *The City in Literature:An Intellectual and Culture History*, Berkley/Los Angeles/London, University of California Press, 1998.

Stephen Kern, *The Culture of Time and Space: 1880 − 1918*, Cambridge/Massachusetts, Harvard University Press, 2000.

D. A. Miller, *Narrative and Its Discontents: Problems of Closure in the Traditional Novel*, Princeton/New Jersey, Princeton University Press, 1989.

Wayne C. Booth, *The Rhetoric of Fiction*, Chicago/London, The University of Chicago Press, 1961.

Edited by Joseph Gibaldi, *Introduction to Scholarship in Modern languages and Literatures*, The Modern Language Association of American, 1992.

Fredric Jameson, *Postmodernism*, or, *The Culture Logic of Late Capitalism*, Durham, Duke University Press, 1992.

Edited by Simon During, *The Cultural Studies Reader*, London/New York, Routledge, 1993.

后 记

本书是以我的博士论文为基础修订而成。

我记得当时,论文的写作难度超过了我的想象,所以当终于写完最后一个字并放下笔的时候,真的有些惊奇:我居然写完了!而在惊奇之余,除了有一种解脱感以外,本来以为会产生的喜悦却一点也没有到来——大概它也如同弥赛亚的降临一样被永远推迟了。此外还能有什么呢?疲惫不堪。而这就是我的另一个惊奇了:惊奇于自己对写作的麻木与冷漠。

本书能够顺利完成不仅仅是个人努力的结果,还是许多老师、同学、朋友对我无私的帮助、关心、鼓励与支持的结果。他们慷慨地为我提供各种资料、各种资源,而他们与我的争论以及他们的见解也都已融入了文中,在此一并致谢。

尤其要提到的是我的博士生导师王一川老师。他经常放下师长的架子,在百忙之中与我讨论论文中从标题到结构、从论题到文字的诸多问题。他开阔的思路和深厚的学养使我在博士研究生的三年学习中受益颇丰。

还要提到的是我的硕士生导师刘谦老师,可以说正是刘老师的关心,才使我有可能站在博士研究生的起跑线上。在此对刘谦老师对我多年的支持和帮助表示感谢。

最后要提到的是我的妻子王晓琳。在北师大读研究生的多年时间中,她为我承担了家庭生活的重担,这让我产生了前所未有的愧疚感。而自己对未来把握的不确定性只是增加了这种感觉。

是为记。

石天强
2009 年 1 月